노트의 품격

노트의 품격

초판 1쇄 2018년 7월 23일
초판 6쇄 2024년 5월 22일

지은이 이재영

출판책임 박성규
편집주간 선우미정
기획이사 이지윤
편집 이동하·이수연·김혜민
디자인 하민우·고유단
마케팅 전병우
경영지원 김은주·나수정
제작관리 구법모
물류관리 엄철용

펴낸이 이정원
펴낸곳 도서출판 들녘
등록일자 1987년 12월 12일
등록번호 10-156
주소 경기도 파주시 회동길 198
전화 031-955-7374 (대표)
031-955-7381 (편집)
팩스 031-955-7393
이메일 dulnyouk@dulnyouk.co.kr

ISBN 979-11-5925-355-3(03800)

인문
교양
023

노트의 품격

탁월함에 이르는 쓰기의 비밀

이재영 지음

저자의 말

2018년 1월 3일, 저는 〈세상을 바꾸는 시간 15분〉에 출연했습니다. '2018년 새해에 꼭 해야 할 일'이란 주제 아래 다섯 명의 연사들이 각각의 강연에 나섰습니다. '노트 쓰기로 당신의 천재성을 꺼내세요'라는 제목으로 강연을 준비하면서 저는 오래전에 집필하여 출간했던 『탁월함에 이르는 노트의 비밀』을 여러 번 읽었습니다.

이 책을 쓰게 된 계기를 떠올리자니 인디애나 주의 웨스트 라피엣에 있는 퍼듀대학교에서 객원교수로 있던 시절이 생각나더군요. 일찍 일어나는 저는 학생들이 출근하는 시간보다 늦게 가려고 아침이면 학교 앞 빵집 파넬라에 들러 커피를 마시곤 했습니다. 빵집은 '보더'라는 서점과 연결되어 있었기에 저는 자연스럽게 책을 집어들 수 있었는데, 우리나라에는 번역되지 않은 과학자들의 평전이 많아 상당히 흥미롭게 읽었던 기억이 새로웠어요.

평전을 읽다 보면 그저 교과서에 방정식이나 단위로 등장하는 성공한 과학자들의 일생이 그렇게 순탄치만은 않았다는 것을 알게 됩니다. 그들은 종종 평범한 사람들보다 훨씬 열악한 상황에 처하기도 했습니다. 그럼에도 불구하고 그들이 성취한 업적은 정말 찬란했습니다. 저는 조금 더 깊이 그들이 이룬 탁월함의 배경과 원인을 파고들었습니다. 그 결과 몇 가지 공통점을 찾아냈습니다. 그들은 늘 호기심으로 충만했고, 위대한 질문을 던졌고, 그 질문에 답하기 위해 쉬지 않고 노력했으며, 자신의 전 인생을 바쳤습니다. 문제는 놀라운 지속력이었는데요. 많은 사람들의 평전을 읽으면서 저는 그 지속력의 원천으로 '노트'를 발견하게 되었습니다. 이는 그들 위대한 개인에게 내재된 탁월함을 끌어내준 비밀 아닌 비밀이었고, 저는 그 비밀을 공유하고자 책을 썼습니다.

시간이 많이 흘렀고, 이제 여러분 앞에 개정판을 내놓으려 합니다. 이전의 책이 저의 생각에만 온전히 사로잡혀 쓴 것이라면 이번에는 독자에게 다가가는 여러 길을 열었다는 것이 특징입니다. 시대가 바뀐 만큼 그동안 새로 쌓인 생각과 경험을 추가했고, 처음에 다루지 못했던 몇몇 분의 이야기도 덧붙였습니다. 원고를 준비하면서 저는 '역사가 기억하는 위대함, 한 인간이 성취하는 비범함'이란 결국 '개인과 사회에 대한 깊은 성찰'에서 비롯된다는 것을 다시 한 번 확인했습니다. 깊은 성찰과 삶을 함께한 사람들은 결국 탁월함으로 빛났습니다. 그리고 마침내 '자기만의 생각'이 아닌 '우리의 생각'으로 나아갔고, 새 시대를 열었지요. 이것은 〈세상을 바꾸는 시간 15분〉의 강연 경험이 저에게 들려준 메시지이기도 합니다.

저는 이러한 이야기를 들려드리기 위해 먼저 '시대를 바꾼 사람들'을 소개하고, 그다음 '비범한 인생을 만든 사람들'을 소개했습니다. 그리고 마지막으로 가장 중요한 이야기를 담았습니다. 바로 '어떻게 하면 우리의 소중한 일상을 탁월한 어떤 것으로 만들 수 있을까' 하는 데 집중한 것입니다. 점점 좁혀 들어가는 이야기 구조를 통해 독자 여러분께서도 빛나는 개인과 만나기를 바랍니다.

종이가 사라질 것이라고 예측되었던 디지털 시대에 우리는 더 많은 종이를 소비하고 있는 것 같습니다. 버튼 하나면 수없이 많은 종이를 인쇄하여 프린터가 토해냅니다. 그러나 손때 묻은 노트와 한 획 한 획 쓰는 글씨마다 배어드는 잉크 냄새, 사각거리는 펜 소리, 생각에 이는 파문들, 그것들이 모여 바꾼 삶과 세상 이야기는 여전히 매력적입니다. 아날로그 시대의 노트가 어떻게 디지털 시대를 열어가는 데 일조했는지, 그 주인공들을 함께 만나볼까요?

2018년 여름, 한동대학교에서

이재영

차 례

chapter4

탁월함으로의 초대

chapter5

에필로그

노트 쓰기로 내 안의 보석을 캐낸다

남은 이야기

노트 쓰기 활용 팁

chapter1

프롤로그

'노트'라는 스승을 만나다

파라다이스와 킨들

작은 섬나라 국가 원수들이 모인 '작은 섬나라 개발협력모임Small Islands Development Association'에 초대 받은 적이 있습니다. 이런 작은 섬나라가 50여 개나 된다는 점도 신기했지만 이들 모두가 유엔에서 한 표를 행사할 수 있는 매우 중요한 나라라는 점도 흥미로웠어요. 회의가 열린 곳은 사모아Samoa인데요, 영화 〈남태평양South Pacific〉[1]에 등장하는 '지구의 파라다이스 사모아' 섬으로의 여행은 흥미진진 그 자체였습니다.

뉴질랜드의 오클랜드 공항에서 탄 사모아행 야간 비행기에는 거대한 체구의 사모아 남성들이 많았습니다. 하나같이 180센티미터가 넘는 큰 키에 문신으로 가득 찬 엄청난 팔뚝을 자랑했는데, 그들의

---

1 브로드웨이 뮤지컬을 영화화한 작품. 제2차 세계대전의 여파는 멀리 남태평양의 외딴 섬에까지 암운을 드리우지만 이곳 원주민과 주둔군인 미해군들은 남국의 정치 속에서 밝게 살아간다. 미해군 간호사인 넬리는 프랑스인으로 농장을 경영하는 40대 홀아비 에밀과 알게 되고, 부드럽고 온화한 성격의 그와 사랑에 빠진다. 그러나 넬리는 에밀이 폴리네시아인 아내와 사별했음을 알고 갈등에 휩싸인다(네이버영화).

문신을 내 팔에 그대로 옮기면 아마 두 바퀴쯤 돌려야 했을 겁니다. 그토록 거대한 체구의 남성들이 스커트를 입고 사는 나라, 지상의 파라다이스가 바로 사모아입니다.

오클랜드 공항은 와이파이 요금이 매우 비쌌습니다. 이상하다고 생각했지만 나중에 보니 사모아 섬에 비할 게 아니더군요. 뉴질랜드나 사모아나 모두 섬나라였기에 가격이 엄청났던 겁니다. 인터넷이 해저 광케이블을 따라 섬과 섬을 연결하는 탓에 속도가 느렸고, 요금은 비쌀 수밖에 없다는 거예요. 회의에서 발표할 자료를 다운로드 해야 해서 이메일을 열고 '다운로드'를 눌렀는데 한 시간이 넘어도 안 되는 겁니다. 하는 수 없이 자료를 다시 만들어야 했습니다. 분명 파라다이스라고 들었는데 와이파이가 안 되는 거예요.

와이파이를 마음대로 쓸 수 없다는 사실 때문에 점점 기분이 이상해지기 시작했습니다. 마치 집에 휴대폰을 두고 온 날 연구실에서 느끼는 이상한 감정 같은 게 스멀스멀 차올랐지요. 그런데 강연회 장소였던 사모아 국립대학은 와이파이 무제한 사용 지역이었습니다. 얼른 휴대폰을 열어 보니 페이스북도 잡히고 이메일도 되더군요. 갑자기 하늘을 날아갈 것 같은 마음이었습니다. 하지만 학교를 벗어나자 와이파이는 다시 그 능력을 잃었고, 저는 엄청난 상실감에 절망했지요. 스스로 현대 기술 문명에서 꽤나 자유로운 사람이라고 생각했었는데, 웬걸요, 결국 저 역시 뼛속까지 문명 종속 형 인간이었던 겁니다. 문득 '와이파이가 터지지 않는 에덴동산이라면 뱀의 유혹까지 갈 것도 없이 내가 먼저 탈출할 것 같다'는 몹쓸 생각까지

하고 말았습니다.

사모아에 얽힌 또 다른 추억이 있습니다. 우리 일행은 사모아의 해변에서 식사를 하기로 했어요. 영화 속 주인공 코스프레를 해보고 싶었으니까요. 과연 해변에는 짚을 엮어 만든 파라솔들이 줄지어서 있었고, 영험한 기운을 품은 듯 보이는 높은 절벽이 스크린처럼 그 뒤를 두르고 있었습니다. 해변은 끝이 없었고, 파도가 높이 치솟았다가 부서지면서 때로는 희고 때로는 투명한 포말을 만들어냈습니다.

대다수 사람들이 바라는 것처럼 저 역시 지상의 파라다이스 해변에서 긴 의자를 펴고 누워 파도소리를 들으며 책장을 넘기고 싶었어요. 그런데 문제가 있었습니다. 남태평양의 해변은 책 읽기에 적당한 장소가 아니었던 거예요. 바람 때문입니다. 바람이 어찌나 세찬지 누워서 책장冊張을 넘긴다는 건 거의 불가능했습니다. 꿈이 무너지는 순간이었죠.

그런데 오직 한 사람만이, 정말 기적적으로, 제가 그리던 낭만적인 모습으로 책을 읽고 있었습니다. 영국에서 왔다는 그녀의 손에는 아마존 킨들이 들려 있었어요. 바람이 불어도 파도가 물보라를 날려도 끄떡없이 독서가 가능한 책, 가벼운 터치 한 번이면 언제 어디서든 읽기도 되고 밑줄 긋기도 가능한 책! 네, 바로 전자책입니다. 아날로그 식으로 읽고 쓰는 데 익숙했던 제가 디지털 문화의 기세에 잠시 힘이 꺾인 순간이었지요.

노트의 추억

'나에게 중동 사람의 피가 섞인 것 아닌가?' 하는 의심을 하기 시작한 건 카비아니라는 미시간대학교 교수를 만난 뒤부터입니다. 그는 이란 출신이었는데요. 제자를 유학 보내면서 메일로만 인사를 주고받던 터여서 미국을 방문한 김에 겸사겸사 만남의 자리를 마련했습니다. 그런데 실물을 보고 정말 깜짝 놀랐습니다. 그가 돌아가신 제 조부를 너무나 닮았던 거예요. 하마터면 "할아버지!"라고 부를 뻔했다니까요. 유난히 얼굴이 검었던 조부와 그 형제들의 얼굴이 오버랩되면서 그 옛날 실크로드를 따라온 아라비아 상인들 중에서 한국에 눌러앉은 사람들의 피가 우리 조상에게 섞인 건 아닌가, 의구심이 일었습니다.

카비아니 교수의 연구실에는 놀랍게도 책장이 없었습니다. 연구실이 카페 같았습니다. 그는 "모든 서류를 디지털 파일로 바꾸었다"고 했어요. 실제로 연구실에는 책상과 커다란 대형 스크린 두 개만 자리를 차지하고 있었습니다. 사실 이공계 전문가들은 웬만한 논문을 인터넷에서 다 구할 수 있어서 오래된 책들의 소장 가치를 그다지 높이 치지 않는 편이에요. 이공계는 특히 지식의 갱신주기가 빠르기 때문입니다. 그래서 카비아니 교수도 완벽하게 종이 없는 디지털 연구실을 만들었고, 노트북 하나만 들고 나서면 연구실이 백팩 안에 들어가는 환경을 구축할 수 있었던 거죠. 저는 그의 디지털 라이프가 주는 단순함과 단정함이 마음에 들었습니다. 그러면서 알타미라 동굴의 그림처럼 고리타분하고, 빛 바랜 종이와 책, 노트들이 넘쳐나는 제 연구실의 모습이 떠올랐습니다.

저는 노트와 친합니다. 물성을 가진 노트notebook와도 친하고, 언제 어디서나 하는 노트 쓰기note와도 친합니다. 회의시간에는 노트를 꺼내서 적고, 설명할 때에도 노트에 이것저것 그림을 그리면서 합니다(사람들은 제가 그리는 간략한 그림을 매우 흥미로워합니다).

한 번은 굴지의 글로벌 기업에서 자문을 맡아달라고 하여 회의에 참석했던 적이 있는데요. 그곳 임원 한 분이 제 노트를 유심히 보더니 회의가 끝나자마자 "따로 한 번 만납시다" 하는 거예요. 아니나 다를까, 제 노트를 한번 보고 싶다고 했습니다.

그는 저의 스프링노트를 보고 감탄하면서 실은 자신도 노트 쓰기를 열심히 하고 있으며, 그 자리까지 올라가는 데에도 노트가 한몫 단단히 했다고 털어놓았습니다. 입사 초기부터 무조건 한 달에 120쪽이 넘는 두툼한 노트를 한 권씩 썼다는 겁니다. 노트를 하면서 이를 토대로 수많은 아이디어를 구상하고 남을 설득하고 팀워크를 이뤄냈다고요. 흔히 말하는 일류 대학을 나오지는 않았지만 노트의 힘을 빌려 그들을 앞섰다고 말했습니다.

한 가지 안타까운 점은 그가 최근 휴대폰과 연동하여 사용 가능한 디지털 노트로 방향 전환을 했다는 것입니다. 아날로그 노트에서 디지털 노트로의 진화는 '노트의 일생'에서 짐작 가능한 당연한 귀결일 거예요. 그러나 그의 과거 아날로그 노트와 현재의 디지털 노트 사이에는 간극이 커 보입니다. 그가 보여준 출력물에는 그의 순수한 생각보다 다른 사람들의 생각이나 사진들이 더 많았거든요. 실제로 디지털 노트와 아날로그 노트, 좀 더 정확히 표현하자면 '손 글씨 노트'는 느낌부터 다릅니다. 프린트로 출력한 글씨는 예전보다 훨씬 단정해졌고, 그림이나 사진 등 화려한 이미지도 많아졌고, 뭔가 현대적인 느낌이 물씬 풍기지만, 예전 손 글씨 노트를 보고 느꼈던 감동은 일지 않았습니다. '노트의 영혼'이 증발한 것 같아 안타까웠어요.

아날로그 노트가 디지털 시대를 열다

지금은 찾기 어렵지만 예전의 음악다방에는 거대한 스피커와 묘한 빛을 뿜어내는 앰프가 있었습니다. 둥그런 LP판이 쉴 새 없이 돌면서 그 위에 새겨진 미세한 홈을 타고 흔들리는 바늘의 진동을 소리로 풀어냈습니다. 긴 머리의 디제이가 선곡을 하고 곡에 대한 해설과 적당한 멘트를 하면 음악에 젖어들어 갑니다. 이렇게 재생되는 음악은 아날로그입니다. 진공관 앰프는 아날로그 신호를 증폭하는 역할을 했습니다. 지금도 아날로그 마니아들은 오래된 벼룩시장을 뒤져 단종斷種된 진공관을 찾습니다. 축음기의 레코드판을 돌리는 벨트도 어떤 고무줄을 사용하느냐에 따라 맛이 달라진다고 합니다. 이것저것 주인의 취향이 고스란히 묻어나는 것이 아날로그 앰프의 매력입니다. 가만 따져보자면 플라스틱 레코드판은 음악을 기록한 노트입니다.

요즘은 환경오염의 주범으로 지탄을 받지만 플라스틱이 인류에 기여한 수많은 덕목 중 음악을 기록한 LP판이야 말로 최고가 아닐까 합니다. 진공관의 아날로그 시대를 뒤로하고 디지털 시대로 넘어 온 결정적 혁신은 바로 고체반도체의 발명입니다. 실리콘에 불순물을 도핑해서 한쪽 방향으로만 전류가 흐르게 만든 고체반도체를 발명한 사람들은 벨 연구소의 연구자들이었습니다. 그런데 여기에 노트의 힘이 숨어 있습니다.

미국에 전화사업 기업인 AT&T가 있습니다. 소속 기관 중 벨 연구소는 일명 '노벨상 제조기'[1]로 불리는 곳인데요. 여기엔 아주 독특한 문화가 있었습니다. 첫째, 연구진 모두에게 연구노트를 공개하는 거였어요. 페이지 번호가 기록된 연구노트는 나중에 지적 재산권 문제를 두고 선취권 다툼이 일어날 경우 중요한 증거 자료로 쓰이기도 했습니다. 이곳 연구자들은 각자 자신만의 연구노트를 가지고 있었지만 그 누구도 그것을 집으로 가져갈 수 없었습니다. 연구노트에 뭔가를 기록하고 나면 그것을 반드시 오케스트라의 보면대처럼 생긴 작은 책상 위에 올려놓아야 했어요. 그러면 다른 연구자들이 누가 어떤 일을 하고 있는지 들여다보면서 간혹 괜찮은 아이디어가 떠오르면 써넣어주기도 했습니다. 이것이 두 번째 특별한 점입니다.

이러한 문화는 특히 경력이 일천한 초임 연구자들에게 큰 자극이 되었습니다. 내공이 깊은 선임이 자신의 노트에 의견을 달아주니 그 자체로 큰 힘을 얻은 것이지요. 윌리엄 쇼클리William Bradford Shockley, 1910~1989는 벨 연구소 연구그룹을 이끌고 있었는데요, 같은 팀인 존

---

1 벨 연구소에 노벨상을 안겨준 것 중 하나가 실리콘 결정을 이용한 고체반도체이다.

바딘Jojn Bardeen, 월터 브래테인Walter Brattain과 함께 1956년 고체반도체 연구와 트랜지스터 효과의 발견이라는 공로로 노벨 물리학상을 수상합니다. 쇼클리는 자신이 발견한 트랜지스터의 상업화를 위해 스탠포드대학의 교수로서 1950년과 60년대 실리콘벨리에서 애씁니다. 노벨상의 결정적인 연구가 진행된 벨 연구소의 연구노트 문화는 한 글자 한 글자 공들여 적은 아날로그 문화였습니다. 그러나 아날로그 노트가 디지털 시대를 열어주었다는 것은 흥미로운 아이러니지요.

노트에 빠지다

누구나 한 번쯤은 종이에 손가락을 베어본 경험이 있을 겁니다. 책을 읽다가, 새 노트를 넘기다가, 혹은 종이 묶음을 정리하다 말입니다. 요즘엔 드문 일이지만 간혹 연필을 깎다가 손가락을 베는 일도 있었습니다. 옛날에는 '커터'가 아니라 연필깎이용 칼을 썼는데요. 칼자루가 짧아서 걸핏하면 손을 베곤 했어요. 심이 뾰족하게 다듬어진 연필과 날이 선 하얀 종이를 보고 있자면 이들이 "뭔가 써봐"라거나 "뭐해, 얼른 쓰지 않고" 하면서 속삭이는 것 같습니다. 엉겁결에 연필을 들어보지만 일필휘지一筆揮之는 언감생심, 대개 첫 문장 하나 쓰는 데도 꽤 오랜 망설임이 따릅니다.

책은 읽기 위해 존재합니다. 콕 찍어 어느 한 사람만이 아닌 비슷한 관심을 가진 다수를 위해 존재하지요. 반면 아무런 내용도 쓰이지 않은 순백의 노트는 무엇인가를 쓰기 위해 존재합니다. 다수가 아닌 노트의 주인 한 사람을 위해서요. 물론 책과 노트의 겉모습은 비슷합니다. 책은 내용물이 인쇄된 종이를, 노트는 빈 종이를 묶었다는 점이 다를 뿐입니다. 이처럼 어떤 목적이나 쓰임에 따라 종이를 묶는 작업을 '제본製本'이라고 하는데요. 예부터 사람들은 가치 있는 책을 제본하는 데 돈을 아끼지 않았습니다. 가죽으로 표지를 만들어 은이나 금으로 세심하게 장식하기도 했지요. 특히 중세 수도사들이 만든 책이 압권입니다. 신에게 헌정하는 작품답게 귀한 재료를 사용해 화려하게, 신심을 듬뿍 담아 정성껏 만들었으니까요.

인쇄 기술과 제본 기술이 첨단을 달리는 지금, 우리는 시대상을 반영한 다양한 책을 만날 수 있습니다. 그러나 노트는 제작 기술 측면에서 볼 때 큰 변화가 없습니다. 여전히 얇고, 제본 방법도 간단하거든요. 하지만 상상을 초월하는 디자인만큼은 획기적입니다. 어쩌다 대형 문구점에 나가 보면 저마다 다른 감각을 뽐내는 노트들을 만날 수 있는데요. 각각의 얼굴에 맞는 글을 쓰고 싶은 욕심에 저 역시 이 노트 저 노트 바구니 한가득 주워 담기 일쑤입니다.

자신에게 맞는 노트, 필요한 노트를 고르는 일은 즐겁습니다. 스프링 노트, 풀 제본된 얇은 노트, 커다랗고 두꺼운 노트, 한손에 쏙 들어오는 작은 노트, 선이 인쇄된 노트, 무선 노트, 양장본 노트, 재생 종이를 쓴 노트…. 노트를 선택하는 취향엔 커피 원두를 고르는 것처럼 저마다의 개성이 물씬 반영됩니다. 어떤 이는 노트보다 바인더를 좋아합니다. 바인더를 사용하면 중간에 무엇을 끼워 넣거나 문서의 순서를 조정하기 수월하니까요. 단, 실험실 노트만큼은 바인더로 하면 안 됩니다. 실험노트엔 연구자의 진실이 담겨 있어야 하기에 절대로 중간에 순서를 바꾸거나 조작하는 일이 있어서는 안 되니까요. 각 장에 일련번호를 미리 매겨두어 중간에 일부를 소멸하지 못하도록 장치를 마련하는 이유입니다.

저는 노트를 고르면서 종종 '바인더 노트의 넉넉한 인심과 실험 노트의 경직성을 합쳐놓은 노트' 같은 게 있으면 얼마나 좋을까, 하고 생각했습니다. 이따금 직접 만들어보기도 했지요. 사실, 누구나 알다시피, 컴퓨터의 워드프로세서엔 이 기능이 있습니다. 클릭 한 번이면 문서 끼워 넣기가 말끔히 해결되지요. 하지만 제가 바란 건 아날로그 노트에 이런 기능을 탑재하는 것이었어요. 이렇게 저렇게 궁리를 하다 보니 "워드프로세서가 없던 시대의 노트 마니아들은 이런 불편함을 어떻게 해결했을까?" 하는 궁금증이 일었고, 그 답을 찾는 과정에서 저는 노트 쓰기를 연구하게 되었습니다.

세상의 모든 노트 마니아

초기에는 "종이 노트 본연의 아날로그적 실체를 워드프로세서가 갖는 디지털적 유연성으로 어떻게 상쇄할 수 있을까?"에 대한 답을 찾아내는 데 집중했습니다. 그런데 이상한 일이 벌어졌어요. 시공간을 넘나들며 노트 쓰기의 달인과 만나면 만날수록 애초에 관심을 가졌던 기술적 문제가 마음 밖으로 사라지는 게 아닙니까? 결국 제 앞에는 그들이 사랑했던 노트와 그 노트에 담긴 수많은 이야기들만 남았는데요. 저는 그것만으로도 가슴이 벅찼습니다. 특히 우리가 흔히 '천재'라고 말하는 사람들, 그중에서 '노트'에 미쳤던 몇몇 노트 마니아들의 이야기는 정말이지 감동적이었습니다.

만유인력의 법칙을 발견한—엄밀한 의미에서는 '알아낸'— 뉴턴을 모르는 사람은 없을 겁니다. 그가 천재라는 사실을 부인할 사람도 없고요. 더 나아가 그가 보여주었던 기이한 행동 몇 가지쯤을 우리는 알고 있습니다. 달걀을 삶는다면서 시계를 물에 넣었다든지 하는 이야기들이죠. 그러나 뉴턴이 늘 갖고 다니던 '노트'에 대해 아는 사람은 별로 없습니다.

캐나다의 동부 온타리오 주에는 해밀턴이라는 학원 도시가 있는데요. 그곳 맥메스터대학 중앙도서관 지하에는 영국의 철학자 버트런드 러셀Bertrand Russell, 1872~1970의 서재가 있습니다. 러셀이 남기고 간 지성의 체취를 맡기에 안성맞춤인 곳이지요. 거기서 저는 두꺼운 파일 노트로 11권에 달하는 그의 수학 논문집을 바라보면서 그 끝없는 연구와 결과의 갈무리에 혀를 내둘렀습니다. 러셀은 말을 이용해 여행하면서 늘 무엇인가를 노트에 '적었다'고 합니다.

미국 올랜도에 있는 디즈니월드에 가면 MGM 스튜디오 한편에 디즈니 기념관이 있습니다. 이곳에도 역시 디즈니의 서재가 전시되어 있는데요. 그의 방은 의외로 단정했어요. 만화 이미지들이 현란하게 붙어 있을 거라는 짐작과 달리 방 한가운데 육중한 책상이 놓여 있고, 지구본 모양의 통에는 연필과 붓과 펜이 가득 꽂혀 있었습니다. 아마도 디즈니는 저 도구들을 이용해서 노트에 이미지 컷을 그리고 스토리의 초안을 짜면서 밤을 샜을 테지요.

안동 하회마을에서도 우리는 노트 마니아를 만날 수 있습니다. 바로 류성룡입니다. 기념관에 가면 류성룡이 친필로 쓴 『징비록懲毖錄』을 볼 수 있는데요. 거기서 우리는 그의 나라 사랑과 인품을 읽을 수 있습니다. 임진왜란이 끝난 후 류성룡은 선조에게 "국난을 당했으나 누구도 책임을 지지 않으니 영의정인 소신의 부덕의 소치이므로 벌하여 달라"고 편지를 씁니다. 이에 선조는 "문제될 것 없다"는 답변서를 내리는데요. 저는 이들의 서신을 보면서 가슴이 뭉클

해졌습니다. 그 뭉클함이야말로 스마트폰을 이용한 '참을 수 없는 단문 쓰기의 가벼움'이 범람하는 이 시대에 용감무쌍하게 아날로그 노트 쓰기의 즐거움과 아름다움을 강조하게 된 또 다른 이유이기도 합니다.

내 노트의 스승,
패러데이와 이시 교수

제 마음 깊숙한 곳에 '노트의 스승'으로 남아 있는 과학자 마이클 패러데이와 이시 교수의 이야기를 들려드리면서 노트의 세계로 초대하는 글을 마치려고 합니다.

가난한 제본공이었던 마이클 패러데이Michael Faraday, 1791~1867의 일화는 언제 들어도 감동적입니다. 패러데이는 19세기 최대의 실험물리학자로 '전자기학의 아버지'라 불리는 영국의 물리학자이자 화학자인데요. 그는 1791년 9월 22일 영국 서레이 지방의 뉴잉턴 빈민가에서 대장장이의 아들로 태어났습니다. 집안이 가난해서 학교 문턱에도 가보지 못했던 그는 열네 살 무렵부터 책 제본 공장에서 견습공으로 기술을 배웠는데, 이때부터 패러데이는 종이의 위력에 사로잡혔고, 인쇄된 활자와 그림이 선사하는 묘한 마력에 마음을 빼앗기게 됩니다. 제본을 끝낸 책을 읽으면서 향학열을 불태우지요.

그러던 중 패러데이에게 일생일대의 터닝 포인트가 찾아옵니다. 그가 정성껏 제본한 책을 받아 든 어느 학자가 감사의 표시로 당시 유명한 학자였던 험프리 데이브 교수의 화학 강연 입장권을 선물한 거예요. 패러데이는 데이브 교수의 강연을 들으면서 그 내용을 빠짐없이 꼼꼼하게 노트에 기록했습니다. 그러고는 그동안 배운 실력을 총동원해서 노트를 정성껏 제본한 뒤 데이브 교수에게 보냈어요. "저를 조수로 일하게 해주세요"라는 제안과 함께 말입니다. 우여곡절 끝에 대학 연구실에서 일할 수 있는 행운을 거머쥔 패러데이는 교수를 도우면서 화학 지식을 하나씩 배워나갔고 틈 날 때마다 자기만의 실험도 시도했습니다. 패러데이의 노트에 대해서는 뒤에 자세히 말씀드릴 텐데요. 패러데이의 변신에 노트가 대단한 역할을 한 것만은 틀림없습니다.

저는 연구자의 길을 걸으면서 수없이 많은 석학들의 방을 드나들었는데요. 그때 운 좋게도 그들이 애지중지하는 육필 연구노트를 볼 수 있었습니다. 나의 스승이자 멘토인 미국 퍼듀대학의 이시[石井] 교수님은 지난 번 방문 때 서재를 오픈하시면서 과거 자신이 연구하고 기록한 노트들을 보여주셨습니다. 노트에는 지난날 겪었던 매일매일의 고민과 발전의 흔적들이 고스란히 담겨 있었지요. 저는 염치없게도 한 권만 복사하게 해달라고 부탁했습니다. 교수님은 흔쾌히 승낙했고 그의 육필 연구노트는 지금도 제 책상에 놓여 있습니다. 저는 매일 그 노트를 바라보면서 교수님의 위대함을 이루어준 저 도깨비 방망이 같은 존재에 엄청난 존경심을 표하곤 합니다.

이시는 전후세대로서 기계공작을 하는 부친 밑에서 성장했습니다. 기독교 전통의 고등학교를 다니면서 등산을 즐기고, 다양한 인문학 공부에 빠졌던 탓에 대학입시는 순탄하지 않았지요. 요코하마 대학을 졸업한 후 미국으로 건너간 그는 운명적으로 주버Zuber 교수[1]를 만납니다. 당시 주버 박사는 뉴욕주립대에서 교수 생활을 처음 시작했고, 이시 선생은 그의 문하에 합류한 상황이었습니다. 주버 교수와 이시 선생의 운명적 만남은 스승과 제자이면서 동시에 학문적 경쟁자로서 어떻게 살아야 하는지를 잘 보여주는 사례로 유명합니다. 이후 주버 교수가 조지아공대로 옮기자 이시 선생도 그곳으로 자리를 옮기지요.

이시 선생은 이상유동의 전달방정식을 독학으로 연구하여 1970년에 박사학위를 받은 뒤 조지아공대에서 2년간 박사후연구원으로 연구를 지속하다가 1972년 프랑스로 건너가 그레노블에 있는 국립연구소에서 초빙 과학자로 일했습니다. 이 기간 동안 그는 이상유동의 전달방정식을 완성했고, 이를 책으로 출판하면서 분야의 대가로 자리를 잡습니다. 당시 그의 나이는 25세였어요. 그의 업적을 인정한 미국이 선생을 아르곤 국립연구소로 초빙하자 이시는 다시 미국으로 건너가 원자로 안전연구부에서 이상유동의 현상론적 모델링 그룹의 리더로 활약했습니다. 이때 퍼듀대학의 총장이 이시 선생을 퍼듀의 원자력 공학부로 영입하기 위해 이시 선생의 집에 세 번이나 찾아갔다는 삼고초려 일화도 매우 유명하지요. 그 후 이시는

---

1 당시 주버 교수는 러시아에서 건너와 미국에서 불법 체류를 하면서 UCLA 박사 과정을 밟고 있었다. 그는 오늘날 원자력 안전의 핵심인 임계열유속현상에 대한 이론적 모델을 제시하여 미국의 정부 관계자를 놀라게 했는데, 그가 불법체류자인 것을 알고 바로 미국 시민권을 주었다는 일화가 있다.

1988년부터 퍼듀대학의 원자력 공학부 교수로 취임해 후학을 가르치며 연구를 수행했습니다. 그의 저서인 『이상유동의 열유체 동역학 *Thermo-fluid Dynamics of Two-phase Flow*』은 원자력 안전과 이상유동 연구자에게 성경과 같은 존재로 남아 있습니다.

이시 선생의 연구노트는 정말 깔끔합니다. 마치 다른 곳에 쓴 것을 옮겨 적은 것처럼 말끔하기 그지없어요. 학생들은 늘 그가 어딘가에 초벌 연구노트를 두었을 거라고 생각했지만, 그는 실제로 단 한 번 적을 뿐이었습니다. 저도 궁금하여 어떻게 그렇게 고치지도 않고 연구노트를 쓰시냐고 물었습니다. 그는 "제대로 된 연구자는 이미 머릿속에 모든 계산과 그림을 다 그려놓기 때문에 그저 그것을 종이에 적는 것뿐인데 왜 고쳐야 하는지 알 수 없다"는 말을 했습니다. 그는 항상 머릿속에 모든 계산을 끝내놓고 연필을 들었습니다. 그는 가끔 자신의 두뇌에 대해 말하곤 했습니다. "무슨 말을 들으면 아무 생각도 안 나지만 조금 생각해보면 그 모든 것이 다 떠오른다"는 것입니다.

하지만 그는 처음에는 하나도 안 떠오를 정도로 머리를 비워놓습니다. 이시선생에겐 이상한 버릇이 있습니다. 오후 5시가 넘어가면 일절 과학과 관련된 이야기를 하지 않는 것입니다. 이것저것 물어봐도 금세 웃으면서 다른 이야기를 합니다. 그는 철저하게 오후 5시 이후에는 과학에 관한 한 뇌에 어떤 부담도 주지 않는 생활을 실천합니다. 온통 한 가지 생각만 해야 한다는 일반적인 생각과는 완전히 다른 생활 태도죠. 그는 머리를 비우는 것을 평생 실천하고 효과를 본 사람입니다.

이시 교수는 성격이 까다롭고 실력이 없는 사람에겐 가혹할 만큼 냉정합니다. 그런 그가 저에겐 다소 특별하게 정을 준 것은 아직도 고마운 일입니다. 우리는 헤이세이라는 일식집에 자주 가서 여러 이야기를 나눴습니다. 역사 이야기를 하면서 일본이 한국에 사죄해야 한다고 소리를 높였던 기억도 납니다. 이시 교수는 항상 따듯한 정종을 네 병 시켰습니다. 저는 술을 하지 않아서 늘 잔만 놓고 있었지만 그와 이야기를 나누는 시간은 정말 좋았습니다. 실험실 사람들이 어느 날 저에게 저녁 먹을 때 정종 몇 병을 놓고 먹느냐고 묻기에 네 병이라고 했더니 다들 눈이 휘둥그레지더군요. 이시 선생은 아무리 대단한 사람이라도 두 병만 시킨다는 것입니다. 아주 마음을 터놓는 사람에게만 네 병을 주문한다는 소리를 듣고 기분이 좋았습니다.

저는 아직도 대화 도중 종이에 연필로 한 자 한 자 방정식을 써가던 그분의 손가락과 글씨체, 그러다 잠시 멈추고 머리를 만지면서 "연구는 정말 어려운 일이야"라고 중얼거리며 반짝 빛나는 눈동자로 허공을 바라보던 그 모습을 또렷하게 기억합니다.

chapter 2

위대함으로의 초대

시대를 바꾸는 노트 쓰기

얼마 전 영국의 맨체스터에 다녀왔습니다. 맨체스터는 한국의 박지성 선수가 활약했던 맨체스터 유나이티드로 더욱 유명한데요. 제 목적은 맨체스터 과학기술대학 방문이었습니다. 도착한 다음날 아침, 시차 때문에 일찍 일어난 저는 침대에서 꼼지락거리느니 걸어보자 싶어 일단 거리로 나섰습니다. 여행지에서는 가급적 걸어 다닙니다. 자동차로 휭 둘러보면 빠르고 편하긴 해도 여행의 진짜 맛이 사라지는 것 같아서요. 대학은 숙소에서 꽤나 멀리 떨어져 있었습니다. 천천히 걷다 보니 철길이 나오더군요. 붉은 벽돌과 녹슨 쇠로 만들어진 이 도시에선 철길마저 벽돌로 된 아치형 다리 위를 지나는 구조였습니다. 과기대에 도착해 이곳저곳 둘러보던 중 앙증맞은 건물 하나를 발견했어요. 영국의 물리학자인 어니스트 러더포드Ernest Rutherford, 1871~1937를 기념하는 건물이었습니다. 하지만 박물관으로 사용되는 곳은 아니었고 러더포드를 기념한다는 의미를 지닌 일종의 연구동이었지요.

아쉬운 마음으로 발길을 돌려 걷다가 대학이 끝나는 지점에서 조그만 커피하우스를 만났습니다. 그곳에서 저는—영국인들도 잘 쓰지 않는 중절모를 쓰고서— 영국인보다 더 영국인답게 커피를 마시면서 곧 몽상에 빠져들었습니다.

때는 18세기 유럽, 영국의 한 클럽입니다. 사람들이 넘쳐납니다. 아름다운 귀부인들 옆에는 말쑥하게 차려 입은 신사들이 앉아 있어요. 끊임없이 수다를 떨고 있군요. 보통 '클럽Club'이라고 부르는 곳의 풍경인데요. 사람들은 이곳에서 만나 새로운 이야기를 지어내고, 서로 떠들며, 멋진 신세계를 꿈꿨습니다. 대학보다 더 대학다운 곳, 그 어느 곳보다 지적인 모임이 가능한 곳이 바로 당시의 살롱과 클럽이었죠. 이곳은 등록금도 받지 않고, 숙제도 시험도 없는 사실상의 대학과 같은 곳이었습니다. 모여든 사람들도 제각각이었고요. 한 가지 공통점이 있다면 그곳을 찾은 사람들이 저마다 가슴에 노트 한 권씩을 품고 있었다는 것입니다.

바로 '비망록備忘錄'입니다. 우리말 사전에 따르면 "잊지 않으려고 중요한 골자를 적어 둔 것, 또는 그런 책자"라는 뜻을 지녔는데요, 영어로는 'commonplace book'이라고 합니다. '아무데나 들고 다니는 노트'라는 뜻이지요. 당시 사람들은 여기에 남에게 들은 멋진 말도 써넣고, 책을 읽다가 밑줄을 쳐두었던 구절도 옮겨 쓰고, 좋아하는 시도 적고, 갑자기 떠오른 기특한 말들도 써넣곤 했습니다. 저작권이란 개념 자체가 전무하던 시절이었으니 문제될 건 전혀 없었어요. 설혹 누군가 저작권 비슷한 이야기를 꺼낸다 해도 목적이 상업적인 것이 아니었으므로 상관이 없었습니다. 그저 클럽이나 살롱에서 한 번 튀어보려는, 멋진 말로 관심을 좀 끌어보려는 시도임을 다 알고 있었으니 말입니다. 클럽이나 살롱에서는 말하는 사람의 출신이나 신분이 그다지 중요하지 않았습니다. 관건은 오직 '얼마나 멋진 말을 하는가'였어요. 멋지고 재치 있는 말을 하기 위해 자신만의 노트를 만들었던 배경입니다.

영국의 모임 중에는 재미있는 모임이 많습니다. 제가 개인적으로 가장 가보고 싶었던 곳은 '달 모임lunar society'이었는데요. '달 모임'은 매월 보름달이 뜨는 주의 월요일에 만나 밤새도록 웃고 떠드는 모임이었습니다. 여기에는 산소를 발견한 프리스틀리Joseph Priestley, 1733~1804, 증기기관의 아버지 와트James Watt, 1736~1819, 진화론을 펼친 다윈의 할아버지인 이래즈머스 다윈Erasmus Darwin, 1731~1802이 단골로 드나들었고, 이따금 벤저민 프랭클린Benjamin Franklin, 1706~1790이 버지니아의 토마스 제퍼슨Thomas Jefferson, 1743~1826을 데리고 나타나기도 했습니다. 물론 이들도 비망록을 가슴에 품고 있었습니다. '노트와 클럽', '노트와 살롱'은 흔히 생각하는 '커피와 도넛'이나 '와인과 치즈'보다 더 궁합이 좋은 짝이었습니다.

물론 '달 모임'은 버밍햄Birmingham에 있었지만 맨체스터 과기대 끝에 자리한 커피 하우스에 앉아 저는 그 옛날 산업혁명을 일으킨 장본인들과 미국혁명의 장본인들, 그리고 진화론의 단초를 제공한 다윈의 할아버지를 상상했습니다. 당대의 시각에서는 '불온'하기 그지없던 그들이 결국은 '새로운 시대'를 열은 거예요. 생산량을 증대했고, 자유와 민주의 개념을 외쳤으며, 종의 기원을 설파했습니다. 역사를 열어젖힌 것입니다.

정오가 되어서야 저는 산업박물관 앞에 섰습니다. 안에 들어가니 거대한 증기엔진이 씩씩거리고 있었어요. 방직기와 실을 고르는 기계들도 즐비했습니다. 거대한 기계들을 보고 있노라니 흡사 거인의 나라에 당도한 느낌이었습니다. 다음으로 들른 코너는 맨체스터가 자랑하는 과학의 현인들을 기리는 곳이었어요. 지독한 색맹이었던 돌턴John Dalton, 1766~1844도 그 자리에 있었습니다. 영국 여왕이 상을 주려 하자 그는 새로운 가운을 맞춰 입고 왔는데요. 그의 눈에 점잖아 보였던 그 옷의 색깔은 매우 강렬한 붉은빛이었습니다. 돌턴의 붉은 가운은 이제 대학의 박사학위 수여식에서 많이 볼 수 있지만, 정작 그 색의 의미를 아는 사람은 드물 겁니다.

다음으로 저의 눈길을 끈 사람은 줄James Prescott Joule, 1818~1889입니다. 열역학의 아버지죠. 그를 기리는 코너엔 줄이 기록한 노트가 있습니다. 그는 대대로 맥주를 양조하던 집안사람이었는데요. 부친이 사망하자 가업을 물려받았습니다. 맛있는 맥주를 만들려면 발효통의 온도와 압력을 잘 조절해야 했기에 온도와 압력의 데이터를 기록하는 것은 필수였어요. 줄의 노트에도 당연히 그런 기록이 있습니다. 온도와 압력의 기록, 이것은 열역학의 기본 인자에 대한 기록이에요. 맥주 양조업자들은 이런 기록을 갖고 정례적인 모임을 갖고 자기들끼리 지식을 출판하기도 했습니다. 항상 같은 품질의 맥주를 만들려고 이들은 1775년 제임스 와트가 발명한 증기기관을 들여와 자동으로 휘젓게 했고 펌프도 사용했습니다. 줄은 전기를 사용한 기계를 실험했던 것으로 알려져 있습니다.

1871년에는 카를 폰 린데Carl von Linde, 1842~1934가 냉장기계를 발명하였고 양조업자들은 이것을 사용해서 1년 내내 양조를 하기에 이릅니다. 온도계나 압력계가 발명되고 사용된 것은 당연한 일이었습니다. 양조업자들은 열역학을 발전시키는 데 큰 기여를 했습니다. 과학은 대학에서 연구하는 박사들만 하는 것이 아니라 이처럼 현실을 살아가는 사람들에게도 필요했고, 그런 자리엔 틀림없이 자랑스러운 노트가 있었습니다.

다시 도시를 걸었습니다. 성당처럼 생긴 공공도서관으로 향했지요. 붉은 색 돌이 왠지 처연하게 보입니다. 1990년 문을 연 존 라이랜드 도서관입니다. 핏빛 사암으로 지은 네오고딕 양식의 경건한 분위기의 건물에는 귀중한 고서들이 가득합니다. 그중에는 손 글씨로 가득한 책들도 있었지요. 도서관을 지은 사람들의 초상화가 아름다운 표정으로 방문객을 지켜보는 가운데 저는 다시 한 번 상상의 늪에 빠졌습니다. 맨체스터의 붉은 벽돌과 붉게 녹이 슨 쇠, 붉은 사암으로 지은 오래된 도서관, 옛 사람들의 손 글씨로 가득한 비망록, 그리고 왁자지껄한 클럽 혹은 살롱의 수다…. 이것들이 한데 어울려 창조성이라는 이름의 회오리를 만들어 노트로 빨려 들어가는 그런 상상이었습니다.

그 어떤 거대함도, 그 어떤 부귀도, 그 어떤 고귀함도 노트 한 권의 영화榮華에는 미치지 못한다는 생각이 들었습니다. 노트를 가슴에 품은 사람은 거인입니다. 그들은 구시대의 문을 닫고 새 시대로 나아가는 문을 열었습니다. 그리고 마침내 역사가 되었습니다. 이제 시대를 바꾸고 새 역사를 만든 사람들의 노트를 들여다보러 떠납시다.

질문과 문제로 가득한 과학자의 노트

_아이작 뉴턴

만유인력을 발견한 뉴턴Isaac Newton, 1642~1727의 등장은 인류에게 눈에 보이지 않는 운동의 원리를 일깨워주었습니다. 태어나기도 전에 아버지를 잃고 어머니의 재혼으로 외갓집에 남아 외로운 삶을 살았던 뉴턴은 그 누구보다 복잡한 심리를 갖춘 비밀스런 사람이었어요. 뉴턴이 살던 시대의 유럽은 세계의 종말이 다가온 것과 같은 분위기였습니다. 도시의 광장엔 페스트로 숨진 사람을 태우는 연기와 냄새가 자욱했고, 하늘에는 긴 꼬리를 드리운 괴상한 별이 지구를 향해 돌진해오고 있었는데요. 이러한 상황에서 자연의 진리를 탐구했던 뉴턴은 어쩌면 비정상이었을지도 모릅니다. 페스트로 죽은 친척의 재산을 가로채려고 혈안이 된 사람들과 종말의 절망을 잊으려 사치와 향락을 일삼던 사람들이 넘쳐나는 분위기에서, 종교와 관련된 과학적 사실을 언급하는 것만으로도 화형감이 틀림없었던 상황에서, 뉴턴은 어떻게 자신의 길을 걸었

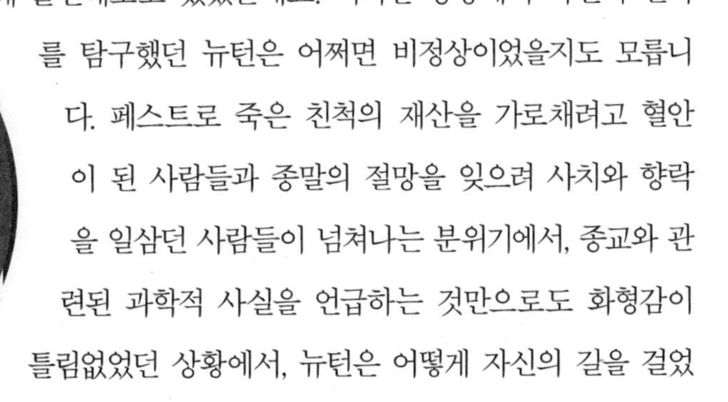

을까요? 그 광기의 시대에 뉴턴이라는 거인은 어떻게 탄생했을까요?

어떤 이는 뉴턴이 페스트를 피해 고향으로 돌아가 있는 동안 과수원을 거닐면서 어떤 종류의 지적 각성을 경험했다고 이야기합니다. 또 어떤 이는 케임브리지 근처에 인비저블 칼리지Invisible college를 열었던 로버트 보일Robert Boyle, 1627~1691의 영향을 받았을 거라고 말합니다. 그렇습니다. 수많은 요소가 이 천재의 탄생에 기여했을 겁니다. 그러나 뉴턴의 삶을 보여주는 다큐멘터리를 보면 그 밖의 다른 요소가 있음을 직감하게 됩니다. 턱이 뾰족한 창백한 얼굴의 젊은 이가 좁은 방에 틀어박혀 쉴 새 없이 펜에 잉크를 묻혀가며 노트를 쓰는 모습 때문인데요. 실제로 그의 시종이었던 험프리 뉴턴이 쓴 글을 보면 뉴턴이 무엇인가에 홀려 끊임없이 쓰고 또 썼다는 것을 알 수 있습니다.

> 자신의 연구에 너무 몰두하셔서 식사도 아주 조금밖에 드시지 않았다. (…) 식사를 하러 왼편으로 돌아가는 길로 나서다가도 논문에 잘못된 점이 발견되면 금세 되돌아가곤 했다. 때로는 정원을 산책하다가 갑자기 알았다! 하고 소리를 지르면서 계단을 뛰어올라 가셨다. 의자를 끌어당길 시간도 없이 선 채로 책상 위의 노트에 무엇인가를 쓰기 시작하셨다.[1]

뉴턴의 일생에서 그의 손을 떠나지 않았던 것은 '노트'입니다. 뉴

—

1 『프린키피아의 천재』, 리처드 웨스트폴 지음, 최상돈 옮김, 사이언스북스, 2001.

턴이 태어나기 석 달 전에 남편을 잃은 뉴턴의 어머니는 자신에게 청혼한 예순세 살의 목사 스미스의 구애를 받아들여 결혼합니다. 뉴턴이 태어난 울즈소프에는 뉴턴 자신이 만든 책꽂이가 있고, 그 서재에는 이삼백 권의 신학 관련 책들이 꽂혀 있는데요. 대부분이 목사였던 의붓아버지의 것들입니다. 그 가운데엔 의붓아버지가 쓰던 노트도 있어요. 의붓아버지는 그 노트에 자신의 관심사였던 거창한 신학적 주제들을 써넣었고, 일부는 자신이 읽은 책의 내용을 발췌하여 적어 넣기도 했습니다. 하지만 이것들은 평생의 노트라고 하기엔 너무나 빈약해요. 그가 왜 신학계에 큰 영향을 미치지 못했는지 짐작하게 해주는 대목입니다. 그러나 거의 백지라 한들 이 노트를 버릴 수는 없는 일이었어요. 어린 뉴턴은 그 노트를 가져다가 잡기장으로 쓰기 시작합니다. 의붓아버지 스미스의 신학 명구집으로 사용되던 노트가 미적분학과 뉴턴 역학의 탄생 과정을 생생하게 보여주는 중요한 역사적인 자료가 되는 순간이었습니다.

케임브리지 시절, 뉴턴이 제일 먼저 산 것은 한 권의 노트였습니다. 그는 여기에 교과과정에서 요구하는 독서를 통해 얻은 지식을 기록했어요. 뉴턴에겐 책을 끝까지 읽지 않는 버릇이 있었는데, 한 권을 읽다가 다른 읽을거리를 찾아내면 바로 그 책으로 넘어가곤 했기 때문입니다. 아리스토텔레스의 책을 읽으면서 기록하다가 2쪽에 불쑥 데카르트René Descartes, 1596~1650의 형이상학에 대하여 기록한 것을 보면 알 수 있어요. 몇 쪽 뒤에 '철학에 대한 질문들'[1]이라는 제목 아래 새로운 책을 읽으면서 메모하기 위한 소제목들을 나열한 것을 보아도 그렇고요. 게다가 그의 노트법은 좀 특이했습니다. 공부한 내용을 노트의 처음과 양쪽 끝부터 써나갔거든요. 노트의 가운데 100쪽 가량이 비어 있는 이유이기도 합니다.

노트 〈질문들〉의 대부분은 데카르트에 대한 메모로 채워져 있는데요. 뉴턴은 아리스토텔레스를 공부할 때와 전혀 다른 모습으로 데카르트의 저작을 철저히 소화했습니다. 뿐만 아니라 갈릴레오의 천문학 대화, 로버트 보일, 홉스를 비롯한 많은 사람의 새로운 사상을 읽고 메모를 남겼어요. 이 노트를 시작한 시기는 대략 1664년경으로 추정됩니다. 당시 데카르트의 책은 매우 불온한 것으로 간주되었어요. 교회의 어떤 이들은 데카르트가 복음 자체를 비난하고 있는 것처럼 여겨 그의 책을 읽는 것조차 금지했습니다. 데카르트는 뉴턴을 사로잡은 데 이어 다양한 종류의 책으로 안내하는 길잡이의 역할도 했습니다. 뉴턴의 의식 속에 나타난 '다른 책에 대한 독서 열망'을 가능하게 해준 논리가 무엇인지 정확히 알 수는 없지만, 그의 노트를 들여다보면 관심사가 변해가는 과정을 이해할 수 있습니다.

뉴턴은 45개의 소제목을 만들어 그 아래 독서를 통해 얻은 것들을 차근차근 정리했습니다. 이 소제목들은 물질, 공간, 시간, 운동의

---

1 이 제목이 붙은 노트를 이하 <질문들>이라 일컫는다.

Sr

I have perused yr very ingenious Theory of Vision
in wch (to be free wth you as a friend should be) there
seems to be some things more solid & satisfactory, others
more disputable but yet plausibly suggested & well
deserving ye consideration of ye ingenious. The more
satisfactory I take to be your asserting yt we see
wth both eyes at once, yr speculation about ye use
of ye musculus obliquus inferior, yr assigning every
fibre in ye optick nerve of one eye to have its
correspondent in yt of ye other, both wch make all
things appear to both eyes in one & ye same place
& yr solving hereby ye duplicity of ye object in
distorted eyes & confuting ye childish opinion about ye
splitting of ye optick cone. The more disputable seems
yr notion about every pair of fellow fibres being
unisons to one another, discords to ye rest, & this con-
sonance making ye object seen wth two eyes appear
but one for ye same reason that unison sounds seem
but one sound. I did think to have sent you what
I fancy may be objected against this notion & so staid
for time to write it down, but upon second thoughts
I had rather reserve it for discourse at or next
meeting: & therefore shall add only my thanks for
yr kind letter & present.

Sr I am

Yr much obliged & humble
Servant

Trin. Coll. Cambridge
June 20th 1682

Is. Newton.

뉴턴은 우주의 온갖 것을 노트에 기록했다.

성질과 같은 물리학의 근본적인 주제부터 시작해 우주의 질서로 나아갑니다. 희박함, 부드러움 같은 수많은 감각적 성질들, 격렬한 운동, 초자연적인 성질들, 빛, 색깔, 시각, 감각 등도 등장하고요. 그런데 어떤 소제목은 내용이 아예 없는 것도 있습니다. 반면 내용이 넘쳐 다른 장으로 넘어가는 것도 있고요. 〈질문들〉이란 노트에서 뉴턴은 끊임없이 질문 던지기를 하며, 기계론적 물리의 영역을 면밀하게 더듬었습니다. 이 과정에서 철학 자체를 문제 삼지는 않았는데, 당시 뉴턴은 이미 정신적으로 아리스토텔레스 철학과 완전히 결별하고 데카르트적 합리주의로 정신을 무장했기 때문입니다. 일종의 혁신을 이룬 상태였던 거예요.

〈질문들〉의 내용은 대부분 2차적인 것으로, 뉴턴이 읽은 책에서 메모한 것들입니다. 그러나 이 '질문들'에는 그가 평생 연구하고자 했던 문제들과 그 문제를 해결한 방법들이 상당 수준으로 드러나 있습니다. 다른 사람들의 눈에는 단순한 소제목처럼 보이지만 이것들은 사실 뉴턴이 실험 과정에서 제기하고 싶었던 의문이었어요. 즉, 뉴턴은 자신이 읽은 책의 저자에게 질문을 던짐으로써 지식을 수동적으로 받아들이는 단계를 벗어나 전진을 시도한 것입니다. 일례로 뉴턴은 데카르트의 빛에 관한 이론에 대해 수많은 반대 의견을 제시했는데요. 뉴턴의 위대함은 이처럼 그의 첫 노트가 '질문들'이었다는 데 있습니다.

1664년에서 65년으로 넘어가는 겨울, 뉴턴은 자신이 알게 된 것들을 체계적으로 정리해야겠다고 생각하여 〈문제들〉이라는 타이틀을 적은 노트를 만들고, 목록을 작성하기 시작합니다. 처음에는 열두 개의 목록을 적었는데 후에 하나를 지우게 됩니다. 그 후 또 다른 문제들을 추가했는데요. 잉크가 다르다는 사실을 통해 목록이 추가되었음을 짐작할 수 있습니다. 이 작업은 그 문제들을 모두 다섯 그룹으로 나누어 총 22개가 될 때까지 지속되었습니다.

첫 번째 그룹은 대부분 해석기하학의 문제였어요. 그는 이것을 통해 역학의 기초가 되는 절대시간에 대한 개념을 잉태합니다. 두 번째는 역학에 대한 것이었습니다. 이는 그의 첫 번째 노트 〈질문들〉에 나왔던 주제인데요. 〈질문들〉에 나오는 '격렬한 운동에 대하여'라는 글이 그와 역학의 첫 만남입니다. 한 가지 재미있는 점이 그의 〈잡기장〉에 드러납니다. 여기에 역학과 관련된 노트로 '반동에 관하여'가 있는데 〈질문들〉에서보다 훨씬 더 확신에 찬 어조로 글을 썼다는 사실을 알 수 있거든요. 더는 의문에 가득 찬 학생의 자세가 아닌 성숙한 연구자로서 뉴턴은 이제 전통적으로 내려오던 답을 대신할 새로운 해법을 스스로 제시한 것입니다.

뉴턴은 이 세 권의 노트, 즉 〈질문들〉 〈문제들〉 〈잡기장〉을 들고 지적 여행을 떠났습니다. 그리고 여기서 정리한 중요한 결과들을 논문으로 발표하거나 일부를 모아 책으로 엮었어요. 결국 이 세 노트는 두뇌의 어떤 영역을 대표하는 특징을 나타내는 것으로 사고의 전 과정이 자세히 기록된 하나의 실험적 자료입니다.

뉴턴은 또한 의붓아버지 덕분에 일찍부터 신학에 관심을 가졌습니다. 케임브리지에 도착한 후 구입한 책의 40퍼센트가 신학 책일

정도였어요. 삼위일체를 인정하지 않는 이단적 요소가 있긴 했지만 뉴턴은 신학의 다양한 주제에 대해서 진지하고 열성적으로 연구했습니다. 이는 노트에도 여실히 드러납니다. 뉴턴은 주로 2절 용지를 사용해 기독교신학의 작은 주제들을 나열했습니다. 여기에 내용을 적다가 범위를 넘어서면 새 용지를 삽입하여 적어 나가기를 반복했습니다. 오늘날 우리가 사용하는 파일 노트의 개념이지요. 뉴턴은 노트를 쓸 때 대개 전체적인 분량을 정해놓고 시작했는데, 작업 과정에서 분량을 다 채우지 못할 때도 많았습니다. 일례로 5장의 2절 용지를 할애하여 모두 10쪽의 분량으로 상정해두었던 '그리스도의 수난과 부활' 부분은 2쪽 미만만 채워져 있어요. 그는 또한 1678년에 시작하여 1680년 후반기까지 날짜를 명기한 실험 노트를 남겼습니다. 열광적인 실험의 시대에 뉴턴이 썼던 노트의 일부를 볼까요?

1681년 5월 10일

나는 아침의 별이 금성이고, 이것이 토성의 딸이며 비둘기자리의 한 별인 것을 이해했다.

5월 14일

나는 삼지창의 의미를 이해했다.

5월 15일

또 하나의 비둘기와 같이 "수은의 승화가 실재한다"는 말을 이해했다.

즉 더러운 승화물은 흰 몸으로 올라가고, 바닥에 검은 찌꺼기를 남겨 두고, 바닥은 찌꺼기가 남아 있지 않을 때까지 용액이 씻어내고, 깨끗한 몸체에서 수은이 다시 승화한다. 이것이 순수한 승화물—철학적 암모니움—이 아닌가?

에밀리오 세그레Emilio Segre, 1905~1989라는 이탈리아 출신의 미국 물리학자는 저서에 뉴턴의 성격을 자세히 묘사한 바 있습니다. 그중 하나가 "뉴턴은 병적일 정도로 비밀을 지키려는 마음이 강해서 매우 훌륭한 대작을 출판하는 일에 소극적이었다"는 것인데요. 이런 성격적 특성에도 불구하고 뉴턴은 끊임없이 글을 썼습니다. 그의 전기 중에 '절대 쉬지 않는 자'라는 부제가 달린 책이 있을 정도로요.

뉴턴의 노트들은 여러 개의 상자에 담겨 전승되었습니다. 그 상자들은 뉴턴의 조카딸이자 가사를 돌보았던 캐서린 버튼이 소유했다가 그녀의 딸에게 상속되었는데요. 그 딸의 남편이 포츠머스Portsmouth 백작이었던 탓에 흔히 '포츠머스 소장품'이라고 불립니다. 그 가운데서 수학 분야를 다룬 노트는 1888년 케임브리지대학 도서관에 기증되었고, 나머지는 1936년에 이루어진 경매에서 경제학자 케인즈John Maynard Keynes, 1883~1946에게 넘겨졌다가 이후 다시금 케임브리지대학 도서관에 기증되어 인류 공통의 소유가 됩니다.

뉴턴의 노트는 이를 해석하고자 하는 사람들에게 기쁨과 동시에 고통을 안겨줍니다. 많은 사람들이 해석에 도전했지만 온전히 이해하기란 실로 어려운 일이었으니까요. 그의 노트를 이해하려면 당시의 연금술이나 종교, 천문학 등에 대해서도 식견이 있어야 합니다. 경매로 뉴턴의 노트를 샀던 경제학자 케인즈 역시 그 노트를 이해하려고 노력했던 사람인데요. 그는 뉴턴 탄생 300주년 기념 강연에서 이렇게 말했습니다.

> 그가 1696년 마지막으로 케임브리지를 떠나면서 상자에 담은 내용물 중 상당수가 유실되었지만, 나머지를 입수해서 내용을 보았습니다. 저의 견해로는, 뉴턴은 이성시대의 최초의 사람이 아니었습니다. 그는 최후의 마술사, 즉 최후의 바빌로니아 수메르인이었습니다. 10,000년 전 우리에게 지식의 유산을 남기고 간 그 사람들과 똑같은 안목으로 가시적이고 지적인 세계를 관찰한 최후의 가장 위대한 정신의 소유자였습니다.

케인즈의 격찬은 뉴턴의 노트가 300년이 지난 후에도 여전히 석학들에게 감동을 준다는 의미였는데요. 이처럼 뉴턴은 일생 동안 노트에 자기의 생각을 정리해나갔고, 그 끊임없는 노트 필기는 꼬리에 꼬리를 문 생각의 여정이 어떻게 위대한 사상에 이르는가 하는 과정을 고스란히 보여줍니다. 그러나 뉴턴의 노트는 아픔도 겪었습니다. 어수선한 시대상 때문에 뉴턴은 자신의 노트들을 비밀리에 보관했고, 특히 종교적 연구들은 유언에 따라 그가 죽은 지 수백 년이 지나서야 공개되었습니다. 뉴턴의 노트는 한편으로 그 자신을 정신적 위기에서 건져준 것으로도 유명합니다. 뉴턴이 중년에 이르렀을 때 그의 어머니가 세상을 떠나는데요. 극도로 상심한 뉴턴은 광기 어린 행동도 많이 했습니다. 계란을 삶으려던 물에 시계를 넣었다는 일화는 차라리 애교처럼 들릴 정도고요, 텅 빈 강의실에 들어가 '만장하신 신사숙녀 여러분!' 앞에서 강의하듯 몇 시간씩 큰소리로 강의를 했던 실성한 뉴턴을 떠올릴 때마다 가슴 한구석이 아련해집니다. 하지만 뉴턴은 노트의 힘으로 다시 일어서고 진리 탐구의 여행을 계속하지요.

영국 왕립천문대장의 격려와 요청이 아니었으면 운동의 법칙을 밝힌 그의 명저 『자연철학의 수학적 원리*Philosophiae naturalis principia mathematica*』는 그가 죽은 이후에 한낱 불쏘시개로 전락했을지도 모릅니다. "하늘의 이상한 별이 지구에 충돌할 것인지 알아보라"는 명령을 받은 천문대장의 고민을 한순간에 해결해준 뉴턴의 천재성은 그의 노트 속에서 씨앗을 뿌리고 열매를 맺은 만유인력의 법칙이었습니다. 그 '이상한 별'은 왕립천문대장의 이름을 따 오늘날까지도 핼리혜성으로 불립니다.

자신만의 노트를 지속적으로 쓰는 사람과 생각만 하는 사람은 겉보기에는 별로 차이가 없습니다. 어쩌면 좀스럽게 무엇인가를 늘 끼적거리는 사람보다는 자기 생각을 시원시원하게 말하는 사람이 더 멋져 보일지도 모릅니다. 그러나 일생 동안 지속된 노트 필기는 맥주잔에 간신히 들어갈 만큼 작게 태어난 뉴턴을 그토록 위대한 거인으로 만든 원동력이 되었습니다. 얼마나 오랜 세월이 지나야 뉴턴 같은 거인을 다시 만날 수 있을까요?

아이작 뉴턴의 법칙

아이작 뉴턴은 물리학과 신학 등 다양한 분야에 수많은 업적을 남겼지만 그의 대표적인 업적은 역학(力學)을 완성하고 이를 위해 미분·적분학을 만들어낸 부분에 집중된다. 대표적인 업적으로 '만유인력 법칙'을 소개한다.

만유인력은 1687년 뉴턴이 발표한 『자연철학의 수학적 원리』에 수록된 고전역학의 일부로 처음 공식화되었다. 이 이론은 두 물체 사이에 작용하는 힘에 대한 것이다.

뉴턴은 물체의 운동을 정의하는 시간과 공간을 아인슈타인과 달리 절대적인 것으로 가정하고, 물체 역시 공간적으로는 무게 중심에 존재하는 하나의 점으로 이상화했다. 질량을 갖는 우주 공간의 두 점 사이에 작용하는 힘을 뉴턴은 두 질량의 곱에 비례하고, 서로 사이의 거리의 제곱에 반비례한다고 설명했다. 그래서 무거운 물체일수록 힘은 점점 커지고, 거리가 멀어질수록 힘은 급격하게 감소한다. 이는 간단한 분수로 표현되는 방정식이다.

$$F = G\frac{Mm}{r^2}$$

여기서 'F'는 만유인력(force)이고, 'M, m'은 두 질점의 질량, 'r'은 두 점 사이의 거리에 해당한다. 'G'는 만유인력 상수로서 캐번디시(Henry Cavendish,

1731~1810)[1]에 의해 실측되었고, 점점 정확도를 높여 현재는 'mg'로 알려졌다.

흔히 우리는 중력가속도를 'mg'로 표현하는데, 이는 지구의 질량이 매우 크고 지표면에서 일어나는 일은 지구 반경에 비하여 대단히 작으므로 개략적으로 이를 근사한 것이다.

$$mg = G\frac{Mm}{r^2} \text{ 이므로 식 } g = \frac{GM}{r^2} \text{ 이다.}$$

이러한 뉴턴의 만유인력 법칙은 쿨롱(Charles A.D. Coulomb, 1736~1806)[2]이 발견한 정전기력과 매우 유사한 수학적 성질을 갖는데, 그것은 거리의 제곱에 반비례하는 모습 때문이다. 이러한 특성으로 뉴턴의 만유인력 법칙은 행성의 타원 궤도를 예측했고, 쿨롱의 정전기력은 러더포드가 행한 금박에 방사선을 조사하는 실험에서 원자핵이 양전하를 띠고 존재함을 알리는 데 결정적인 의미를 부여했다.

---

1 프랑스에서 출생한 영국의 물리학자이자 화학자이다.

2 프랑스의 물리학자이자 전기학자이다.

인류 역사상 가장 뛰어난 천재의 노트

_레오나르도 다 빈치

1452년에 태어나 1519년까지 67세를 살다간 레오나르도 다 빈치 Leonardo Da Vinci는 인류의 위대한 천재를 손꼽을 때 항상 첫머리에 등장하는 인물입니다. '마인드 맵'을 고안하여 새로운 창의적 아이디어를 끌어내는 도구를 제안한 토니 부잔과 레이먼드 킬에 따르면 "레오나르도 다 빈치는 인류의 위대한 천재 중 1위"입니다. 두 사람은 그 밖에 "셰익스피어, 피라미드를 만든 사람들, 괴테, 미켈란젤로, 아이작 뉴턴, 토마스 제퍼슨, 알렉산드로스 대왕, 아인슈타인"을 위대한 천재들로 거론했는데요. 사람마다 이견이 있겠지만 레오나르도 다 빈치가 르네상스시대를 연 천재임을 부인하는 사람은 없습니다.

레오나르도 다 빈치는 공증인 아버지와 평범한 농부인 어머니 사이에서 태어났습니다. 그런데 서자였던 탓에 아버지의 성을 따르지 못하고 태어나서 자란 빈치 마을의 이름을 붙여야 했어요. 그러니까 레오나르도 다 빈치의 뜻은 "빈치 마을의 레오나르도"인 셈입니다. 신분 때문에 정식 교육을 받지 못한 채 불우한 어린 시절을 보낸 레오나르도는 열네 살이 되었을 때 조각가이자 화가인 안드레아 델 베로키오Andrea del Verrocchio, 1436~1488의 문하에 도제로 입문합니다. 이때부터 미술 교육을 받기 시작한 거예요.

철저한 도제 수업을 받으며 성장한 레오나르도는 스무 살 무렵 지적 각성을 촉발시킬 단체에 가입합니다. 바로 '성 누가Saint Luke회'의 회원이 된 것입니다. 성 누가회는 약제사, 물리학자, 예술가들로 구성되어 있었는데요, 이곳에서 그는 화가로서 자리를 잡게 됩니다. 그러고는 약 10년간 다양한 습작과 함께 다방면으로 향하는 호기심을 불태웁니다.

레오나르도가 밀라노에서 프로페셔널의 삶을 본격적으로 펼치기 시작한 것은 서른 살 무렵부터였습니다. 정식 교육을 받지 못하고 독학으로 공부한 그는 학벌을 중시하는 메디치 가문에게 멸시를 받고 밀라노의 지배자인 스포르차 가문Famiglia Sforza에서 일하게 됩니다. 루도비코 스포르차는 메디치와 달리 학벌보다 실력을 우선하는 지도자였어요. 레오나르도는 스포르차에게 경제적으로 자신을 지원해달라고 요청하기 위해 이력서를 제출했습니다. 능력은 물론 인간 됨됨이까지 알게 해주는, 오늘날의 관점에서 보아도 매우 훌륭한 이력서였어요. 그때나 지금이나 대부분의 이력서가 학력과 경력으로 치장되는데 반해 레오나르도의 이력서는 철저하게 자신의 능력을 기록했다는 점에서, 그리고 자신의 능력에 대한 자부심과 실제성에 대한 확신을 엿볼 수 있게 해주었다는 점에서 탁월하다고 평가합니다. 그는 타고난 화가로서의 기질을 스포르차 가문을 빛낼 능력으로 묘사하면서 철저하게 전쟁 도구 설계자와 건축가, 그리고 공학 기술자로서의 전문성을 입증해 보였습니다. 그의 이력서를 함께 보겠습니다.

할 수 없이 빛나는 존재이신 각하,

자칭 거장이요 전쟁 무기 발명자라고 우기는 자들의 보고서를 면밀히 검토해본 결과, 그들이 발명한 기구들이 흔히 쓰이는 물건과 별 차이가 없다는 것을 깨닫고, 각하에게 저만의 비밀을 편견 없이 전해드리고 싶습니다. 각하께서 편한 시간에 아래 기록한 사항의 일부를 제가 직접 시연해보일 수 있기를 간절히 바랍니다.

저는 물건을 쉽게 운반할 수 있는 기구에 대한 설계를 갖고 있습니다.

어떤 지역을 포위하고 물을 차단하는 방법과 성곽을 공격할 수 있는 사다리를 비롯한 많은 무기 설계가 있습니다.

강력한 요새의 성벽을 무너뜨리는 기계 설계가 있습니다.

작은 돌멩이를 우박처럼 쏟아낼 포를 만들 수 있습니다.

공격과 방어에 능란하게 배를 이동할 엔진 계획안과 포탄의 공격을 이길 배를 설계했습니다.

적이 모르게 땅 밑이나 강 밑으로 통로를 만드는 법을 알고 있습니다.

대포가 밀집한 적의 지역에 쉽게 끌고 들어갈 차량을 만들 수 있습니다.

다양한 대포와 박격포 등을 기존의 것보다 훨씬 향상된 것으로 만들 수 있습니다.

대포를 사용할 수 없는 곳에서도 사출기와 덫을 이용해 공격하는 기계를 만들 수 있습니다.

평화 시에는 공공의 목적이나 개인용으로 아름다운 건축물을 지을 수 있고, 어느 곳에나 물길을 낼 줄 압니다.

대리석이나 청동으로 조각상을 만들 수 있고, 그림도 그릴 수 있습니다. 저의 작품은 누구와도 구별됩니다.

저는 청동 기마상을 만들고 싶습니다. 이 기마상은 각하의 아버님이신 황태자님과 명예롭고 훌륭한 스포르차 가문을 영원토록 추억할 기념물이 될 것입니다.

위에서 말씀드린 사항 중에 의심스럽거나 실용적이지 않다고 생각되는 것이 있다면 각하의 정원이나 어디서든, 언제든지 시간이 되실 때 직접 시험해 보여드릴 수 있습니다.[1]

레오나르도는 약 10년간 이곳에 머물면서 인체 해부와 스케치에 몰두하는 한편 다른 분야에도 관심을 두기 시작했습니다. 그는 당시 스포르차 가문을 위해 만들고자 한 기마상 때문에 무수히 많은 말을 스케치했는데요. 41세에 드디어 기마상 제작을 시도했으나 청동을 구하지 못해 완성하지는 못합니다. 그 후 43세에 불후의 명작 〈최후의 만찬The Last Supper〉을 산타마리아 델레그라치 성당의 식

---

1 『레오나르도 다 빈치처럼 생각하기』, 마이클 J. 겔브 지음, 공경희 옮김, 대산, 2003.

당 벽에 그리기 위해 작업에 착수합니다. 1495년에 시작하여 1498년까지 그렸으나 이 역시 완성하지는 못했습니다. 레오나르도의 나이 47세에 밀라노가 프랑스에 함락되고, 그를 후원하던 스포르차 가문은 몰락합니다. 그 뒤 레오나르도는 교황 알렉산드로 6세의 아들로 밀라노의 지배자였던 체자레 보르자를 위해 군사 기술자로 봉사하지요. 이때 다양한 기계를 고안하던 중 하늘을 나는 기계를 고안하기 위해 새를 셀 수 없이 많이 그려봅니다. 그리고 마침내 비행기구를 설계했는데요. 그 와중에 탄생한 작품이 51세에 그린 〈모나리자 Mona Lisa〉입니다.

그러나 마키아벨리Niccolò Machiavelli, 1469~1527의 의견을 따르던 교황이 사망하자 레오나르도는 추방을 당하게 되고, 새로운 후원자를 물색하던 중 프랑스 황제 루이 12세의 궁정화가로 임명됩니다. 다소 안정적인 삶을 살게 된 그는 원근법을 발명해 2차원 화판에 3차원 영상을 투사하는 방법을 개발했고, 그 과정에서 수많은 스케치와 사상을 기록한 과학 연구노트를 작성하게 됩니다. 이로써 머릿속을 맴돌던 단편적인 생각들이 글과 그림으로 고체화하지요. 그 후 레오나르도는 로마에서 줄리아노 데 메디치의 후원을 받는 등 우여곡절을 겪다가 1519년 67세의 나이로 프랑스의 앙부아즈에서 사망합니다.

레오나르도 다 빈치가 살던 시대는 구텐베르크Johannes Gutenberg, 1397~1468의 인쇄술 발견(1450), 콜럼버스Christopher Columbus, 1451~1506의 신대륙 발견(1492), 종교개혁의 발발(1517) 등 인간 중심의 시대로 나아가는 르네상스 문화가 꽃처럼 피어나던 시기였습니다. 중세 신 중심

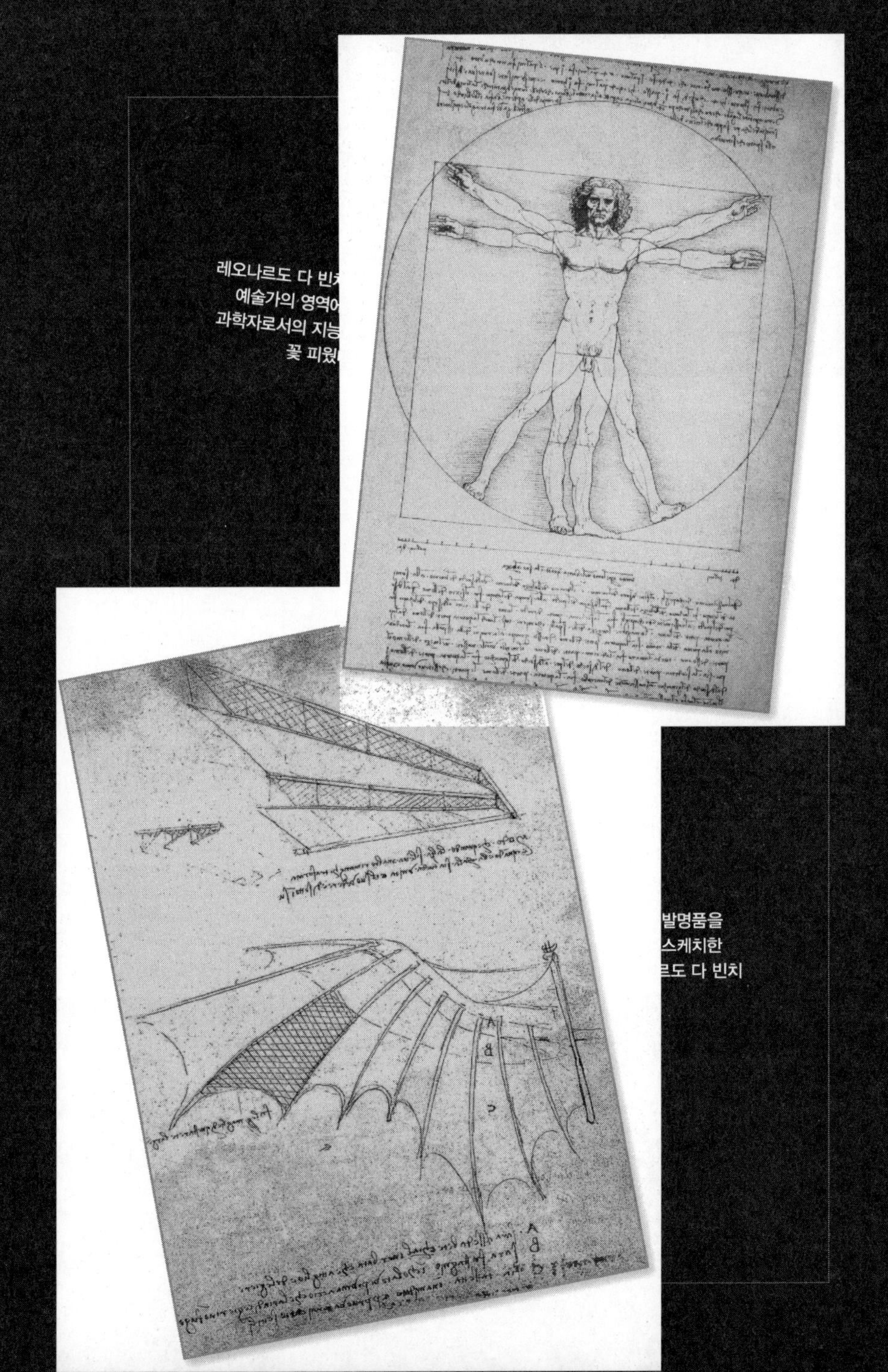
레오나르도 다 빈
예술가의 영역
과학자로서의 지
꽃 피웠
발명품을
스케치한
르도 다 빈치

CODEX Hammer'2A - Fol.35v(왼쪽) and Fol.2r(오른쪽)

의 스콜라적 사고에서 실제적인 경험과 이성적 판단을 중시하는 시대로 넘어가던 때였는데요. 바로 이 시기 레오나르도는 예술가의 영역에서 활동하면서 과학자로서도 그리고 사상가로서도 재능을 떨쳤습니다. 1994년 마이크로소프트의 빌 게이츠는 경매에서 레오나르도 다 빈치의 필사본 'CODEX Hammer'를 3천만 달러에 구입하여 사람들을 놀라게 했는데요. 그의 스케치 중 일부를 삽입한 마이크로소프트의 윈도우 화면은 많은 사람들의 사랑을 받았습니다.

대부분의 사람들은 레오나르도 다 빈치의 업적으로 〈모나리자〉나 〈최후의 만찬〉 같은 작품을 떠올리지만, 어떤 이들은 그의 노트를 가장 위대한 업적으로 추켜세웁니다. 다행스럽게도 이 위대한 천재의 노트의 상당 부분이 오늘날까지 전해지고 있는데요. 자신의 지적 욕구와 방황이 이단 시비에 휘말릴까 봐 늘 불안해했던 레오나르도는 노트를 쓸 때 거울에 비추어야만 바로 보일 수 있도록 썼습니다. 왼손잡이여서 그렇다고 설명하는 사람도 있지만, 우리 주변의 많은 왼손잡이들이 그렇게 쓰지 않는 것을 보면 '왼손잡이설'은 설득력이 좀 떨어집니다. 레오나르도의 노트 중 상당 부분은 후일 프란체스코 멜치라는 재산 관리자에게 넘겨졌는데요. 그는 1만 4천 쪽에 달하는 노트를 정리하던 중 사망했습니다. 뒤를 이어 그의 아들이 관리하면서 13권 분량을 수집가들에게 판매하여 돈을 벌게 되지요. 레오나르도의 노트는 이런 식으로 세상에 흩어졌고 차츰 소멸되었는데, 현재 남아 있는 분량은 절반 정도인 7천여 쪽밖에 되지 않습니다. 최근 레오나르도 다 빈치의 노트를 완전히 번역한 책이 출판되어 그의 생각을 읽을 수 있게 된 것은 여간 다행한 일이 아닐 수 없습니다.

레오나르도 다 빈치를 떠올릴 때마다 저는 "어떻게 한 인간에게 그리도 많은 재능이 주어졌을까?" 하면서 놀라움을 금치 못하는데요. 하버드대학의 심리학 교수인 하워드 가드너Howard Gardener, 1943~는 저와 같은 경이로움에서 출발하여 인간의 탁월함을 연구하기에 이릅니다. 그는 인간의 지능을 단순한 IQ에서 좀 더 다양하게 세분화여 '8과 1/2 지능'이란 개념을 제안했습니다. 즉, •언어 지능 •음악 지능 •논리 지능 •공간 지능 •신체운동 지능 •내면 지성 지능 •대인 지능 •자연 지능 •실존 지능으로 분류하고, 맨 마지막의 실존 지능을 '1/2 지능'으로 구분하여 이를 일반인에게 모두 적용하는 것을 약간 유보하자는 태도를 취했어요.

주변을 둘러보면 이따금 위에 열거한 다양한 지능 중 어느 한 가지가 매우 발달한 사람을 볼 수 있습니다. 자폐아에게서 나타나는 탁월한 능력은 이러한 지능 중 한 가지가 매우 특이하게 발달한 경우입니다. 하워드 가드너는 인간의 지능을 이렇게 다양하게 구분함으로써 다양한 척도로 사람을 판단하게 해주는 효과를 거두었는데요. 지능에 대한 이 새로운 시각은 단순히 성적순으로 사람을 평가하는 종래의 교육적 태도와 사회적 인식에 전환을 가져올 수 있다는 점에서 매우 바람직합니다. 특히 이러한 다중 지능은 어떤 지능이 결핍될 때 다른 지능이 발달하는 '결핍과 증폭의 메커니즘'의 존재를 증명해주는 것으로서 매우 흥미진진합니다. 이로써 내면 지성이 과도하게 발달한 사람에게서 대인관계를 맺는 데 필요한 지능이 결핍되는 양상을 보다 쉽게 이해할 수 있게 되었으니까요.

이 같은 관점에서 보자면 레오나르도 다 빈치는 언어 지능이 엄청나게 발달한 사람입니다. 그가 직접 썼던 이력서를 떠올려보세요. 후원자를 찾기 위해 자신의 능력을 매우 탁월하게, 그리고 매우 설득력 있게 서술했잖아요? 언어적 능력을 타고난 거죠. 레오나르도에게 음악적 지능이 있었는지는 확인할 길이 없지만, 공간 지능은 역시 탁월했습니다. 나아가 자연을 관찰함으로써 진리에 도달하는 자연 지능도 매우 뛰어났고요. 수많은 스케치가 이를 대변해줍니다. 그는 또한 인물을 사실적으로 묘사하려는 노력을 아끼지 않았어요. 심지어 인체를 해부하면서까지 말입니다. 누군가가 그 이유를 묻자 레오나르도는 이렇게 대답합니다. "나는 신의 창조물을 바라보며 신을 시기한다네." 그는 실존 지능도 매우 뛰어난 사람이었습니다. 역시 레오나르도 다 빈치는 다중 지능적으로 탁월한 천재이군요. 이러한 사람을 어떤 이는 '멀티 플레이어'라고 표현하기도 합니다.

예술과 과학, 기술에 이르는 광범위한 멀티 플레이어로서의 레오나르도 다 빈치를 상상해보는 것은 어렵지 않습니다. 누구라도 그처럼 다양한 분야에서 최고의 결과를 내면서 시대를 열어간다면 천재라고 부르지 않을 수 없겠지요. 그런 점에서 화가이면서 동시에 과학자였던 레오나르도가 시사하는 바는 매우 큽니다. 일단 그는 과학자로서 사실을 수집하고 탐구했습니다. 동시에 예술가로서 이들을 정확히 묘사하고, 언어로 표현되지 않는 부분까지 정밀한 감각을 유지했는데요. 이것이 내면에서 언어적 고찰로 성숙될 때 전혀 새로운 것이 탄생할 수 있었던 배경입니다.

레오나르도 역시 푸앵카레Jules-Henri Poincaré, 1854~1912나 아인슈타인처럼 자신의 시간을 구분하여 쓸 줄 알았습니다. 그래서 아침에는 노트를 들고 다니면서 과학적 연구에 몰입하고, 오후에는 후원자가 주문한 작품을 만들곤 했습니다. 그리고 저녁에는 인체를 해부하면서 또 다른 탐구의 세계로 넘어갔지요. 그가 인체를 연구한 것은 인체를 우주의 축소판으로 이해했던 탓입니다. 살을 흙으로, 뼈를 산맥으로, 혈액은 물로, 맥박은 밀물과 썰물의 움직임으로 이해했습니다. 심장과 그 주변은 물이 가장 많이 고인 바다로 생각했고요. 이 같은 은유적 이해는 끊임없이 인체를 연구하게 하는 원동력이 되었습니다. 레오나르도는 인체 해부에서 얻은 지식과 삶의 경험을 토대로 건강법을 만들어 노트에 기록하기도 했습니다. 오늘날의 관점에서도 매우 타당한 이야기이므로 한번 소개해볼까 합니다.

첫째, 배가 고플 때만 음식을 먹되 음식은 가벼운 종류로 먹는다.

둘째, 잘 요리된 것을 먹되 오래 씹어 먹는다.

셋째, 약을 먹는 것을 삼간다.

넷째, 화내는 것은 건강을 해치므로 피하고 분위기를 화기애애하게 한다.

다섯째, 식후 낮잠을 자지 않는다.

여섯째, 포도주는 소량으로 즐긴다.

일곱째, 공복 상태를 오래 유지하지 않는다.

여덟째, 대소변을 참지 않는다.

아홉째, 체조를 무리하게 하지 않는다.

열째, 머리를 비우고, 마음을 상쾌하게 한다.

레오나르도 다 빈치의 위대함은 그가 새로운 고안물을 생각해냈다는 측면보다도 그가 고안한 것들이 대부분 실제로 작동한다는 점에 있습니다. 최근 그의 스케치북에 있는 기계 스케치들을 실제로 제작하여 시연하는 연구가 많이 이루어지고 있는데요. 일례로 그가 만든 사각뿔 형태의 낙하산을 직접 제작하여 히말라야에서 실험해 보니 성공적이었습니다. 뿐만 아니에요. 물의 도시 베니스에 사는 사람들이 물속으로 들어갈 때 입을 잠수복을 만들기 위해 설계한 것을 보니, 외부에서 공기를 주입하는 것부터 돼지가죽에 기름을 입혀 물이 스며들지 않게 하는 방법에 이르기까지, 그 소재며 기술 등등이 현실화하는 데 부족함이 없었답니다. 더욱 놀라운 점은 그의 스케치북 한구석에 간단히 그려진 자전거가 오랜 진화를 거쳐 결국 그가 원래 설계한 대로 돌아가 있다는 것입니다.

그의 노트에는 다양한 발명품들이 등장합니다. 잠수 기구를 볼까요? 그가 스케치한 잠수 기구는 외부에서 잠수부에게 공기를 주입하는 데 필요한 펌프와 대롱으로 구성되어 있는데요. 실제로 구현해 본 결과 잠수부가 수중에서 걸어 다니며 일할 수 있었습니다. 물론 망원경은 당시 기술로 만들 수 없었지만 전쟁 시 아주 유용하게 쓰였을 그 도구의 설계 스케치가 노트에 고스란히 담겨 있었던 거예요. 크리스털을 이용해 렌즈를 만들어 이용하는 방법까지 아주 상세하게 말입니다. 이 밖에도 레오나르도는 전쟁을 수행하는 데 필요한 다양한 장치들을 설계했어요. 오늘날의 탱크와 유사한 철갑차 스케치도 있는데요. 모양과 바퀴의 형상이 자세히 그려져 있습니다. 그는 또한 하늘을 날고 싶다는 열망과 더불어 많은 도구를 설계했습니다. 항공역학은 몰랐지만 대신 하늘을 나는 새를 잡아 분석하고, 그 기하학적 비례 관계들을 밝힘으로써 기계 도구를 표현할 수 있었지요. 게다가 매우 정교한 그의 자연 관찰은 카오스와 프랙털의 영역까지 확산되어 있습니다. 오늘날 카오스와 프랙털 구조에 등장하는 난류 유동의 스케치로 유체 역학의 역사에 한 획을 그었으니까요. 레오나르도는 자신의 노트에 이를 자세히 기록했고, 심지어 벽에 묻은 얼룩 하나에서도 무엇인가를 들으려 노력했다는 것조차 빼놓지 않고 적었습니다. 노트는 레오나르도 다 빈치가 성취한 위대함의 원천입니다.

> 나는 연구를 위한 새로운 도구들을 잊을 수가 없다. 비록 그것들이 사소해 보일지는 모르지만 내 마음에는 대단히 유용한 것으로 떠오르니 말이다. 얼룩이 지고 돌이 섞인 벽을 보라. 거기에서 어떤 지형과 흡사한 모습과 전쟁에서 영웅의 동작, 기묘한 얼굴, 장식물들을 비롯해 끝없는 다양한 형상들을 발견할 것이다.

한때 『다 빈치처럼 생각하기』라는 책이 많은 관심을 끈 적이 있는데요. 저자는 "레오나르도 다 빈치처럼 생각하려면 7가지 원칙을 지켜야 한다"[1]고 역설하면서 특히 그의 노트에 주목했습니다. 그렇습니다. 레오나르도의 위대함과 다중 지능은 우리가 살펴본 바와 같이 결국 노트에서 기인한 것입니다. 최근 그의 노트가 다양한 주제를 다룬 것으로 밝혀졌습니다. 심지어 요리법까지 있습니다. 비행기 설계도와 요리법, 금전출납부와 편지가 공존하는 노트 쓰기라니, 참으로 놀랍지 않아요?

레오나르도의 노트는 수많은 실험과 도전을 지탱해주고, 우주를 휘저을 만큼 놀라운 아이디어들을 정리해준 믿음직한 도구였습니다. 한번 생각해봅시다. 우리는 노트에 지금 호기심을 가지고 있는 주제들을 크게 써넣을 수 있습니다. 재빠르게 그린 개념도를 바탕으로 실험 준비를 할 수 있습니다. 노트에 그림을 그리면서 숫자를 넣기도 하고, 상호연관성을 도식화하면서 좌우의 뇌를 동시에 완벽하게 사용할 수 있습니다. 우리가 실험하고 도전했던 그 모든 과정을 노트에 기록함으로써 시간마저 담아낼 수 있습니다. 그리고 우리가 행한 실험을 관찰하면서 그 현상을 넘어서는 개념을 유추하는 철학적 성찰도 할 수 있습니다. 이 얼마나 놀라운 도구입니까?

---

1 첫째, 호기심을 발동하라. 둘째, 실험하라. 셋째, 감각을 열어라(오감으로 느껴라). 넷째, 뇌 전체를 사용하라(좌뇌와 우뇌의 융합). 다섯째, 낯선 것에 도전하라. 여섯째, 양손 쓰기를 하라. 일곱째, 사물과 현상의 연관성을 파악하라.

끝없는 기록으로 넘쳐나는 관찰과 실험의 노트

_마이클 패러데이

패러데이Michael Faraday, 1791~1867는 1791년 런던 근교의 시골에서 가난한 노동자의 아들로 태어났습니다. 학교 교육조차 받을 수 없었던 어린 패러데이는 13살 무렵 작은 제본 공장의 견습공으로 들어갑니다. 그곳에서 패러데이는 종이 위에 나열된 지식을 보면서 묘한 흥분을 느꼈어요. 또래 친구들은 학교를 다니는데 자신은 공장에서 일하는 처지였던 만큼 거기서 오는 열등감도 한몫했을 겁니다. 패러데이는 자신이 제본하는 책을 읽으면서 지식을 쌓아가기 시작했는데요. 이러한 패러데이의 태도는 결국 단순한 기능공들과 큰 차이를 만들어냅니다. 공장주인 역시 탐구적인 자세로 일하는 패러데이를 격려했지요.

훌륭한 내용이 담긴 책을 제본하면서 패러데이가 얼마나 정성을 들였을까 생각하면 그 책을 받아든 고객이 얼마나 감동했을까도 짐작 가능합니다. 운명의 여신은 아주 사소한 일로 패러데이에게 변

화의 물꼬를 터주었는데요. 이를 '강연 티켓 한 장의 운명'이라 부를 수 있겠습니다. 고객 중 한 사람이 패러데이가 정성껏 책을 제본해 준 데 감동하여 당시 유명했던 험프리 데이비Humphry Davy, 1778~1829 경의 강연회 방청권을 준 겁니다.

험프리 데이비는 전기분해를 처음 이용한 사람으로 1820년 영국 왕립협회 회장을 지냈고, 일생에 걸쳐 나트륨, 마그네슘, 바륨을 포함한 여러 원소를 발견한 유명한 학자입니다. 당시 영국의 상류층은 이런 학자들이 개최하는 대중강연에 열광했는데요, 데이비 경의 강연은 그중에서도 특히 유명했습니다. 패러데이는 떨리는 마음으로 강연에 참석하여 데이비 경의 말을 빠짐없이 기록했습니다. 그리고 강연 노트를 모아 자신의 최고 기술을 발휘하여 제본한 다음 그것을 데이비에게 보냈어요. "당신의 실험실에서 일할 수 있는 영광을 달라"는 간청을 담은 편지와 함께 말입니다. 아무리 마음이 너그러운 학자라고 한들 제본소 직원을 조수로 채용하기란 쉽지 않았을 겁니다. 우여곡절 끝에 패러데이는 조수로서 실험실에서 일하게 되었고, 훗날 스승을 능가하는 학자로서 이름을 떨칩니다. 여러분에게도 험프리 데이비라는 사람의 이름은 여전히 낯설잖아요?

여하튼 패러데이는 몇 년간 익힌 손재주와 강렬한 실험 정신을 발휘해 전자기학의 길을 연 선구자로 자리 잡게 되었는데요. 안타깝게도 패러데이에겐 약점이 있었습니다. 정규 교육을 받지 못했기에 수학을 거의 할 줄 몰랐다는 점입니다. 전자장과 자기장의 수많은 이론이 어려운 수학으로 구성되어 있다는 사실을 생각하면 수학을 못

Aug 29th 1831

1 Expts on the production of Electricity from Magnetism &c

2 Have had an iron ring made (soft iron), iron round and 7/8ths inches thick & ring 6 inches in external diameter. Wound many coils of copper wire round one half the coils being separated by twine & calico - there were 3 lengths of wire each about 24 feet long and they could be connected as one length or used as separate lengths. By trial with a trough each was insulated from the other. Will call this side of the ring A. On the other side but separated by an interval was wound wire in two pieces together amounting to about 60 feet in length the direction being as with the former coils this side call B.

3 Charged a battery of 10 pr plates 4 inches square. Made the coil on B side one coil and connected its extremities by a copper wire passing to a distance and just over a magnetic needle (3 feet from iron ring). Then connected the ends of one of the pieces on A side with battery. Immediately a sensible effect on needle. It oscillated & settled at last in original position. On breaking connexion of A side with Battery again a disturbance of the needle

4 Made all the wires on A side one coil and sent current from battery through the whole. Effect on needle much stronger than before

5 The effect on the needle then but a very small part of that which the wire communicating directly with the battery could produce

패러데이는 실험노트를 꼼꼼하게 기록했다.

하는 패러데이가 중요한 발견을 해냈다는 사실이 그저 놀랍기만 합니다.

과학자로서의 경력이 거의 마감된 시기인 1860년경, 패러데이가 자신의 실험 연구노트에 서술한 항목의 일련번호는 무려 16,000개였습니다. 제본공 출신답게 그는 노트를 몇 권의 책으로 나누어 제본했지요. 이 연구노트 외에 수백 개의 항목들을 따로 모아 단행본으로 출판한 책도 있습니다. 가장 대표적인 것이 『전기에 관한 실험 연구』입니다.

패러데이의 연구노트를 살펴보면 그가 일생 동안 자연철학자로서 단 한 순간도 쉬지 않고 연구에 몰두했다는 것을 짐작할 수 있습니다. 연구한 내용도 모두 알 수 있고요. 그는 노트에 시기별로 어떤 주제에 몰두했는지, 어떤 실험을 통해 가치 있는 과학적 발견을 이루었는지 일일이 기록했습니다. 예컨대 강철합금 연구(1818~1824), 연소와 탄소의 화합물(1820), 전자기적 회전(1821), 기체의 액화(1823, 1845), 광학유리(1825~1831), 벤젠의 발견(1825), 전자기 유도(1831), 여러 원천에서 생긴 전기의 동질성(1831), 전기화학적 분해(1832~), 전전기와 유전체(1835~), 기체 방전(1835~), 빛·전기·자기(1845~), 반자성(1845~), 광선 진동에 대한 고찰(1846~), 중력과 전기(1849~), 시간과 자기(1857~) 등입니다.

패러데이에겐 신체적인 약점도 있었습니다. 젊어서부터 시달려온 두통과 현기증이 바로 그것이죠. 게다가 건망증도 심했습니다. 이 증상은 패러데이를 매우 괴롭혔습니다. 휴식을 취하면 잠시 호전되었다가 다시금 심해지곤 했기 때문입니다. 신경쇠약 증세도 있었습니다. 이로 말미암아 1839년에서 1844년 사이에는 긴 휴가를 가져야만 했지요. 이 시기의 연구노트들이 완성도 면에서 떨어지는 점이라든지, 1835년 이후의 작업들이 완결되지 못한 이유도 부분적으로 이 문제에 기인합니다. 수은에 중독되었다는 말도 있었고요. 그러나 신경쇠약에 시달리기 전인 1831년에서 1839년의 시기는 그에게 연구의 절정기였습니다. 노트는 건망증이 있는 과학자가 연구를 지탱하게 해준 유일한 방법이었는지도 모릅니다. 끝없이 메모하는 것 외에는 다른 방법이 없었을 테니까요.

패러데이는 매우 큰 성취를 이룬 과학자였지만 일생 동안 조그만 기독교 교단의 장로로서 경건한 생활을 유지했습니다. 제본소 직공에서 벗어나 과학자로서의 생활이 어느 정도 안정되자 대부분의 시간을 실험과 연구에 바쳤지요. 이를 위해 사회생활도 엄격히 제한하고 공공활동에도 거의 참여하지 않았습니다. 심지어 1857년에 제안을 받은 영국왕립학회 회장직마저 거절할 정도였어요.

패러데이는 연구노트를 기록할 때 자신만의 방식으로 문단에 번호를 매겼습니다. 수학에 약한 그는 모든 현상을 서술하는 방식으로 과학적 발견을 이루어갔는데요. 우리가 흔히 물리책에서 볼 수 있는 자력선의 경우, 패러데이는 노트에 직접 쇳가루를 풀로 붙이는 방법을 통해 실제로 볼 수 있도록 했습니다. 유명한 과학자 중 이런 방법을 사용한 사람은 그가 유일할 것입니다.

훌륭한 실험가이자 강연가였던 패러데이는 아쉽게도 변변한 제자를 두지 못했습니다. 어쩌면 그 자신 아마추어가 만들어내는 오류로 가득한 결과를 발표하여 우스갯감이 될 것을 두려워했는지도 몰라요. 사실 실험의 영역에서는 말도 안 되는 오류들이 엄청 나타나게 마련입니다. 교수들 역시 이 오류들을 잡아내거나 분별해내는 데 많은 어려움을 겪을 수 있고요. 이 사실을 잘 알고 있었던 패러데이는 어쩌면 자신이 직접 실험한 내용의 결과와 자신이 목도한 현상 이외의 것은 말하기 싫었을지도 모릅니다.

> 나는 도움을 받기 위해 학생이나 제자를 둔 적이 전혀 없다. 실험할 때 나는 항상 스스로 준비하고 실험했다. 또 실험과 고찰을 동시에 하였다. 남과 함께 실험할 때-내가 혼자 실험할 때처럼- 큰소리를 지르며, 생각하고, 즉석에서 생각을 설명할 수는 없다고 생각한다. 때로 조수와 함께 실험실에서 오랜 시간을 보낸 적이 있지만 단지 그에게 기구를 준비시키거나 뒤치다꺼리를 시켰지, 그와 대화를 나누는 일은 거의 없었다.[1]

훌륭한 과학자가 훌륭한 제자를 키워내면 사회에 큰 공헌을 하는 셈이 됩니다. 하지만 패러데이의 공헌은 제자를 키우는 교육보다 더 큰 것이었기에 그에게는 교육조차 연구를 방해하는 사회활동의 하나에 불과했던 것이지요.

패러데이는 때로 약점 많은 자신이 성공을 거둔 것에 대해 의아

---

1 『고전물리학의 창시자들을 찾아서』, 에밀리오 세그레 지음, 노봉환 옮김, 전파과학사, 1997.

함을 표현하기도 했습니다. 하지만 그는 수학적 약점과 신경쇠약의 단점을 다른 장점으로 상쇄했어요. 부족한 수학 지식은 공간에 대한 깊은 기하학적 통찰로 극복했고, 끝없는 노트를 통해 사고력과 통찰력을 확장했으며, 건망증은 메모 습관으로 극복했으니까요. 그에게 주어진 명예와 요청 받은 온갖 사회활동에 금욕적인 자세를 보인 것 역시 그의 위대함을 만들어낸 요소 중 하나입니다. 어쩌면 패러데이는 자신이 제본한 육필 연구노트가 해마다 늘어나는 것을 보면서 성취감을 느꼈을지 모릅니다. 이를 인생의 가장 큰 낙으로 여겼을지도 모르지요. 그가 남긴 비망록의 일부를 함께 보면서 패러데이와 작별 인사를 나누겠습니다.

> 무엇이 나를 성공한 자연철학자로 만들었을까 생각해보면 정말 알 길이 없다. 훌륭한 감각과 지성이 있고, 이에 더해 근면과 인내가 있었기 때문인가? 적당한 자신감과 열정이 필요조건이 아닐까? 순수하게 지식을 얻는 것에 만족하지 않고 이를 통한 명성을 바라보기 때문에 다른 사람들이 실패하는 것은 아닐까? 많은 사람들이 훌륭한 과학자로 성공도 하고 명성을 얻을 수 있겠지만, 대부분의 사람들이 명성과 세상 사람들의 칭찬이라는 보수를 받기를 원하는 것을 보아왔다. 그러한 사람들의 마음에는 질투와 서운함의 그림자가 드리워져 있기 때문에 위대한 발견을 이룩하는 것을 상상하기란 쉽지 않다.[1]

—

1 앞의 책.

패러데이의 이론

패러데이는 수많은 노트를 통해 전자기학과 화학 분야에 놀라운 업적을 남겼다. 이 중에 한 가지를 꼽아 소개한다면, '패러데이 법칙'으로 알려진 전자유도법칙이다. 이 법칙은 전자기학을 구성하는 맥스웰 방정식으로 수식화되었지만, 오늘날 우리 주변의 전자기기 대부분에 사용되고 있다.

이는 자기장이 시간에 따라 변하면 전류가 유도된다는 것으로, 이를 이용한 전자기기에는 전기를 생산하는 발전기, 전기로 힘을 내는 모터, 전압을 강하시키거나 승압하는 유도전기 모터, 변압기 등이 있다. 이는 수식적으로는 다음과 같이 표현된다.

$$E = \frac{d\phi_B}{dt}$$

여기서 'E'는 유도전압이고, 'ϕ_B'는 자기장 'B'에 자기장이 작용하는 면적 'A'를 곱한 값이다. 따라서 자기장이나 자기장이 작용하는 면적이 시간에 따라 변하면 시간 미분이 이를 반영하여 전압이 유도된다.

시간을 정복한 남자의 노트

_알렉산드르 A. 류비세프

러시아 과학자 류비세프Aleksandre Aleksandrovich Lyubishev, 1890~1972를 아시나요? 아마 잘 모르실 겁니다. 그는 생전에 70여 권의 학술서적을 저술했는데, 그 논문과 저서를 종이로 환산하면 전지 500여 장에 해당합니다. 타이핑 원고로 치면 12,500여 장이고요. 역사상 여러 학자들이 남긴 이 같은 방대한 분량의 연구 결과물을 볼 때마다 입이 다물어지지 않습니다. 수학자 오일러Leonhard Euler, 1707~1783의 경우, 사후 그의 서랍에 있던 미발표 논문을 정리하여 발표하는 데만도 100년이 걸렸다고 하니 그가 수행한 연구의 결과물과 그 열정에 기가 질릴 뿐입니다.

류비세프의 저서는 그 옛날 뉴턴 시대 학자의 것처럼 원조충原祖蟲의 분류, 과학사, 농학, 유전학, 식물 보호, 철학, 곤충학, 동물학, 진화론, 무신론 등 다양한 주제를 다루고 있습니다. 그런데 하나같이 정성과 노력을 기울인 것들이라 더욱 놀랍습니다.

그가 휴식 삼아 연구했다고 하는 원조충의 경우를 볼까요? 그는 원조충 분류법을 연구하기 위해 표본을 자그마치 30상자나 수집했는데요, 이는 무려 13,000마리에 해당하는 양입니다. 류비세프는 이것들을 일일이 채집하고 측정하고 해부하고 박제 표본을 만들었습니다. 실로 엄청난 일이지 않습니까? 휴식 삼아 연구한 게 이 정도니, 다른 저작에 기울인 노력은 또 얼마나 대단했을지 짐작하고도 남습니다.

류비세프는 82세에 세상을 떠났는데요. 연구에 대한 그의 열정은 나이와 상관없이 갈수록 뜨거워졌다고 합니다. 그런데 그의 사후 서가에서 발견된 서류 뭉치는 실로 기괴했습니다. 어디서나 볼 수 있는 그런 모습이 아니었던 거예요. 모든 서류에는 번호가 매겨져 있었고, 그에 따라 책의 형태로 묶여 있었는데, 그 분량이 수백 권을 웃돌았습니다. 내용도 다양했어요. 학술 통신, 비즈니스 편지, 강의 계획서, 일기, 논문, 원고, 자신의 회고록, 아내의 회고록, 단순한 필기노트, 독서 메모, 학술 보고서, 사진, 서평 등 그야말로 오만 가지가 망라되어 있었습니다. 정말 놀라운 것은 그가 편지 한 통 허투루 취급하는 법 없이 내용을 다시 타이핑하여 책처럼 묶어놓았다는 점입니다. 이처럼 대부분의 서류에 류비세프 본인의 스타일이 녹아 있었어요.

한 개인의 삶을 이해하는 데 일기만큼 요긴한 것도 없습니다. 류비세프의 경우도 다르지 않습니다. 그의 일기는 깔끔히 정서된 것으로 1916년 1월 1일부터 시작해 두꺼운 부책附册과 함께 정리되어 있었고,

나중에는 낱장들을 묶어 책의 형태로 만들기도 했습니다. 그런데 여기 반전反轉이 있어요. 그의 일기는 우리가 일반적으로 생각하는 기록 형태가 아니라 간단한 키워드와 숫자가 조합된 것으로, 일종의 전보문電報文 같았으니까요. 1964년 4월 8일의 일기를 볼까요?

울리야노프스크, 1964년 4월 8일

곤충 분류학 나방을 감정했음, 완료 2시간 20분

나방에 대한 첫 보고서를 씀 1시간 5분(1.0)

보충 업무 다비도프와 블리야헤르에게 편지를 씀(6페이지) : 3시간 20분(0.5)

길의 왕복 0.5

휴식 면도, <울리야노프스크 프라우다> 15분, <소식보> 10분, <문학신문> 20분, 알렉세이 톨스토이 <흡혈귀> 66쪽 : 1시간 30분

림스키코르사코프 작곡 <짜르의 정부>를 방송으로 들음

기본 업무 총계 6시간 45분[1]

모든 일기가 다 이런 식이었습니다. 모든 작업에 제목을 붙이고, 시간이 얼마나 들었는지 적고, 몇 페이지를 작성했는지 꼼꼼히 기록했어요. 서술은커녕 세부 묘사도 개인적 의견도 없습니다. 가끔 특별한 기록도 있었지만 거의 모두가 무뚝뚝하고 간결했습니다. 심지어 독일과 전쟁이 벌어진 날의 일기도 간략하기 그지없었습니다.

---

1 『시간을 정복한 남자』, 다닐 알렉산드로비치 그라닌 지음, 이상원 옮김, 황소자리, 2004.

1941년 6월 22일

키에프, 대독 전쟁 첫날, 오후 1시쯤에 그 소식을 들었다.

그리고 그 아래 매일 적는 항목과 시간이 쭉 쓰여 있었는데요. 일기라고 하기에는 너무 건조한 것이 사실이지만 류비세프는 이러한 쓰기를 바탕으로 어떤 작업이 끝나면 자신이 쓴 시간이 얼마큼인지 정확하게 통계를 낼 수 있었습니다. 일례로 그가 쓴 「생물학에서의 수학의 운용 전망」이라는 논문의 마지막 페이지에는 다음과 같은 기록이 있습니다.

준비(논문 집필 구상, 기타 원고와 참고 문헌 열독) 14시간 30분

집필 29시간 15분

합계 43시간 45분(8일간 : 1921년 10월 12일~19일)

류비세프는 중간에 쉬었던 시간을 절대 근무시간에 넣지 않았습니다. 우리는 보통 '일을 많이 한다'고 할 때 "하루에 14시간 혹은 15시간 일한다"고 하는데요. 사실 그 시간 모두 일만 하는 건 아닙니다. 중간 중간 커피도 마시고, 하늘을 올려다보며 다른 생각도 하고, 이따금 멍한 상태로 있기도 하고, 졸기도 하지요. 그러나 류비세프는 순수하게 일한 시간만을 계산했어요. 하루에 7시간 이상 일하면 아주 많이 한 것이라고 생각했습니다.

저도 그를 따라 해본 적이 있습니다. 류비세프의 시간 통계법을

흉내 내려고 스톱워치를 샀지요. 동료들과 함께 일할 때 "시작~!" 하면서 시계를 켜고 일이 중단되면 스톱을 눌러서 실제로 일한 시간이 얼마인지 재보았습니다. 놀랍게도 일의 진행을 가로막는 장애물과 방해물이 우리가 짐작했던 것보다 훨씬 많았습니다. 심지어 어떤 날은 일한 시간이 2시간도 채 안 되더군요. 동료들과 저는 그 통계를 보고 자괴감에 빠졌습니다. "하루 종일 일한다"고 했는데 실제로 일을 한 시간은 24시간 중 2시간이 되지 못하다니요. 우리가 얼마나 많은 시간을 낭비하고 있는지 절실히 깨달았던 순간이었습니다. 그러니 '순수하게 일만 한 시간이 7시간 이상'이라는 류비세프의 기록은 그야말로 어마어마한 결과가 아닐 수 없지요. 더욱 놀라운 것은 그런 날이 대다수를 차지했다는 점입니다.

류비세프는 하루 24시간 중 효율적으로 사용할 수 있는 순수 집무시간을 10시간으로 치고, 이를 3등분하여 1단위 시간으로 잡았습니다. 이것이 그의 기록에 '1.0'으로 나오는 숫자입니다. 그는 일을 할 때 1단위 시간씩 또는 0.5단위씩 시간을 끊어 활용했는데 이렇게 하면 오차가 10분 미만으로 정리된다는 이점이 있습니다. 또한 그는 업무를 제1부류와 제2부류로 나누었어요. 제1부류는 기본 업무에 속하는 것으로 글쓰기와 연구 활동이 있고, 일상 업무에는 글 읽기, 메모, 노트, 편지 쓰기 등이 포함되었습니다. 제2부류에는 학술 보고, 강의, 학술 토론, 문화 활동이 들어갔지요. 특이한 점은 그가 모든 일에 사용한 시간을 적긴 했지만 통계에는 언제나 기본 업무에 소요된 시간만 합산했다는 점입니다. 류비세프는 또한 매월 말, 이것에 대한 통계를 냈는데요. 1965년 8월의 경우, 그가 사용한 기본 업무 시간은 총 136시간 45분이었습니다. 이를 다시 정리하면 다음과 같아요.

기본과학 연구 59시간 45분

곤충 분류학 20시간 55분

부가적 업무 50시간 25분

조직 활동 5시간 45분

합계 136시간 45분

위에서 기본과학 연구를 자세히 들여다보면 다음과 같습니다.

기본과학 연구

1. 분류 사업 <분류법 논리에 관한 보고문을 기초함> 6시간 25분
2. 잡일 1시간 0분
3. <다도노파에 대한 연구> 교정 30분
4. 수학 16시간 40분
5. 일상 참고서 리아프노프 55분
6. 일상 참고서 생물학 12시간 0분
7. 학술 통신 11시간 55분
8. 학술 메모 3시간 25분
9. 도서 색인 6시간 55분

합계 59시간 45분

이 중에서 6번 항목을 더 자세히 보면 다음과 같아요.

6. 일상 참고서 생물학 12시간 0분

1) 도르프잔스키 <인류의 진화> 372쪽 다 읽었음 6시간 20분(도합 16시간 55분)

2) 야노쉬 카로이 <동물도 사고력이 있는가?> 92쪽 2시간 0분

3) 베르그 논문 1시간 50분

4) 네코로, 오스펠트 17쪽 40분

5) 레트너 논문 1시간 10분

합계 12시간 0분

그는 대부분의 학술서적에서 중요한 내용을 발췌하고, 어떤 것은 철저히 분석했습니다. 또한 모든 요지와 평론을 모아 책으로 묶기도 했습니다. 일일이 타이핑을 해서 정리한 이 자료들은 그의 지식을 갈무리하는 창고였어요. 요지만 찾으면 어떤 자료가 어디에 있는지 다 알 수 있었습니다.

류비셰프는 시골 대학의 교수답게 요란한 정치적 이슈나 현안들에서 다소 떨어져, 중요한 문제들을 자신만의 새로운 방법으로 개척해나갔는데요. 그는 생각할 시간이 없다고 투덜대는 젊은 학자들에게 이렇게 말했습니다.

…사색할 시간이 없는 과학자, 그래서 하루 이틀도 아니고 몇 년씩 사색 없이 보내는 과학자는 앞날이 노란 과학자일 것이다. 만일 자신의 생활

방식을 뜯어고쳐도 사고할 시간을 충분히 짜낼 수 없다면, 아예 처음부터 과학을 포기하는 편이 낫지 않겠는가.

류비세프가 흥미로운 것은 결과물 때문만이 아닙니다. 결과물을 만들어내는 독특한 방법 때문입니다. 그는 '독특하게 일하는 재주'를 갖고 있다는 말에 반발했지만 제가 보기엔 그에게는 분명 독특한 전략이 있습니다. 그의 전략을 함께 볼까요?

1. 시간은 통계를 내서 사용한다.
2. 반드시 결론을 내야 하는 현안은 거절한다.
3. 긴급하게 해야 하는 일은 거절한다.
4. 피곤하면 즉시 일을 멈추고 휴식한다.
5. 피곤해지기 쉬운 일과 즐거운 일을 교차시킨다.

위에 열거한 일들 중 '반드시 결론을 내야 하는 현안'이란 학술적으로 보면 가치가 떨어지는 것이 대부분입니다. 그렇게 뚝딱 결론을 낼 수 있는 주제가 몇이나 되며, 그렇게 뚝딱 결론을 낼 수 있는 학자가 과연 몇 명이나 되겠습니까? 이리저리 보고, 끊임없이 분석하고, 조그만 결론을 내고… 이런 티끌들을 모아 태산을 만들어내는 것, 그것이 바로 과학적 연구 아닐까요?

류비세프는 이러한 방식으로 혼잡하고 분주한 삶을 떠나 아늑하고 규칙적이고 합리적인 자기만의 세계를 유지한 것입니다. 생전에 그를 '괴물'이라 부르던 많은 사람들의 뇌리에 그는 그저 헐렁한 옷을 입은 시골 대학의 어눌한 교수였을지 모르지만, 그의 높은 학술적 지향점과 일생 동안 지치지 않고 지속했던 그의 연구는 독특한 메모에 의한 자기관리에서 출발한 것이 틀림없습니다.

무의식을 끌어내는 몽상의 노트

_알베르트 아인슈타인

20세기 과학혁명을 성취한 최고의 스타 가운데 아인슈타인Albert Einstein, 1879~1955은 단연 독보적입니다. 제자 28명을 모두 노벨상 수상자로 배출했을 만큼 걸출한 선생이었던 톰슨Joseph John Thomson, 1856~1940 경과 달리 아인슈타인은 이렇다 할 제자를 배출하지 못했지만 그의 위대함은 결코 부인할 수 없습니다.

말문이 늦게 트이는 바람에 주위의 걱정을 샀던 아인슈타인은 어려서부터 나침반을 무척이나 좋아했다고 합니다. 김나지움Gymnasium[1]에 들어가서는 늘 호기심에 가득 차 수없이 많은 질문을 던졌는데

---

1 독일의 중등교육기관으로 프랑스의 리세(lycée), 영국의 퍼블릭스쿨(public school)과 비슷하다. 독일에서는 16세기에 고전적 교양을 목적으로 하는 학교를 김나지움이라 불렀는데, 이는 19세기 초에 대학입학을 위한 준비교육기관이 되었다. 초등교육 수료 후 중등교육기관으로 김나지움 외에 하우프트슐레(Hauptschule), 레알슐레(Realschule), 게잠트슐레(Gesamtschule)가 있다. 김나지움은 19세까지의 9년제를 원칙으로 하며, 수료 시에 아비투어(Abitur)라는 국가시험을 통하여 대학에 진학할 수 있다.

요. 본인이 좋아하는 수학은 열심히 했지만 라틴어 같은 과목에는 전혀 흥미를 보이지 않는 '학업 편식증' 때문에 결국 학교에서 제적을 당합니다. 요즘 말로 '학교 밖 청소년'이 된 거예요. 정규 교육 부적응자로서 아인슈타인의 앞날이 탄탄할 리 없었겠지요? 이후 그는 대학에 가기 위해 애를 쓰지만 마땅히 들어갈 대학이 없었기에 당시 독일의 대학보다 약간 수준이 낮았던 스위스의 취리히 공과대학에 지원합니다. 하지만 아인슈타인의 수학 능력을 열렬히 칭찬하는 추천서에도 불구하고 입학 허가를 받지 못해요. 결국 아인슈타인은 일종의 재수를 하여 그 다음 해에 간신히 취리히 공과대학에 입학합니다. 역사상 가장 위대한 천재가 재수생 출신이라니, 참 아이러니하지요?

취리히 공과대학에 들어가서도 아인슈타인의 별난 성격은 여전했습니다. 여전히 게으른 학생이었고, 수없이 질문 폭탄을 던져대는 학생이었습니다. 그의 수학 교수였던 민코프스키Hermann Minkowski, 1864~1909는 4차원 수학의 대가로서 당시 수학계의 총아였던 힐베르트David Hilbert, 1862~1943의 친구였습니다. 나중에 아인슈타인이 4차원 상대성이론을 발표하고 유명해졌을 때, 민코프스키는 자신의 수학이 바로 그것이었음을 알고 뒤늦게 무릎을 쳤다고 합니다. 하지만 아인슈타인은 민코프스키의 수업에 열성적이지 않았어요. 대학 졸업시험도 훗날 그의 아내가 된 동급생 밀레바의 노트가 아니었다면 통과하기 어려웠을 정도였으니까요. 아인슈타인은 특정 분야의 능력이 탁월한 학생이긴 했어도 교사들에게 사랑 받는 좋은 학생은

Das Gesetz von der Äquivalenz von Masse und Energie ($E = mc^2$)

Einheitliche Feldtheorie von Gravitation und Elektrizität.
v. A. Einstein

슈타인의 노트는
저절로
지지 않는다는 것을 보여준다.

아니었나 봅니다.

대학 졸업 후 아인슈타인에게는 '실업자' 딱지가 붙었습니다. 어느 회사에서도, 어느 대학에서도 아인슈타인을 채용하지 않았거든요. 검은 곱슬머리에 콧수염을 기르고 터덜터덜 거리를 걷는 청년 실업자 아인슈타인을 상상해보세요. 유별난 천재가 아닌 옆집 친구를 보는 듯한 느낌입니다. 얼마 뒤 아인슈타인은 친구 그로스만의 아버지 도움으로 스위스 베른의 특허청에 가까스로 취직합니다. 특허청 직원이 된 아인슈타인은 그곳을 세속에 존재하는 수도원으로 여기고 살았습니다. 업무 중간에 여기저기 뭔가를 계산하기도 했고, 메모를 끼적거리다가 누가 오면 재빨리 서랍에 집어넣고 다시 일을 보기도 했습니다. 그는 하루를 3등분하여 보냈는데요. 한 부분은 특허청 업무, 한 부분은 자연철학, 한 부분은 가정입니다. 먹고살기 위한 특허청 업무를 그는 '구둣방 일'이라 일컬었는데요. 그 이유는 구둣방에서 구두를 만들 때 본을 대고 그 밖의 부분은 도려내는 일이 마치 특허를 하는 데 있어서 원리에서 벗어난 아이디어는 버리는 자신의 일과 흡사하다고 생각한 까닭입니다.

어떤 이들은 아인슈타인의 두뇌가 특이하다고 생각합니다. 그래서 저장된 두뇌[1]의 크기며 주름 따위를 연구하기도 하지요. 그들은 아마도 아인슈타인 같은 천재와 평범한 우리가 다르다는 것을 입증하고 싶은 것인지도 모릅니다. 물론 다르겠지요. 하지만 그 다름에

---

1 그의 두뇌는 특수 처리되어 보관되고 있는데, 2002년경 우리나라에서 전시된 적도 있다.

는 타고난 것 외에 노력함에서 얻은 부분도 분명 존재할 겁니다. 그럼에도 우리는 천재란 이름으로 그들을 솎아내고 안도하곤 합니다. 말하자면 "그럼 그렇지. 타고난 천재라서 그런 위대한 업적을 성취한 거 아니겠어?" 하는 거예요. 물론 아인슈타인은 청소년기부터 남다른 면모를 보였습니다. '자유인이 되겠다'고 다짐하는 에세이를 쓰기도 했고, 성인도 이해하기 어려운 칸트의 『순수이성비판*Kritik der reinen Vernunft*』을 마치 『아라비안나이트*One Thousand and One Nights*』 읽듯 흥미롭게 읽었으니까요. 그러나 번득이는 천재가 드러나는 순간은 결코 '어느 날 갑자기' 오는 게 아닙니다. 오랜 노력 끝에 병아리가 달걀 껍데기를 깨고 나오듯 어느 천재에게나 부리로 톡톡 쪼는 노력의 시간이 존재하는 법이니까요.

실업자 시절부터 특허청 시절까지의 아인슈타인을 키워낸 비밀은 매주 금요일 밤 그의 집에서 열렸던 '올림피아드'란 모임에 그 열쇠가 있습니다. 이 모임에는 철학에 심취한 베소Michele Besso, 1873~1955 수학에 심취한 그로스만Siegfried Großmann, 1930~, 그리고 물리학에 심취한 아인슈타인 등이 참여했는데 대개 저녁부터 다음날 날이 밝을 때까지 칠판 앞에서 떠들고 토론하고 계산하던 난장판 같은 모임이었습니다. 가끔 신혼의 '미시즈 아인슈타인'인 밀레바에게 선물한 어린 송아지 간을 사오기도 했던 이 친구들은 밤이 새도록 시간, 공간, 숫자, 물리 등 이런저런 주제를 놓고 갑론을박을 일삼았습니다. 이 같은 모임 외에도 아인슈타인은 토론 자리를 즐겼습니다. 특히 양자역학 초창기에 그가 양자역학의 주장을 믿지 않는 바람에 닐스 보어Niels Bohr, 1885~1962와 하이젠베르크Werner Karl Heisenberg, 1901~1976가 그를 방어하기 위해 녹초가 되도록 몸부림을 쳤다는 이야기는 유명합니다. 덕분에 양자역학이 탄탄한 기초를 쌓게 되었다고 말하는 이들도 있어요.

아인슈타인이 세상을 떠나던 때, 사람들은 비로소 그의 연구실 풍경을 볼 수 있었는데요. 책상에는 계산을 하던 수없이 많은 종이가 놓여 있었고, 뒤편에 있는 칠판에는 방정식이 가득 쓰여 있었습니다. 책장에는 계산하던 종이 뭉치가 놓여 있었고요. 아인슈타인이 남긴 메모를 보면 한눈에 그가 매우 달필이었다는 것을 알 수 있습니다. 엄청나게 많은 양의 글을 썼던 결과이기도 한데요. 그의 글에서 풍기는 독특한 철학적 냄새는 그가 단순히 수리 물리적 재능만을 갖고 있었던 게 아니라는 사실을 잘 대변해줍니다. 예를 들어 그의 저서인 『나는 세상을 어떻게 보는가*The World As I See It*』라는 책을 읽어보면 그의 사고와 주장이 얼마나 정연한 논리와 확신을 갖고 있는지 알 수 있습니다.

사람들은 흔히 아인슈타인을 몇몇 정형화된 모습으로 기억합니다. 양말도 신지 않은 채 헐렁한 스웨터 차림으로 강의하는 모습, 이스라엘 초대 대통령직을 거절하면서 "나는 전 인류가 세계인으로서 존재하기를 바랍니다"라고 피력하던 모습, 원자폭탄의 필요성을 아이젠하워 대통령에게 제안했지만 후에 히로시마 원폭의 참상을 보고는 원폭 반대자로서 평화를 주장했던 모습 등인데요. 안타깝게도 그의 무의식을 표면으로 끌어올려준 노트 쓰기에 대해서는, 즉 그의 일상 속에 존재했던 몽상적 끼적거림에 대해서는 잘 알려져 있지 않습니다.

아인슈타인이 몽상에 잠긴 모습은 여기저기에서 발견되었습니다. 그의 아내는 종종 늦게 오는 남편이 걱정되어 마중 나가려고 문을 열었다가 문 두드리는 것도 잊어버린 채 문간에 앉아 깊은 생각에 빠진 아인슈타인을 발견하곤 했습니다. 그의 집중적 사고와 독특한 이론 전개에 나타나는 특징은 '종이에 쓰는 메모'와 더불어 '모든 것을 잊어버리는 깊은 사고로의 몰입'입니다. 이런 몽상적 몰입의 상황은 뉴턴에게서도 많이 나타났는데요. 이를 테면, 뉴턴은 자기가 소를 끌고 언덕으로 올라간다고 생각했지만, 나중에 보니 소의 고삐만 들고 언덕을 오르고 있더라는 일화들과 비슷한 맥락입니다. 이러한 몽상적 몰입과 명상의 실체화가 아인슈타인에게는 노트로 나타난 것입니다. 즉 노트에서 그는 자신의 명상을 언어로, 기호로, 숫자로, 그림으로 실체화한 것입니다.

아인슈타인의 이론1

아인슈타인은 뉴턴 이후로 일반적으로 받아들여지던 절대공간·절대시간의 개념에 도전한다. 이 당시까지 일반적으로 받아들여진 것은 우주에는 에테르라는 물질이 존재한다는 것이었다. 만일 에테르가 존재한다면 빛은 그 에테르의 운동에 영향을 받아야 한다. 이를 확인하기 위한 실험이 마이켈슨과 모레이에 의해 이루어진다. 이 실험은 프리즘을 이용하여 빛을 수직으로 보내고, 동시에 통과하게 하여 동일한 거리만큼 떨어진 거울에서 반사하게 하여 다시 수집하는 방식이다.

이러한 실험은 마치 갈릴레이가 피사의 사탑에서 무거운 물체와 가벼운 물체를 떨어뜨릴 때 중력장에서 무게와 무관하게 운동함을 입증한 것과 같은 의미를 갖는 것으로, 갈릴레이는 4원소설이 틀렸음을 입증한 반면, 마이켈슨과 모레이는 우주에 에테르란 물질이 없다는 것을 증명한 실험을 하게 된 것이다. 즉 그들의 실험 결과는 두 분리된 빛이 어떠한 매질의 영향도 받지 않고 동일한 시간에 다시 되돌아온 것이다.

이 실험과 유사하게 아인슈타인은 우주에서 항해하는 두 배가 서로 빛 이외에는 교신할 방법이 없는 상황을 상상하며, 이들 사이의 운동의 법칙을 연구했다. 그 결과 그는 서로가 시간과 공간을 빛에 대한 상대적인 속도로만 이해할 수 있다는 결론에 도달했다. 그러나 그 상대 속도가 작을 경우에는 통상적인 절대공간과 시간의 개념이 됨을 입증하였다.

$$x = \frac{x_0 - \frac{u}{c^2} t_0}{\sqrt{1-(\frac{u}{c})^2}} \qquad t = \frac{t_0 - \frac{1}{c} x_0}{\sqrt{1-(\frac{u}{c})^2}}$$

이러한 시공간의 상대화는 많은 논란을 일으켰다. 즉 아인슈타인의 공간에서 빛의 속도에 육박하는 운동이 발생하면 공간은 축소되고, 시간은 길어지는 것이다. 만일 쌍둥이가 탄생해서 한 명은 우주 공간으로 상대속도로 여행을 떠나면, 지구의 동생은 늙어 가는데, 우주의 형은 아직도 청춘이고, 멀리서 볼 때 그 몸은 오징어포처럼 얇아 보이는 기현상이 발생한다. 이를 '쌍둥이 패러독스'라고 부른다.

그러나 이러한 패러독스는 아인슈타인의 특수상대성이론이 관성운동을 하는 상황에서 중력에 의해 휘어진 시공간을 고려하지 않았기 때문이고, 만일 지구로 귀환하려면 가속도에 의해 이러한 현상은 다시 일치하는 것으로 이해된다. 아인슈타인은 여기서 한 걸음 더 나아가, 만일 서로 다른 속도로 움직이는 두 시스템 사이에서 서로 교신을 할 경우에 어떤 일이 벌어질 것인가를 고찰했다.

만일 공을 우주로 던졌을 때, 다른 속도로 움직이는 우주선의 사람이 던진 공과 내가 던진 공이 부딪힌 뒤에 다시 움직이는 것을 내가 관찰했다면, 이 경우에는 어떤 일이 벌어질 것인가? 이미 시간과 공간은 상대적으로 정의되고 있는 상황에서 운동량이 보존되려면 질량 역시 상대화되어야 한다는 결론에 도달한다.

$$m = \frac{m_0}{\sqrt{1-(\frac{u}{c})^2}}$$

그렇다면 질량을 갖는 물질은 절대로 빛의 속도 이상으로 움직일 수 없다는 말이 된다. 만일 그렇게 되면, 질량은 무한대가 되거나 허수가 되기 때문이다. 이것은 상대론적 공간에서 사건의 원인과 결과가 연관되는 중요한 조건이다. 아인슈타인은 여기서 한 걸음 더 나아가 이와 같은 질량과 속도가 상대적으로 정의되는 운동장에서 에너지의 변화를 도출했다.

$$\Delta E = \Delta mc^2$$

이것은 물질 자체가 에너지임을 주장하는 매우 파격적인 개념이다. 이는 물질이 나타내는 모든 종류의 에너지를 설명할 수 있는 아주 아름다운 결과이다.

아인슈타인의 이론2

아인슈타인은 일단 뉴턴의 법칙 중에서 제1법칙인 관성의 법칙과 제3법칙인 작용과 반작용의 법칙을 절대 시공간에서 상대 시공간으로 개념을 확장함으로써 특수상대성이론을 발견하는 큰 업적을 남긴다. 그러나 제2법칙인 F=Ma의 상대론을 만들어야 했다. 특히 그는 만유인력의 법칙에 등장하는 거리의 제곱에 반비례하는 힘의 실체를 해석하는 데 몰두했다. 절대공간에서는 이러한 거리의 제곱이란 말이 아무 문제가 되지 않지만, 운동에 따라 달리 정의되는 상대성의 시공간에서 거리의 제곱이란 말은 의미를 상실하기 때문이다.

그는 4차원의 세계에서의 힘을 정의하기 위해 골몰한다. 직관적으로 이것이 우주에 존재하는 별과 같은 무거운 존재가 시공간을 휘게 하고, 그에 따라 휘어진 공간의 곡률의 정도에 비례하는 힘이 존재할 것이라고 생각한 것은 어렵지 않은 일이었을 것이다. 실제로 구형의 곡률은 반지름의 제곱에 반비례하기 때문이다. 이러한 기하학적 직관을 4차원의 정교한 수학으로 만들기 위해 그는 비유클리드 기하학을 10년 동안이나 공부했으며, 여기에는 친구 수학자인 그로스만의 도움이 컸다. 마침내 그는 4차원 공간에서의 질량을 갖는 존재가 만드는 공간의 구부림과 그 구부림이 만들어내는 힘을 정의하는 우주방정식을 유도해낸다.

$$R\mu\upsilon - \frac{1}{2} g\mu\upsilon R = 8\pi GT\mu\upsilon$$

여기서 왼쪽은 4차원 시공간에서의 가속도항을 나타내고, 오른쪽은 만유인력을 나타내는 중력가속도다. 본질적으로 이 식은 뉴턴의 방정식이 질량에 의해서 휘어지는 시공간에서 어떻게 표현되는가를 입증한다. 이 방정식의 특수해는 블랙홀로서, 아인슈타인이 초기에는 자신의 방정식이 틀린 것으로 생각했지만, 관측적으로 블랙홀의 존재가 입증되고 있다. 뿐만 아니라 아인슈타인은 시공간의 휨에 대하여, 빛의 경로가 질량이 큰 별 근처에서 휘어지는 것으로 측정이 가능함을 주장했는데, 이는 실제 관측에서 사실임이 판명되었다. 이로서 아인슈타인은 중력이 작용하는 가장 일반적인 방정식을 젊은 나이에 알게 된 것이다.

누구라도 이해시킬 수 있는 철두철미한 노트

_엔리코 페르미

이탈리아가 낳은 천재 물리학자 엔리코 페르미Enrico Fermi, 1901~1954는 소위 '천재란 어떤 사람인가'를 생생하게 보여주는 전형입니다. 노벨상을 두 번이나 수상한 리처드 파인만Richard Feynman, 1918~1988은 "페르미는 내가 만난 물리학자 중 천재임을 인정하지 않을 수 없는 존재"라고 말했는데요. 파인만이 몇 달을 끙끙대며 계산한 문제를 어느 학술대회장에서 만난 페르미에게 이야기하려 들자 페르미가 입을 가리고 잠시 속셈을 하더니 답을 말했다는 일화는 아주 유명하지요. 그 밖에도 페르미를 둘러싼 이야기는 매우 많은데, 이 같은 천재적 일화들은 페르미를 생각하는 일 자체를 즐겁게 해줍니다. 재미 삼아 몇 가지만 소개해볼게요.

갓 결혼한 페르미가 집을 구했을 때입니다. 북부 이탈리아는 겨울에 좀 추운 편이어서 아내 로라는 남편에게 문풍지를 달자고 했습니다. 그러자 페르미는 종이에 뭔가를 휘갈겨 쓰면서 계산하더니 "문틈으로 들어오는 바람이 방안 온도를 그다지 낮추지 않을 거요"라고 대답했습니다. 하지만 로라가 계속 문풍지 타령을 하자 페르미는 마지못하는 척 다시 한 번 계산하고는 "소수점을 잘못 찍었구려" 하고 말하면서 아내의 요청을 들어줬다고 합니다. 물론 아내 로라는 페르미가 계산할 때 소수점 따위를 절대 틀리지 않는다는 것을 누구보다 잘 알고 있었지요.

페르미는 뛰어난 학자였지만 대학 시절엔 악당 클럽을 조직할 정도로 장난을 좋아했습니다. 불쌍한 동급생에게 다가가 순식간에 맹꽁이자물쇠를 채우거나 못생긴 여학생을 놓고 결투를 시키는 그런 류의 장난을 즐겼다고 하는데요. 한 번은 장난이 너무 지나쳤던 나머지 교수회의에 회부되었습니다. 자칫 퇴학을 당할 뻔했는데, 페르미의 천재성을 알아본 교수 한 사람이 적극 변호해준 덕에 간신히 퇴학을 면했다고 하지요.

대학 시절에 이미 교수들을 가르쳤던 페르미의 박사학위 심사는 너무나 싱거웠다고 해요. 심사위원들의 반은 놀란 눈을 뜨고 멍하니 앉아 있었고, 반은 코딱지를 후볐다고 합니다. 페르미의 논문이 이미 자신들의 지식 영역을 벗어나 있었기 때문이지요. 페르미는 제2차 세계대전이 발발하기 전 파시즘을 피해 미국으로 망명했습니다. 그리고 시카고대학의 물리학과 교수가 되어 운동장에 인류 최초의 원자로를 건설하고 그곳에서 연구를 수행했습니다. 이론과 실험 모두에 능통한 그의 천재성은 대체 어디서 나온 것일까요?

아내 로라 페르미의 말에 의하면 페르미는 놀랍게도 아주 적은 분량의 책만을 갖고 있었다고 합니다. 또 아침 일찍 일어나 연구를 하고는 식사를 하고 출근해서 하루 종일 연구하고 다시 집으로 돌아오는 규칙적이고 단조로운 생활을 했다고 하지요.

그의 서재는 아담했습니다. 메모한 종이를 던져두기에 충분한 넓은 책상과 책 꽂을 자리가 별로 남아 있지 않은 책장이 가구의 전부였는데요. 더욱 놀라운 점은 그가 소유하고 있는 책이 몇 권 안 되었다는 것입니다. 집에 있는 서재에 보관한 책이라고는 겨우 열 권 남짓, 나머지는 하루 종일 자신이 머물렀던 대학 물리관에 두었다고 합니다.

> 간혹 일찍 일어나면 나는 잠이 덜 깬 채로 그의 서재에 가보았다. 푸른 잠옷 가운을 걸치고 슬리퍼를 신은 발을 커다란 안락의자 앞판에 올린 채 책상에 웅크리고 앉아 있는 엔리코는 내가 오는 소리를 듣지 못했다. 너무나 자기 일에 열중해 있었기 때문이다. 그러나 정확하게 7시 반이 되면 머릿속의 그 무엇인가가 반짝하여 어떤 두뇌 조직이 자명종처럼 시간을 알린다. 그러면 엔리코는 현실로 돌아와 하던 일을 멈추었다. 8시에 아침을 먹고 곧바로 학교로 향했다.
>
> 엔리코의 두뇌 자명종은 극도로 정확하게 일을 했다. 엔리코는 1시의 점심, 8시의 저녁에 한 번도 늦은 적이 없다. 오후 3시만 되면 읽던 논문이나 테니스 경기를 멈추고 일을 시작했다. 연구실의 실험이 극도로 흥미를 끌기 전에는 엔리코의 일정은 조금도 흔들리지 않았다. 그의 두뇌조직이 효력

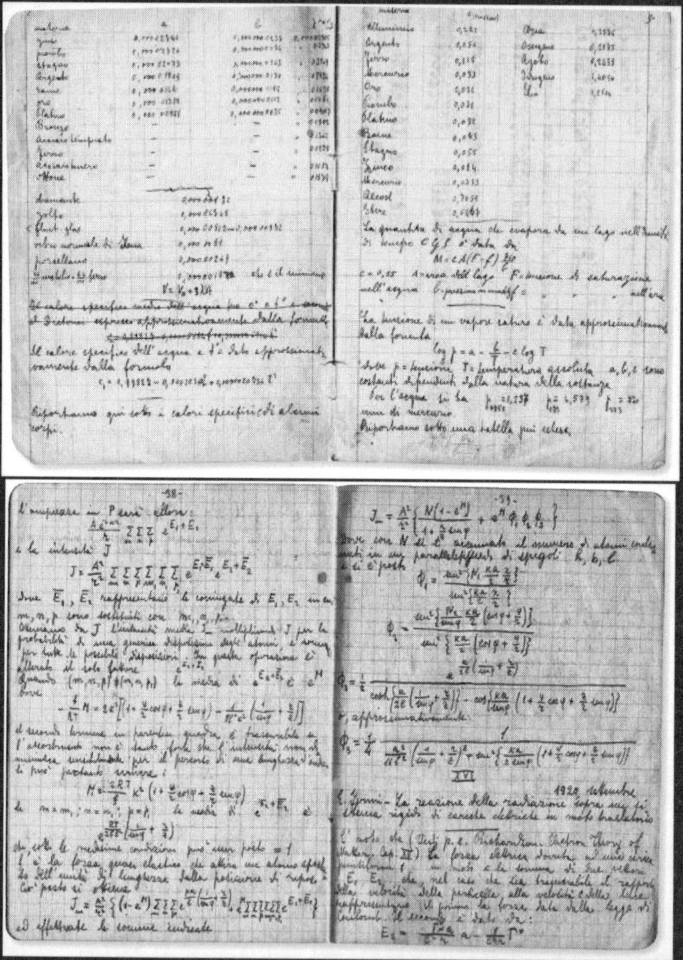

페르미의 노트는 철두철미하다.

을 못 보는 때가 있으니, 9시 반의 취침 전까지 말짱한 정신을 유지하는 것이다. 그는 저녁을 먹고 나면 하품을 해대고 눈을 비비곤 했지만 용감하게 정해진 취침 시간까지 버티고 앉아 있었다. 그는 방법적인 사람이다.[1]

그의 절친한 친구이자 물리학자였던 에밀리오 세그레Emilio Segre, 1905~1989가 들려주는 엔리코 페르미의 노트 이야기는 참으로 독특합니다. 페르미는 물리학의 모든 개념을 시장에 나가 만나는 아무 아주머니나 붙잡고 설명했을 때 이해시킬 수 있어야 한다고 주장했습니다. 페르미는 어떤 의미에서 헤겔Georg Wilhelm Friedrich Hegel, 1770~1831처럼 자신만의 지식 사전을 가지고 있었는데요. 한 번은 수학을 가르치게 된 페르미가 수학책의 목차대로 공부하지 말고, 수학책 뒤에 나오는 색인 순서대로 수업하자고 한 적이 있었습니다. 페르미는 신나게 알파벳 순서로 강의했지만 학생들이 당황한 것은 두말할 필요가 없겠지요. 페르미의 파일 박스에는 알파벳으로 정리된 지식 노트가 가득 들어 있었던 겁니다. 노벨상을 받은 페르미의 제자 양전닝Chen-Ning Franklin Yang, 1922~은 페르미의 화려한 강의와 함께 그가 일을 쉽게 하고 간단명료하게 한다는 일반적 인식이 얼마나 잘못된 것인가를 사적인 경험을 통해 술회했습니다.

---

1 『원자가족』, 로라 페르미 지음, 양희선 옮김, 전파과학사.

잘 알려진 대로 페르미는 정말 감탄할 강의를 했다. 늘 그렇듯이 어떠한 주제든 페르미는 아주 간단한 예제를 들어 시작했고 공식부터 들이대지 않았다. 이러한 단순함으로 인해 그의 강의는 전혀 힘들이지 않고 하는 것 같아 보였다. 그러나 그런 인상은 틀린 것이다. 바로 그 강의의 단순함은 정말 주의 깊은 준비와 다른 주제와의 균형을 심도 있게 고려한 결과였다. 1949년 페르미는 원자물리를 강의했는데, 며칠 동안 시카고를 떠나야만 했다 그는 나에게 한 시간 강의를 대신 해줄 것을 부탁하면서 작은 강의 노트북을 보여주었다. 그것은 모든 강의 내용이 잘 준비되고 아주 철두철미하게 설명된 것이었다. 그는 떠나기 전에 나에게 미리 강의를 했는데, 각 줄마다 감추어진 이유에 대하여 모두 설명해주었다.

양전닝은 계속해서 이렇게 회상했습니다.

일주에 한두 번 페르미는 정기적으로 대학원생의 작은 그룹에게 비공식 강의를 해주었다. 그룹 멤버들은 페르미의 연구실에 모여 페르미를 포함해서 아무나 아무 주제를 제안하게 시킨다. 주제가 나오면 페르미는 자신이 갖고 있는 인덱스가 되어 있는 노트에서 그 주제를 찾고 나서 곧바로 강연을 했다. 나는 아직도 1946년 7월부터 1947년 7월까지 행해졌던 비공식 강연의 노트를 갖고 있다. (…) 사실 페르미는 다양한 물리학의 주제들, 순수 이론물리부터 순수 실험물리에 이르는 방대한 주제에 대한 구체적인 노트를 만들어 갖고 있었다. 물론 이 주제는 가장 단순한 문제부터 삼체문제나 일반 상대론에 이르는 모든 내용이 망라되어 있었

> 다. (…) 물리는 어떤 특별한 전문가의 것이 아니라 바로 맨땅에서 세워져 벽돌을 쌓고, 층을 올려 지어지는 어떤 것임을 알게 되었다.

에밀리오 세그레의 회상에 의하면 그 인덱스 노트의 발상지가 바로 페르미가 즐겨 부른 인공 메모리를 만드는 과정에서 나온 것이었습니다.

> 그는 자신의 기억이 감퇴될 것을 보완하기 위해 인공 메모리를 만들었다. 그리고 이 메모리를 오래도록 보관했다. 매우 중요한 연구논문들, 문헌에서 찾은 수치들, 바인더 노트에 명확하게 계산하여 쓴 자신만의 육필 논문 원고들을 모았다. 이들은 모두 번호가 매겨진 것으로 상호 참조를 하도록 만든 다음 캐비닛에 저장했다. 그리고 그가 들고 다니는 노트에 색인화했다. 그가 어떤 주제에 대하여 말할 필요가 생기면 그는 자신의 색인 노트를 뒤적인 다음 몇 분 안 돼 자신이 갈무리한 중요한 지식을 술술 꺼내곤 했다.[1]

—

1 『고전물리학의 창시자들을 찾아서』, 에밀리오 세그레 지음, 노봉환 옮김, 전파과학사, 1997.

무의식을 정확하게 기록한 수학자의 노트

_앙리 푸앵카레

위대한 지성들 중에는 그들이 펼친 놀랍도록 합리적이고 정교한 주장을 발견하는 과정에서 무의식의 작용에 대해 언급하는 예가 많습니다. 대표적인 사례가 수학자 앙리 푸앵카레Henri Poincaré, 1854~1912의 경우인데요. 푸앵카레는 수학 문제를 풀 때 간간이 번개처럼 자신의 머리를 스치는 어떤 영감을 붙잡아나간 경험을 술회하곤 했습니다. 군 복무를 하는 도중에, 그리고 제대 후 마차를 타려고 발을 내딛는 순간에 문제의 실마리가 번개같이 떠올랐고, 자신은 그것을 잊지 않기 위해 서둘러 서재로 달려가 이를 기록하고 생각을 전개해나갔다는 것입니다.

온몸이 마비가 되는 병을 앓았던 스티븐 호킹Stephen William Hawking, 1942~2018도, 불확정성의 원리를 발견한 하이젠베르크도 잠재의식의 작용을 크게 경험한 과학자 중 한 사람이었습니다. 갑자기 떠오르는 무의식은 어떤 과학적 진실이나

철학적 진리를 발견하는 데 중요한 역할을 합니다. 이런 종류의 무의식과 의식의 교류는 창의적 발견이나 개발에 항상 등장하는 주된 메뉴인데요. 고민거리에 대하여 진지하고 애타게 고민하다가 "더는 안 되겠다, 잊어버리자" 하고 머릿속에서 떠나보낸 뒤, 어느 날, 정말 갑자기 일종의 계시처럼 해답의 실마리가 떠오르는 경험을 여러분도 해보셨을 겁니다.

살다 보면 이처럼 무의식에 따른 해법을 종종 만나기도 하는데요. 문제는 우리의 의식이 이것을 받아들이는 데 둔감하기 때문에 깨닫지 못한다는 점입니다. 따라서 무의식의 해법이 자주 표출되도록 자신의 의식 상태를 만들어가는 것도 중요해요. 물론 여기엔 심리학과 정신분석학의 도움이 필요하겠지요. 만일 여러분에게 무의식에서 나온 해법이 너무도 간절하게 요청되는 순간이 찾아온다고 상상해보세요. "아, 뭔가 떠오르는 것 같아. 하지만 잘 모르겠어. 어젯밤 꿈인가?" 하면서 그냥 흘려보낼 텐가요, 아니면 그것을 세심하게 직시하며 이를 노트에 한 자 한 자 적고 고민하던 문제를 정의할 텐가요? 자신의 무의식으로까지 문제를 끌고 내려간 간절함과 이를 해결하기 위해 노력하며 나날이 자기의식의 발전을 기록하는 성실함은 사실 가장 쉬운 방법이지만 가장 어려운 방법이기도 합니다.

철학자 데카르트는 자다가 어떤 의식이 발현되었을 때 이를 놓치지 않기 위해 침대 맡에 늘 노트를 두고 잤다고 합니다. 그 역시 몽상적 상태의 장점을 잘 알고 있었던 사람이었던 거죠. 완전한 의식이 아닌 반의식 상태를 만드는 좋은 방법은 흥미롭게도 침대에서 마구 뒹구는 겁니다. 완전히 깨지도 않고 완전히 잠들지도 않은 상태에서 머릿속을 오가는 온갖 개념들 중 분명 새로운 돌파구를 만들어줄 어떤 생각이 스쳐지나갈 수 있기 때문입니다.

수학자 라마누잔Srinivasa Ramanujan, 1887~1920을 가장 극단적인 경우로 들 수 있습니다. 그는 비록 정규교육을 받지 못했지만 매우 대단한 수학적 정리들을 발표한 것으로 유명합니다. 그가 섬기는 인도 여신이 가르쳐주는 것을 받아 적은 것이라고 하는데요. 물론 그에겐 천재의 재능을 알아보고 학문 연구의 기회를 열어준 하디Godfrey Harold Hardy, 1877~1947라는 멋진 조력자가 있었습니다.

하지만, 뭐니 뭐니 해도, 몽상적 상태에서 발현되는 잠재의식의 힘을 가장 신봉한 사람은 푸앵카레입니다. 푸앵카레는 1881년에 자신이 경험한 수학적 발견의 생생한 기억을 기록했는데요. 27년 전의 일을 분석한 것과 나중에 정신분석학자 툴루즈가 푸앵카레와 면담하면서 분석한 내용이 일치하는 것을 보면 그의 경험이 매우 생생했음을 알 수 있습니다.

푸앵카레는 1854년 프랑스에서 태어났어요. 학교 성적은 매우 높았지만 산만한 아이였습니다. 하지만 그는 산만함을 장애로 여기지 않았어요. 오히려 무의식 가운데서, 혹은 산만한 가운데서 문제를 푸는 연습을 하곤 했습니다. 대학의 교수들은 푸앵카레가 쓴 학위 논문을 두고 "결과는 매우 훌륭하지만 많은 부분에서 산만하다"고 지적했습니다. 체계적이지 못한 학적 태도가 여기저기서 발견된다는 뜻이었지요. 그러나 "그가 다룬 주제의 난해함과 탁월한 재능을 감안하여 박사학위를 수여한다"는 평가는 매우 재미있습니다.

푸앵카레의 강의—1879년에서 1881년까지 가르친 캉 대학의 비밀 보고서에 의하면—가 때때로 몹시 혼란스러웠다는 점도 그의 직관적이며 무의식에 근거한 설명에 일부 기인한다고 볼 수 있습니다. 하지만 그는 찬란한 업적을 이루어 프랑스 주요 대학의 총장과 학술원 회원 및 원장을 역임하는 등 사회적으로도 인정을 받았습니다. 110쪽에 달하는 그의 이력서가 이를 뒷받침해주는데요. 물론 그 이력서 안에는 500여 편의 논문과 30여 권의 저술에 대한 서술도 포함되어 있습니다.

푸앵카레의 작업 스타일은 매우 독특했습니다. 오전에는 10시부터 정오까지, 오후에는 5시부터 7시까지 하루 네 시간만 수학을 연구했고, 저녁에는 학술지를 읽었습니다. 푸앵카레는 또한 수학과 전혀 연관 없는 일을 하는 시간을 정해두고 이를 철저하게 지켰어요. 그는 기억력이 조금 약했지만 어떤 것에서 패턴을 찾아내는 데는 아주 강했습니다. 그의 작업은, 다른 사람들이 이전 연구자의 결과에서 출발하는 것과 달리, 제1원리에 입각한 연구 중심이었습니다. 모든 문제의 근본에서 출발하여 철저하게 모든 가정을 파헤치는 방법이지요.

푸앵카레는 또한 늘 열린 태도로 연구와 일에 임했습니다. 논문을 쓸 때엔 노트를 사용하지 않았고, 전체적인 계획이나 목표, 전략 따위를 세우지도 않았습니다. 그는 연구가 어디로 흘러갈지 전혀 모르는 채 연구에 매달렸습니다. 어떤 연구든 쉽게 시작해서 거기 몸과 마음을 모두 싣고 흘러가는 듯 보였는데요. 그러다가 문제시되는 사안을 만나면 금세 일을 포기했습니다. 포기를 해도 저 깊은 곳에서는 자신의 무의식이 이를 붙잡고 풀고 있다고 믿었습니다. 그래서인지 무의식을 방해하지 않기 위해 저녁 잠자리에 드는 일과를 매우 중요하게 생각했지요. 뉴턴이나 패러데이의 행동과는 정반대였습니다.

한 가지 특기할 사실이 있습니다. 푸앵카레는 세밀한 계산을 틀리지 않고 여러 쪽씩 수행할 수 있었습니다. 다음의 노트 사진에서 볼 수 있듯이 그는 매우 추상적인 계산인데도 지운 흔적 하나 없이 정확하게 메모했지요. 아인슈타인의 메모나 뉴턴의 메모와 크게 다른 점입니다. 행정적인 일이나 관련된 절차들을 싫어했던 푸앵카레는 이런 종류의 회의에 참석할 때마다 팸플릿이나 봉투 겉면에 이렇게 저렇게 메모를 휘갈기며 무의식적인 생각의 출현을 스케치하곤 했습니다.

푸앵카레는 오늘날 카오스 연구의 중요 개념이 된 3체문제三體問題, three-body problem를 연구함으로써 '푸앵카레 맵'으로 명명된 해석 방법을 제시하여 카오스 연구의 선구자가 되었습니다. 푸앵카레의 이러한 연구 태도는 매우 독특하여 일반인이 흉내 내기 매우 어려운 점이 있는데요. 물론 개인에 따라 이러한 방식이 타당할 수도 있습니다. 푸앵카레는 산만한 성향을 딛고 일어서 매우 큰 성공을 거두었지만 비슷한 부류의 대다수 아이들은 주위의 엄청난 잔소리와 걱정에 먼저 노출됩니다. 뿐만 아니지요. 적성에 맞지 않는 주입식 교육으로 인해 결국 아무것도 하지 못하는 상태로 전락하기도 합니다.

만약 여러분 주위에 산만한 아동이 있다면 빠르게 가르치고, 오래 놀게 하며, 잘 안 되는 일은 쉽게 포기하도록 유도해보세요. 잘하는 것만 할 수 있도록 격려하는 것도 매우 좋은 방법일 터입니다. 물론 프로의 세계에서도 푸앵카레 스타일이 성공할 확률은 희박합니다. 대개의 경우 마무리가 좋지 못해 여러 시련을 겪을 수 있거든요. 방법이 없는 건 아닙니다. 푸앵카레 같은 성향의 사람에게는 큰 그림을 그리는 일이나 기획을 맡기고 나머지 부분은 세밀하고 꼼꼼한 일처리를 잘하는 사람에게 맡기면 됩니다. 좋은 팀워크는 각 사람에게 부족한 부분이나 불안한 부분들을 메워주는 데 가장 효과적입니다.

저는 푸앵카레를 보면서 휴식이 얼마나 중요한지 배웠습니다. 요즘 많은 사람들이 쉼 없이 일하는 일중독 증상을 보이는데요. 이런 현상은 현대에 들어 더 강해진 것 같습니다. 그러나 헬름홀츠Hermann von Helmholtz, 1821~1894라는 과학자가 언급한 것처럼 "지적 작업으로 녹초가 되었다면 반드시 휴식을 취하라. 그러면 그 이후에 오히려 창조적 영감이 떠오른다는 것을 알게 될 것이다"라는 사실을 참고해야 합니다. 헬름홀츠는 아침에 일어날 때 수학자 가우스Carl Friedrich Gauss, 1777~1855를 떠올리면 새로운 생각이 떠오른다고도 했는데요.

이러한 휴식과 창조적 영감의 떠오름에 대하여 어떤 이는 창조적 영감이 신으로부터 도래하는 시간이 있다고 주장하기도 합니다. 헬름홀츠처럼 스스로 다른 사람을 떠올려 창조적 생각을 얻든, 신으로부터 얻든, 모든 사람에게는 창조적 생각이 떠오르는 계기가 있

On a $d(ae) = da\cos\theta$; au périhélie $\theta = 0$; $d(ae) = da$; $a\,de = da(1-e)$
à l'aphélie $\theta = \pi$ $d(ae) = -da$; $a\,de = -da(1+e)$.
Soit $R = K\frac{v^m}{r^n}$; 1° orbites peu excentriques; on a sensiblement vr = const. en vertu de la loi des aires et en négligeant e^2; d'où $R = K r^{-(m+n)}$; supposons la constante de Gauss = 1, et $p = a(1-e^2)$; il vient [illegible] $v^2 = \frac{2}{r} - \frac{1}{a}$ ou
$v^2 = \frac{1+e^2+2e\cos w}{p}$; $r = \frac{p}{1+e\cos w}$; $(2a-r)\cos\theta - r\cos w = 2ae$;
$arv^2\cos\theta = 2ae + r\cos w$; $\cos\theta = \frac{2e}{rv^2} + \frac{\cos w}{av^2} = \frac{2e(1+e\cos w)}{pv^2} + \frac{\cos w(1-e^2)}{pv^2}$
$pv^2\cos\theta = 2e + \cos w + e^2\cos w$; $r^2dw = \sqrt{p}\,dt$; $\delta a = \int a^2Rv\,dt$;
$\delta ae = \int a^2Rv\cos\theta\,dt = a\delta e + e\delta a$; $pv^2(\cos\theta+1) = (1+e)^2(\cos w+1)$
$pv^2(1-\cos\theta) = (1-e)^2(1-\cos w)$; $a\delta e = \int a^2Rv(\cos\theta - e)\,dt$; $\delta a = \frac{a^2}{\sqrt{p}}\int Rvr^2\,dw$
$\delta e = \frac{a}{\sqrt{p}}\int Rvr^2(\cos\theta - e)\,dw$; $pv^2(\cos\theta - e) = (e+\cos w)(1-e^2)$
pour e très voisin de 1; $\cos\theta - e$ diffère peu de $\frac{1-e^2}{2}$; à moins qu'on ne soit très près de l'aphélie; on trouve par conséquent:

$$a\delta e = \delta a\,\frac{1-e^2}{2};\quad \frac{\delta a}{a} = 2\frac{\delta e}{1-e^2},\ \text{ou}\ \frac{\delta n}{n} = -3\frac{\delta\varphi}{\cos\varphi}$$

Cela suppose que la résistance près de l'aphélie est très faible; mais on a
$\delta a = \frac{a^2K}{\sqrt{p}}\int\frac{v^{m+1}}{r^{n-2}}\,dw =$ (pour $e=1$) $\frac{a^2K}{p^{[illegible]}}\int(1+\cos w)^{\frac{m+2n-3}{2}}\,dw$

Pour que la formule soit applicable, il faut que $\frac{m+2n-3}{2} > -\frac{1}{2}$; ou $m+2n > 2$. Cela conforme dans ses grands traits la conclusion de Backlund.
Autres explic— Émission (Bessel) ou pression de la lumière doivent être dissymétriques par rapport au périhélie; pour que le périhélie ne bouge pas, il faut que ces actions se fassent sentir de part et d'autre du point où l'anomalie vraie est $\frac{\pi}{2}$ (invraisemblable)
Explication de Charlier; deux noyaux se suivent sur la même orbite

푸앵카레는 카오스 연구의 선구자로 인정받는다.

고 때가 있습니다. 세계적인 학자와 과학자들이 경험으로 이 같은 사실을 증명해주는데요. 그들의 말을 종합해보면 아침 5시부터 7시 사이, 그리고 정오 근처인 11시부터 1시 사이, 저녁에는 5시부터 7시 사이에 창조적 영감을 가장 많이 얻는다고 합니다. 사실 이 시간대는 참 애매합니다. 아침 시간은 대체로 단잠을 더 자려고 이불을 덮어쓰고 베개와 씨름하는 시간이고, 점심 무렵은 친구들과 한가로이 점심을 먹으며 노닥거릴 시간이며, 저녁 시간은 퇴근하느라 막힌 길에서 한숨을 쉬면서 신경 쓸 시간입니다. 현대인들은 참 가엾습니다. 무의식적이든 의식적이든, 창조적 영감이 도래하는 그 귀한 시간을 별 볼일 없는 행동으로 소모하고 있으니까요.

이를 극복할 팁을 하나 드릴게요. 어떤 경우든 영감이 떠오를 때 바로 받아쓰도록 노력하세요. 항상 노트와 펜을 들고 다니세요. 영감이 떠오를 때마다 재빨리 적어놓으세요. 그것이 낙서든 경구든 숫자든 시의 한 구절이든 상관없습니다. 누군가의 농담이든 라디오에서 흘러나오는 유행가 가사든 모두 좋습니다. 여러분에게 영감을 주는 것이면 무조건 기록하세요.

저는 가끔 꿈속에서 실험장치의 실물을 미리 봅니다. 갓 깎아낸 금속이 처연한 빛을 발하는 꿈속의 실험장치 속으로 제 자신 미세한 바이러스가 된 양 타고 들어가면서 세밀하게 모든 지역을 관찰하곤 해요. 그러고 나서 진짜 설계도를 볼 때 꿈속에서 보았던 것과 다르면 "잘못되었다"고 지적합니다. 그러면 제 학생들은 아주 까무러치게 놀라곤 해요. 하지만 누구나 저와 같은 경험을 몇 번쯤 했을 겁니다. 만일 이런 경험이 없는 사람이라면 그는 제대로 휴식을 취해보지 못한 사람일 확률이 높습니다. 혹은 어떤 문제에 대해 정말 가슴 깊이, 심각하고 진지하게 고민해보지 않은 사람일 수도 있고요. 우리는 인간에게 적극적인 휴식의 시간이 필요함을 인정하고, 몸과 마음이 아무것도 하지 않는 완전한 무無의 휴식을 누릴 수 있도록 노력해야 합니다. 비우지 않고선 채울 수 없는 법이니까요.

푸앵카레의 카오스

위대한 수학자 푸앵카레의 수많은 업적 중 최근의 학문에 기여한 것 하나를 굳이 꼽자면, 카오스 연구의 징검다리가 된 '푸앵카레 지도'일 것이다. 푸앵카레는 비선형 동역학 방정식의 답이 시간에 따라 변하는 것을 위상공간에 표현하면서, 그 답의 특징을 파악하는 방법으로 푸앵카레 지도를 제안했다. 일례로 '나비효과'로 불리는 로렌츠의 카오스를 살펴보자. 로렌츠(Edward Lorentz)의 카오스(나비효과로 알려져 있으며, 위상공간에서 답의 궤적이 나비의 날개처럼 펼쳐져서 나타나지만 절대로 이전 궤적을 반복하지 않는다)는 기상 예측을 위한 방정식을 만드는 중에 발견한 것으로, 방정식은 존재하지만 그 답이 매우 불규칙적이어서, 답만을 살펴보면 카오스로 볼 수밖에 없다. 그러나 방정식이 존재하므로 질서를 갖고 있는 셈이다. 그래서 사람들은 이것을 '결정론적 카오스'라고 부른다. 이러한 결정론적 카오스의 특성을 분석하는 데도 푸앵카레의 지도가 유용하게 사용된다.

푸앵카레의 지도는 위상공간의 카오스의 궤적을 위상공간의 특정한 창에서 이를 통과하는 점들을 모은 것이다. 푸앵카레의 지도를 보면 분명 통과하는 점들이 겹치지 않고 계속 다르게 나타나지만 그 정도가 어느 영역을 벗어나지 않음을 알 수 있다. 이러한 지도를 볼 때 우리는 이를 결정론적 카오스의 중요한 척도인 '기묘한 끌개'라고 부른다.

chapter 3

비범함으로의 초대

삶을 바꾸는 노트 쓰기

젊은 날의 저는 "되는 일이 하나도 없다"라며 자조를 일삼던 사람이었습니다. 목표였던 S대 진학에 실패했고, 흠모했던 여인은 다른 사람과 사귀고, 살림살이마저 어려운 집안의 장남이고…. 얼마나 절망했는지 생을 놓아버리고 싶을 정도였습니다. 다른 한편으로는 이렇게 된 게 나만의 문제가 아니라는 생각도 들었습니다. 뭔가 너무 억울하고 불공정하고 부당하다는 생각이 마음을 가득 채웠어요. 이런 세상은 없어져야 한다고 생각했습니다. 젊은이의 마음에 활활 타오르던 분노는 급기야 지구를 폭파해야겠다는 엉뚱한 생각에까지 이르렀는데요. 그래서인지 저는 원자력을 전공하기로 마음먹게 되었습니다. "막강한 원자의 파워로 지구를 날려버리자" 하면서요. 동시에 저에겐 스스로를 파괴하고자 하는 마음도 강력했습니다. 지금 돌아보니 그때가 제 인생의 변곡점이었던 것 같습니다.

그런데 이 두 마음을 하나로 묶은 일이 벌어졌습니다. 2학년 봄 축제 기간에 친구 하나가 독서실에서 쓰러진 거예요. 원자력을 엄청

사랑한 그 친구는 정말 공부를 열심히 했습니다. 저와 같은 불손한 동기 때문이 아니라 순수하게 학문을 사랑했던 친구였어요. 그는 축제 기간에도 사설 도서관에 자리를 잡고 '열공'하던 중 뇌출혈이 생겨 쓰러진 터였습니다. 책상 위에 잠자듯이 엎드려 있던 친구는 한참 후에 몸이 풀리면서 도서실 바닥으로 쓰러졌고, 그때야 병원에 옮겨졌어요. 상당한 출혈이 있었고, 장시간의 뇌수술 후에 그는 다시 깨어났습니다. 그러나 너무나 안타깝게도 부분 기억 상실이 생겼습니다. 저는 이 사건을 지켜보면서 '원자력 공부로 지구 아니면 나를 폭파하는 일이 가능하겠구나' 하고 생각하게 되었습니다. 죽도록 공부하다가 뇌가 터지면 내가 죽고 아니면 지구를 폭파할 대단한 뭔가를 만들고!

그때부터 저는 아침 일찍 도서관에 가서 미친 듯이 공부하기 시작했습니다. 공부를 하다 보면 종종 얼굴이 벌게지면서 피가 머리로 끓어오르는 경험을 하게 되는데요. 그때 저는 이렇게 생각했어요. "바로 이거야! 조금만 더하면 머리가 터질 거야!" 그래서 "조금만 더, 조금만 더…" 이렇게 외치며 공부했습니다. 하지만 머리는 터지지 않았습니다. 대신 머리에 새로운 생각들이 차오르더군요. 눈에 보이지 않는 원자의 세계를 탐험한 인류 지성들의 아이디어와 삶이 보이기 시작한 겁니다.

20세기 과학혁명을 이룬 주역들의 삶을 바라보자니 머릿속에서 끝없는 질문들이 터져 나왔습니다. 저는 쉴 새 없이 노트하고 또 노트했습니다. 자연의 신비를 탐험하는 그들의 삶을 들여다보면서 '나도 저렇게 살다 죽었으면 좋겠다'고 생각하게 되었습니다. 장가도 가지 말고, 취직도 하지 말고, 오직 공부만 하자. 이런 결심까지 했습니다. 장가를 가지 말아야겠다고 생각한 데엔 나름대로 이유가 있었어요. 실연의 상처도 아물지 않았지만, 이렇게 사는 사람이 어떻게 다른 누군가를 먹여 살릴 수 있겠습니까? 차라리 등대지기가 되면 좋겠다고 생각했습니다. 아무도 찾아오지 않는 무인도에서 등대를 지키면서 끝없이 방정식을 세우고 풀어내는 그런 삶을 꿈꿨던 거예요. 하지만 이 극단적인 생각이 무너지는 사건이 벌어졌습니다. 대학 4학년 때 처음 해본 미팅에서 만난 여인이 저의 분노와 결단을 한 방에 무너뜨려주었거든요. 덕분에 전 등대지기가 아닌 평범한 중년 가장이 되어 가끔 잔소리도 듣고 부지런히 설거지를 하며 지내고 있습니다. 인생은 생각처럼 되지 않아요.

인생은 굴곡이 있어 아름답습니다. 굴곡은 이야기를 만들어주니까요. 인생은 흠이 아름다운 결로 탄생할 때 격이 높아집니다. 인생 역전의 스토리가 만들어집니다. 만신창이가 되어 바닥을 뒹굴다가도 독수리가 날갯짓을 하듯 날아오르는 것, 바로 거기에 인생의 맛이 있습니다. 아무리 무시당하고 또 당해도 우리는 스스로를 지켜내기만 하면 결국은 다시 올라갈 수 있습니다. 그것이 바로 인생 역전이지요. 그렇다면 어떤 도구가 있어야 나를 온전히 지켜낼 수 있을까요? 어마어마한 돈일까요, 높은 지능지수일까요, 숨 막히는 외모일까요? 저는 자기 자신을 개선할 수 있는 가장 좋은 도구로서 '성찰'을 들고 싶습니다. 남들의 평가가 아닌 자신만의 평가, 자신에 대한 확고한 믿음. 이것이야말로 삶의 품격을 유지하고 높여줍니다. 저는 이번 장에서 이와 같은 깊은 성찰로 자신을 지켜내고, 마침내 삶을 바꾼 사람들의 이야기를 들려드리고 싶습니다. 그들이 하나같이 가슴에 품고 살았던 성찰의 도구로서의 '노트' 이야기를 곁들여서요.

꿈꾸는 자의 노트

_오노레 드 발자크

파리를 방문할 때마다 종종 '여기서 살았으면 좋겠다'고 생각합니다. 센la Seine강을 따라 서 있는 성당과 궁궐을 개조한 미술관들을 지나 개선문을 통하는 샹젤리제를 거쳐 그 끝에 갑자기 등장하는 모던한 라 데팡스La Défense에 이르면 공간 이동에 따라 시간 여행을 하는 것 같은 착각마저 들곤 합니다. 몽마르트에서 저는 가난한 예술가가 들러 식사를 했음직한 오래된 식당에 들렀습니다. 거기서 달팽이 요리를 두 접시나 먹었는데요. 할머니 한 분이 식탁 저편에 앉아 냅킨을 조용히 접고 계셨고, 손자처럼 보이는 젊은이는 화려하게 솟아오르는 불판 위에서 여러 요리를 만들고 있었습니다. 무엇보다 저는 이곳 파리의 석조건물에 쓰인 돌들, 특히 그 돌들의 색깔이 마음에 들었습니다. 유럽 여기저기에서 볼 수 있는 검게 산화된 사암들과 달리 파리의 돌들은 수줍은 듯 발그레했습니다.

수많은 멋쟁이들이 파리에서 세월을 먹고살았지만, 저의 눈길을 사로잡은 사람은 단연 발자크Honore de Balzac, 1799~1850입니다. 릴케Rainer Maria Rilke, 1875~1926가 문하생으로 들어가 한없이 감탄하며 존경했던 위대한 조각가 로댕Auguste Rodin, 1840~1917의 작품 중에는 수도복으로 몸을 감싼 발자크 상이 있는데요. 발자크가 죽은 지 한참 후에 프랑스 문인협회는 발자크를 기리기 위해 그의 조각을 로댕에게 의뢰했습니다. 로댕의 발자크 상은 의뢰인들의 마음을 만족시키지 못했지만, 로댕 자신은 발자크 상을 자신의 새로운 출발로 정의할 만큼 자랑스러워했습니다. 잠옷 바람으로 서 있는 대 문호. 로댕은 발자크를 거대한 덩어리로 표현하면서 외면보다는 웅대한 내면을 표현하는 데 심혈을 기울였습니다. 손도 발도 허리도 거의 드러나지 않도록 몸 전체를 가운으로 감싸고, 그 위에 릴케의 말처럼 '머리가 공처럼 떠 있게' 만든 것이지요. 위대한 예술가가 직시한 발자크의 웅혼한 내면은 과연 어떤 모습이었을까요? 발자크는 어떤 사람이었을까요?

제가 발자크에 대해 관심을 갖게 된 것은 소설가 김탁환이 쓴 「천년습작」이란 에세이를 읽고부터입니다. 그는 여기서 소설가 발자크의 쉼 없는 집필을 소개했는데요. 발자크의 일생을 묘사한 전기 작가 스테판 츠바이크의 『발자크 평전』이 중요한 참고문헌이었다고 합니다. 저도 츠바이크의 평전을 읽으며 로댕을 매혹시킨 발자크란 인물을 한 발 깊숙이 들어가서 살펴보았습니다. 그의 일생에도 변곡점이 있더군요. 놀랍게도 그 변곡점은 속물에서 귀족으로의 지향이었습니다.

로댕의 발자크

발자크는 속물이었습니다. 로댕은 아마 자신의 조각에서 속물에서 명품으로 탄생하는 발자크를 얇은 가운으로 감싸 표현한 것 같습니다. 젊은 발자크는 진정한 파리의 속물이었는데요. 그 배경에 대해 많은 사람들이 '어린 시절 어머니로부터 사랑을 제대로 받지 못했기 때문'이라고 말합니다. 그의 어머니는 서른두 살이나 나이 많은 남자와 사랑 없는 결혼을 했고, 발자크는 여덟 살이 되었을 때 기숙학교에 보내져 건강을 완전히 잃고 돌아오기까지 6년 동안 어머니와 떨어져 살아야 했습니다. 그는 20세가 되었을 때 작가로서의 삶을 살겠다고 결심했고, 20대 중반에 출판 사업을 시작합니다. 허영과 사치와 명성을 추구했던 발자크는 사업도 그런 식으로 하여 거품이 잔뜩 끼게 됩니다. 결국 엄청난 빚을 지고 말아요. 평생을 벌어도 갚지 못할 엄청난 빚이었습니다.

발자크는 빚더미에 깔려 인생의 밑바닥으로 내려갑니다. 어린 시절 받지 못했던 어머니의 사랑을 채워줄 사치와 허영과 여성의 사랑을 담아낼 황금을 얻고자 했으나 그는 도리어 황금의 빚에 짓눌려 숨조차 쉴 수 없는 파산자가 된 것입니다. 더는 내려갈 곳이 없는 인생의 저 바닥에서 발자크는 소설로 빚을 갚아보겠다며 엉뚱한 대역전극을 펼치기로 마음먹습니다. 물론 거의 달성할 수 없는 목표였는데요. 그러나 발자크는 이를 성취하기 위해 자신의 인생을 완전히 바꿉니다. 어떻게 했을까요?

그는 우선 자신의 생체 리듬을 완전히 바꿨습니다. 빚쟁이들이 찾아오는 저녁 무렵에 자고 빚쟁이들이 잠드는 자정에 일어난 거예요.

그러고는 다음날 낮까지 하루에 열여섯 시간을 쓰고 또 썼습니다. 이렇게 낮과 밤이 바뀐 생활은 한밤중의 고요 속에 흔들리는 촛불과 종이를 스치는 사각거리는 펜 소리와 더불어 발자크의 문학적 감수성을 일깨웠습니다. 돈을 위해 글을 쓰던 느끼하고 저속한 20대의 문체가 마치 세례를 받은 것처럼 변모하고 승화됩니다. 출판사에서 도착한 인쇄본을 들고 아침이 되면 그는 고치고 또 고치면서 자신의 글에 묻은 속물의 때를 벗겨냈습니다. 모든 문장이 살아 넘치도록 생명을 불어넣고 스토리를 입체화하는 데 주력했습니다.

마침내 발자크의 소설들은 대중의 마음을 얻기 시작했고, 그는 정말로 자신이 세웠던 목표를 달성합니다. 그는 평생 귀족이 되고자 했습니다. 끊임없이 귀족 흉내를 냈지요. 우스꽝스런 장식이 달린 지팡이와 품위 없는 고급 옷을 입고 카페에 나타나 이상한 행동을 일삼았던 발자크를 비웃는 것이 당시 사람들의 작은 일과일 정도였습니다. 그는 육중한 몸을 가득 채웠던 속물의 향기를 거둬내지는 못했지만, 자신이 쓰는 글의 품격을 높이는 데 있어서만큼은 단 한 치도 양보하지 않았습니다. 특히 발자크는 자신과 같이 속물적인 삶을 살았던 인간 군상을 묘사하는 데 특별난 재능을 발휘했어요.

발자크는 16시간 동안 고단한 집필을 한 후 짧은 산책을 하곤 했는데요. 이처럼 그는 20여 년 동안 기괴한 삶을 살았습니다. 맑은 정신으로 글을 쓰기 위해 하루 40잔의 커피를 마셨지요. 커피는 그의 영혼을 증류하여 인간의 삶을 깊이 들여다보게 도와주었고, 수많은 인물과 개성 있는 캐릭터를 창조하게 해주었지만 동시에 그의 심장을 망가뜨렸습니다.

발자크는 낭만주의 시대의 끝에서 사실주의 문학의 선봉이 되었는데요. 작가 생활 20여 년간 자그마치 100여 편의 장편소설을 썼습니다. 세상의 다양한 분야에는 각기 전형적인 인간상이 존재한다는 생각으로 쓴 『인간희극*La Comédie humaine*』[1]은 비록 그가 원했던 바대로 '특정 시대 사회의 모든 영역에 반드시 존재하는 인간 묘사'라는 의도를 완전히 만족시키지는 못했지만 프랑스 문학사의 기념비적인 작품이 된 것만은 누구도 부인할 수 없습니다.

1799년에 태어난 발자크는 1850년 커피와 사랑의 정념으로 쇠진하여 사망합니다. 51년 지상에서의 삶을 마무리한 것인데요. 그는 어린 시절의 외로움으로부터 서서히 탈출하는 데엔 성공했으나 큰 돈을 거머쥐려는 지나친 야심으로 출판업에 실패하면서 엄청난 빚더미에 올랐고, 젊은 나이에 희망 없는 젊은이가 되었습니다. 하지만 낮과 밤이 뒤바뀐 생활을 인내하며 글을 쓴 끝에 마침내 위대한 문호로서의 생을 성취했는데요. 글의 품격이 달라지는 순간 발자크는 인생의 변곡점을 찍고 더 높은 곳으로 오를 수 있었습니다.

---

1 발자크가 1842년 자기의 소설 전체에 붙인 제목, 즉 총서명(叢書名)이다. 약 90편, 등장인물 2,000명, 지역은 프랑스 전국에 걸치며, 오늘날의 대하소설이라 불릴 만한 것으로 강렬한 개성을 지닌 작중 인물들은 시간적·공간적으로 서로 관련되어 하나의 완전한 세계를 형성했는데, 이를 완결시키면 각 소설이 어느 한 시대를 나타내는 역사가 된다.

궁극의 개념을 추구하는 철학자의 노트

_G. W. F. 헤겔

독일 철학자 헤겔Georg Wilhelm Friedrich Hegel, 1770~1831은 인류 지성사에 엄청난 영향을 끼쳤지만 후학들에겐 곧잘 원망의 대상이 되는 사람입니다. 그의 저서에 쓰인 문장들이 워낙 난해한 탓이지요. 헤겔은, 우리가 흔히 '철학자'라는 말을 들을 때 떠올리는 이미지와 상당히 다른 삶을 살았습니다. 이를 테면 '반전남'이에요. 독신생활을 하기는커녕 20살 연하인 귀족의 딸과 결혼하여 행복하게 살았고, 결혼한 뒤엔 근엄한 얼굴로 가계부를 썼습니다. 그 당시 결혼한 남자들이 가계부를 쓰는 게 일반적인 풍습이었는지 아닌지 확인할 바는 없지만, 위대한 철학자가 가계부를 쓰는 모습은 왠지 어색해 보입니다.

헤겔은 실로 다양한 모습으로 우리에게 다가옵니다. 학생 시절의 헤겔은 친구들 사이에서 '노인'으로 불릴 만큼 젊은이답지 못한 모습이었다고 하는데요. 헤겔의 친구였던 팔로트Pallot는 자기 일기장에 이렇게 썼습니다. "신이시여, 이 늙은이를 도와주소서!" 헤겔이 얼마나 느리고 말이 없는지 짐작하게 해주는 대목입니다. 헤겔은 늘 구부정한 자세였어요. 인류 지성사를 뜨겁게 달구었던 활발한 정신 활동과 달리 육체의 움직임은 둔하고 무거웠습니다. 하지만 친구들과 토론하거나 학업과 관련된 일을 할 때엔 너무도 사려 깊은 모습을 보여 다들 "우리 모두 헤겔을 본받아야 해"라고 고백할 정도였다고 합니다.

헤겔은 1788년 김나지움을 졸업하고 목사직을 준비하기 위해 튀빙겐 신학대학에 진학합니다. 장학생이긴 했지만 수도원처럼 운영되는 신학교 생활을 별로 좋아하지 않았습니다. 기도할 차례가 되면 웅얼웅얼 얼버무리기도 하고, 설교의 기회가 왔을 때조차 무슨 말을 하는지 이해할 수 없이 설교하는 바람에 다른 학생들에게 표현력이 부족한 사람으로 각인되었습니다. 이처럼 신학교 분위기에 적응하지 못했던 헤겔은 이따금 술과 노름, 승마를 즐기곤 했습니다. 일상적인 태도는 노인을 연상시켰지만 나름대로 젊음을 발산할 출구를 찾았던 거예요. 한 번은 신학교 구치소에 수감되기도 했습니다. 하지만 도덕적으로 타락해서가 아니라 승마 경기 과정에서 발생한 불상사 때문이었다고 합니다.

교수가 되기 전, 헤겔은 몇 년간 강사로 지냈는데요. 이 기간 동안 그는 학자로서의 가능성과 교수로서의 자질을 입증해야 했습니다. 그리고 이때부터 그의 독특한 면모가 나타납니다. 다른 강사들이 강의 시 교재를 낭독하는 데 비해 헤겔은 철저하게 자신의 노트만

강독했거든요. 논리학과 형이상학을 강의한 그의 수업에는 처음엔 11명의 학생만 수강했습니다. 그러다가 30명 안팎으로 늘어났지요. 강의실에서의 헤겔은 어떤 모습이었을까요? 우리가 상상하는 것처럼 '천재성이 번득이는 모습'은 아니었습니다. 도리어 무뚝뚝하고 소심함의 극치를 보여주었지요. 그는 학생들을 바라보기는커녕 자신의 내면에서 들려오는 음성에 집중하면서 이를 장황하게 설명하곤 했습니다. 그 장황함은 무엇인가 적절한 표현을 찾아내기 위해 애쓰는 노력의 흔적이었지요. 알레르기 증상이 있어서 코를 훌쩍거리고 잔기침을 해대는가 하면 원고를 끊임없이 뒤적이며 강의했기에 학생들에게 그리 명쾌한 인상을 주지는 못했습니다. 게다가 그는 이따금 수업 시간을 착각하여 남의 강의실에 들어가 강의하기도 했지요. 그러나 학생들의 반응은 갈수록 뜨거워졌습니다. 헤겔의 강의에서, 무료하지만 독특한 그 무엇, 어딘지 답답하지만 섬세한 지성의 번득임을 느꼈던 거예요. 그의 강의를 들었던 한 학생은 이렇게 술회했습니다.

> 헤겔의 강의를 들었을 때 나는… 이따금 그의 빛나는 커다란 눈은 소심하다는 생각과 함께 일종의 거리감을 느끼게 해주었다. 그러나 그 눈이 던져주는 거리감은 말투의 어눌함으로 다시 친근함을 느끼도록 교정해주었다. 헤겔은 아주 엷은 독특한 미소를 갖고 있었는데, 그 미소는 선함 속에 있는 어떤 날카로움과 매서움, 쓰라림, 모순, 신랄함 등이 뭉쳐진 그런 독특한 것이었다. 그 미소는 그의 내면의 심오함을 대변하는 것이었다.[1]

—

1 『헤겔』, G. 비더만 지음, 강대석 옮김, 서광사, 1999.

철학자 헤겔은 변증辨證을 통한 지혜를 우리에게 선물했습니다. 그것은 물론 소크라테스나 플라톤이 오래전부터 사용해온 것으로 진리를 찾기 위한 대화법의 확장이었지만 커다란 차이가 있었습니다. 모순만 들춰내는 것이 아니라 두 개의 개념을 아우르는 합의 상태를 도출해내기 위해 '지양止揚'의 중요성을 역설했다는 바로 그 점입니다.

우리는 대개 모순을 들이대고, 이와 대비되는 논점들을 강조하면서 "봐라, 이러니까 내가 맞고 네가 틀렸다는 거야"라고 말하는 이분법적 사고에 익숙합니다. 이분법적 사고는 하나를 택하여 다른 하나를 배제하는 길을 요구하기에 명쾌하고, 이해하기 쉽고, 행동 강령도 강렬하지요. 하지만 부족한 것이 있습니다. 바로 지혜입니다. 이분법적 사고의 세계에서는 '하나를 택하는 용기'만 필요할 뿐이니까요. 그러나 변증은 지혜에 이르게 해줍니다. 헤겔의 『소 논리학』에 나오는 이해하기 쉬운 변증의 예를 볼까요?

"인간은 죽어야 한다"는 명제가 있습니다. 이 명제는 죽음이 외부적인 원인에 의해 발생한다는 생각을 내포합니다. 따라서 인간은 산다는 성질과 죽을 수 있다는 성질을 갖는다고 볼 수 있어요. 하지만 이 두 가지 성질은 서로 양립되지 않습니다. 살고 있다는 것은 곧 죽어가고 있다는 것과 마찬가지잖아요. 즉 삶은 이미 죽음을 내포하고 있다는 뜻입니다. 이를 통해 우리는 다음과 같이 일반화할 수 있습니다. "유한한 존재는 자기 자신 안에서 자기와 모순되며, 그것에 의해 자기를 지양한다"고 말입니다. 이러한 변증적 논리로 헤겔은 이 세상에 이성을 도입할 수 있다고 믿었어요. 즉 모순으로 가득한 이 세계가 그 모순을 원동력 삼아 변증법을 가동하며, 또한 그 변증법으로 말미암아 이 모순된 세계에 이성이 구현된다고 믿었던 겁니다.

헤겔은 또한 존재의 소외 문제를 신중히 검토했는데, 이 문제는 결국 그의 제자들에 의해 존재의 소외 문제는 실존주의로, 노동의 소외 문제는 마르크스 등에 의해 공산주의로 발전했습니다. 오늘날까지 우리는 제법 긴 시간 동안 공산주의와 자본주의가 정반합의 논리를 주고받으며 부침浮沈을 반복하고 있는 모습을 지켜보았습니다. 양자의 모순이 지양되는 과정도 경험했고요. 인류의 역사와 사상의 전개 과정을 이처럼 명료하게 정리하면서 철학사에 한 획을 긋게 해준 헤겔의 위대함은 과연 어디서 온 것일까요? 그의 지성이 비할 바 없이 탁월하기 때문일까요? 그 탁월함은 대체 어디서 비롯된 것일까요? 그 답을 우리는 헤겔의 공부 방식을 경이로운 눈으로 지켜본 사람의 기록에서 찾을 수 있습니다. 로젠크라츠는 헤겔의 독특한 공부 방식을 이렇게 언급했습니다.

> 헤겔은 종이를 한 장 준비했다. 그리고 그 종이의 맨 위에는 일반적인 개념의 주제를 크게 썼다. 그리고 그 밑에 깨알같이 관련된 개별적인 세부 내용을 적었다. 한 페이지 한 개념의 방식으로 그는 개념들을 스스로 정리한 것이다. 그리고는 그 종이의 윗부분 중앙에 매우 큰 글씨로 주제어(key word)를 썼다. 이렇게 하고 나서는 그 종이들을 키워드의 알파벳순

으로 정리했다. 이러한 간결한 정리 덕분에 그는 자신이 필요한 내용을 언제든지 찾아내서 이용할 수 있었다. 이사를 할 때도 헤겔은 자신의 교양의 터전이 되는 이 자료를 항상 보존했다.[1]

헤겔이 수행한 '개념을 정리하여 자신만의 사전'을 만드는 작업은 변증법적으로 다른 사람의 생각을 파고들어가는 사고방식과 더불어 그를 위대하게 만들어준 가장 강력한 도구였습니다. 그는 신문을 읽을 때조차 연필을 놓지 않았다고 하는데요. 헤겔은 상대방의 이론을 추궁하고 비판하여 잘못되었다는 것을 알면 바로 폐기해버리는 지성의 검투사가 아니었습니다. 그는 오히려 상대방의 이론을 끝까지 추궁하여 결함과 한계를 파악하고 이를 초극한 다음, 기어이 더 넓고 깊은 궁극의 내용으로 추론해가고자 했던 완성자적 태도를 보였습니다. 이러한 모습은 비트겐슈타인Ludwig Wittgenstein, 1889~1951의 경우에도 나타나는데, 그는 케임브리지대학의 교수 자리를 버리고 시골의 초등학교 교사로 자원한 뒤, 학생들에게 자신만의 사전을 만들도록 가르쳤습니다. 물론 이러한 독특한 교육 방식을 이해하지 못한 학부모들에 의해 쫓겨나긴 했지만 자신만의 언어로 개념을 정리해가는 이러한 노트법은 한 사람의 지성을 피어나게 하는 강력한 도구임에 틀림없습니다. 천재 물리학자인 엔리코 페르미도 지식을 알파벳순으로 정리한 것으로 유명하고요.

—

1 앞의 책.

자기만의 사전을 만들어가는 사람의 '지식의 정리'와 '연합'은 실로 놀랍습니다. 우리는 종종 "내 사전에 불가능은 없다"고 한 나폴레옹의 말을 인용하면서 그의 강력한 추진력과 성취를 이야기합니다. 그런데 그 말에서 '내 사전'이란 단어에 주목하는 사람은 흔치 않습니다. 사전은 '사상의 바탕'이란 말일 텐데요. 그러나 그 사전은 그야말로 나폴레옹만의 사전일 겁니다. 그가 알고 있는 개념의 모음인 사전에는 불가능이란 개념이 아예 없다는 뜻이지요. 여러분은 자신만의 사전을 갖고 계십니까?

순수한 철학의 교범이 된 노트

_이마누엘 칸트

칸트Immanuel Kant, 1724~1804는 "그가 산책을 나서면 마을 사람들이 시계를 맞추었다"는 일화로 우리에게 너무나 유명한 철학자입니다. 그러나 그의 주저主著인 『순수이성비판』을 비롯한 여타 철학서들을 읽고 온전히 이해하기란 쉬운 일이 아닙니다. 물론 아인슈타인은 어린 시절 칸트의 『순수이성비판』을 읽고 큰 감동을 받았다고 하지만요. 그 책에 나오는 주제인 시간, 공간, 물질이 아인슈타인의 상대성이론의 주요 주제들이 된 것만 보아도 칸트 철학의 중요성을 실감할 수 있습니다.

1724년 4월 22일 프로이센의 쾨니히스베르크Königsberg[1]의 아주 평범한 가정에서 태어난 칸트는 일생

---

1 독일의 옛 도시로, 중세 시대부터 1945년까지 동프로이센의 수도였다. 제2차 세계 대전의 공습에 의해 크게 파괴되었으며, 포츠담 협정에 따라 소비에트 연방에 양도되었다. 1946년에 소련의 정치인 미하일 칼리닌의 이름을 따서 칼리닌그라드로 이름을 바꾸었다. 현재 러시아 칼리닌그라드 주의 주도이기도 하다.

동안 그 도시를 떠나지 않는 '공간적 고착 생활'을 고수했습니다. 훗날 그가 학자로서 성장한 이후, 다른 많은 지역의 대학에서 그를 교수로 초빙할 의사를 밝혔지만, 그는 오로지 쾨니히스베르크의 대학에서만 교수 자리를 얻고자 했습니다. 하지만 칸트의 바람은 오랫동안 이루어지지 않았어요. 그러다가 46세가 되어서야 교수가 되었습니다. 그 사이에 칸트는 가정교사를 하면서 생계를 이어갔고, 틈틈이 철학적 사색과 저술을 병행했습니다.

천신만고 끝에 대학 교수가 된 칸트는 그 후 10여 년간 아무런 책도 출간하지 않는 침묵의 기간을 보냅니다. 오늘날의 관점에서 보면 이렇게 오랫동안 침묵하는 교수가 살아남기란 정말 어려운 일인데요. "출판하라, 그렇지 않으면 사라져라[publish or perish]"는 오늘날의 대학 논리가 그 당시에도 존재했을 텐데도 칸트가 그토록 긴 침묵을 유지한 걸 보면 그 기간은 아마도 유럽, 나아가 전 세계를 뒤흔들 대작인 『순수이성비판』을 출판하기 위한 준비기가 아니었나 생각됩니다. 이후 칸트의 명성은 하늘을 찔렀고, 그토록 콧대 높던 쾨니히스베르크 대학의 총장으로서 대학 운영과 학문적 발전에 이바지하게 됩니다.

조용한 시골 생활은 칸트에게 근면성을 길러주었습니다. 그곳에서 그는 여러 연구의 개요를 머릿속에 그렸고, 그중 많은 부분은 거의 완벽하게 구상했습니다. 특히 1754년 이후 몇 년 사이에 그는 많은 양의 글—한 편씩 때로는 여러 편씩—을 발표했습니다. 칸트는 수집광으로도 유명합니다. 지식의 발전에 중요한 것이라고 생각되는 모

든 학문 분야의 논문과 저서—비록 그것이 잡문에 불과할지라도—를 부지런히 수집했거든요. 칸트는 그 시절을 '시골에서 보낸 가장 근면한 나날들'이라고 회상했습니다.

교수 자리를 얻을 때까지 장장 15년에 걸친 개인 강사 시절, 칸트는 부지런히 강의 노트를 작성했습니다. 그의 강의를 일찍부터 청강한 보로브스키의 증언에 의하면, 그는 처음 작성한 강의 계획서를 철두철미하게 지키지 않았다고 합니다. 우리가 짐작하는 칸트의 성격과 다른 면모지요? 가끔씩 강의 계획서에 없는 강의를 하기도 했고, 교과서 이외에 스스로 작성하고 주석까지 붙인 강의 노트를 사용했습니다.

당시는 책이 귀하던 시절이었어요. 칸트도 책을 일일이 필사하여 필사본을 만들었는데, 그 방식이 매우 독특하고 과학적입니다. 백색 간지를 많이 넣고, 줄 사이의 간격을 넓게 하고, 노트 가장자리는 비워두었습니다. 그리고 그 자리에 자신의 생각을 적으면서 발전시켜 나갔지요. 아무리 사소한 것이라도 지나치는 법 없이 자신의 생각과 다른 부분이면 그것을 둘이나 셋, 넷으로 나누어 요모조모로 비판했습니다. 그런 메모에서 후학들은 칸트가 자신의 생각을 완전하게 하기 위해 노력한 여러 흔적을 발견할 수 있었는데요. 저 역시 칸트의 강의 노트를 보면서 철학자의 날카로운 사고와 형형한 눈빛을 느끼곤 했습니다.

칸트의 일상은 넉넉하지 않았습니다. 고정된 월급을 받지 못했기 때문이에요 하지만 그는 아주 소박하게 살면서도 금화를 20개나 저

축했다고 합니다. 혹시 모를 질병이 찾아올 때를 대비한 것이었는데요. 절대로 그 돈만큼은 쓰지 않았다고 하지요.

그토록 근면하고 뛰어난 칸트가 교수가 된 것은 만 46세가 되던 해입니다. 쾨니히스베르크대학 당국은 논리학과 형이상학을 담당할 정교수로 그를 초빙했어요. 칸트는 죽을 때까지 모교인 그곳에 머물면서 헌신적으로 일했습니다. 다른 대학에서 보다 나은 조건을 제시하며 초빙하려 했지만 응하지 않았어요. 다음 편지에 그의 생각이 잘 나타나 있습니다.

> 보다 넓은 곳에서 많은 사람들을 접해야 한다는 생각은 저를 우울하게 합니다. 넓은 곳에서 살 힘이 저에게는 없습니다. 당신이 잘 알듯이, 저는 무대 위에 혼자 서서 다른 사람의 주목을 받는 일을 추진할 능력이 없습니다. 그저 평화롭고 한가로운 상태에서 연구하고 철학적 사색을 하며 사람들과 교제하는 것은 열심히 할 수 있지만, 다른 일을 하는 것은 저를 우울하게 할 뿐입니다. 제가 바라는 것은 어떤 경우든 병든 육신을 벅찬 업무의 긴장 상태에 노출시키지 않고 싶다는 것입니다.[1]

1770년 칸트의 학위 논문이 출판된 후 『순수이성비판』이 발표될 때까지 만 11년 동안 칸트는 단지 몇 편의 논문만을 발표했는데요. 친구들에게 보낸 편지에 따르면 그는 이 기간 동안 '약 12년 정도 걸

---

1 『칸트의 생애와 사상』, 카를 포르랜더 지음, 서정욱 옮김, 서광사, 2001.

릴 저술'을 했다고 합니다. 처음에는 다들 그 저작이 적은 분량의 단행본이거나 소책자가 될 거리고 예상했는데요. 완성된 후 보니 장장 856쪽에 달하는 거대한 저서였습니다.

이제 칸트의 일상을 살펴볼까요? 그가 말년에 살던 집은 허름한 2층집이었는데, 방은 총 8개였습니다. 아래층 한쪽에는 강의실이 있었고, 다른 쪽에는 거실과 칸트의 늙은 가정부가 거처하는 방이 있었습니다. 위층에는 칸트가 사용하는 식당과 침실이 있었는데 침실에는 서가도 같이 있었어요. 물론 응접실에도 서가가 있었습니다. 그의 방에는 책상 두 개, 단순한 소파 하나, 그리고 의자가 몇 개 있었는데요. 책상 위에는 원고 뭉치와 책들이 가지런히 놓여 있고, 벽에는 루소의 초상화가 하나 걸려 있었습니다. 1년 내내 난방을 하지 않은 침실에는 약 사오백 권의 책이 있는 서가도 있었어요. 칸트는 자기 침실에 남이 들어오는 것을 아주 싫어했다고 합니다. 또한 다독가였기에 출판업자들로부터 출판 목록을 받아 자기에게 필요한 책들을 빠짐없이 메모하곤 했습니다.

칸트는 여름이든 겨울이든 상관없이 새벽 5시에 잠자리에서 일어났습니다. 칸트의 일상을 돕던 사환이 5시 15분 전에 정확하게 칸트를 깨웠는데요. 칸트가 좀 더 자고자 해도 사환은 절대로 내버려두지 않았다고 합니다. 침실에 난방을 하지 않았으므로 칸트는 늘 잠옷을 입고 모자를 쓰고 잠을 잤습니다. 5시에 일어나면 칸트는 그 모자 위에 작은 삼각형 모자를 하나 더 쓰고 잠옷 채로 서재로 달려갔어요. 아주 진한 홍차 두 잔을 마시고, 담배를 한 대 피워 물고 느긋하게 그 시간을 즐겼습니다. 그때부터 아침 7시까지 강의 준비를 했는데, 이 시간엔 주로 강의 노트를 집필했습니다.

그러고 나서 아침 7시부터 9시까지, 또는 8시부터 10시까지, 칸트는 자기 집의 강의실에서 강의를 했습니다. 그 뒤에는 다시 잠옷을 입고 모자를 쓰고 서재로 들어가 12시 또는 12시 반까지 뭔가를 썼어요. 이후 그는 사람들과 담소하며 점심식사를 즐겼는데, 무려 3시간 이상이었다고 합니다. 각계각층의 사람들을 맞아 함께 식사하며 많은 이야기를 나누었다고 하지요. 식사가 끝나면 산책을 나갔습니다. '철학자의 길'이라 불리는 길을 같은 시각에 산책했어요. 아주 느린 걸음으로, 머리를 한쪽으로 비스듬히 기울이고, 항상 땅을 쳐다보면서요. 어깨에는 늘 그의 가발 주머니가 비스듬히 걸려 있었는데요. 칸트는 걷는 도중에 중요한 생각이 떠오르면 얼른 앉을 곳을 찾아 메모지에 기록하곤 했습니다. 저녁이 되면 난로에 불을 지피고, 교회 첨탑을 응시하고, 서재 안을 왔다 갔다 하면서 생각에 잠기고, 좋은 아이디어가 떠오르면 노트에 메모하고, 10시가 되면 잠자리에 들었습니다.

이처럼 칸트는 병약한 몸을 관리하기 위해 엄격할 만큼 규칙적인 생활을 했습니다. 아침 강의 전까지는 강의 노트를 작성했고, 점심식사 전에는 저술을 하고, 그리고 사교와 산책을 통해 떠오른 새로운 생각들을 메모하면서 자신의 학문적 업적을 차근차근 쌓아갔지요. 30년 이상 지속된 칸트의 규칙적 생활은 그의 위대한 학문적 업적을 이루어주었을 뿐만 아니라 연약한 그의 신체를 예술품처럼 지탱해주었습니다. 그 덕분에 154센티미터의 단신에 깡마른 체구를 지닌 칸트는 시간이 지날수록 두 볼에 홍조를 띠게 되었고, 말년에도 안경이 필요 없을 만큼 좋은 시력을 유지했습니다. 자신의 몸을 어린아이의 것처럼 조심조심 다루며 건강을 지킨 것 역시 칸트가 행한 훌륭한 일 중 하나입니다. 그 덕분에 위대한 철학자의 삶이 가능했고, 훌륭한 저작들이 나오게 되었으니까요.

글쓰기와 글 읽기의 참된 길

_다산 정약용

근대기의 학자 위당 정인보鄭寅普, 1893~1950[1]의 말을 빌자면 다산 정약용丁若鏞, 1762~1836 선생은 '실학을 집대성한 학자일 뿐만 아니라 한자가 생긴 이래 가장 많은 저술을 남긴 대학자'입니다. 그야말로 우리의 자랑거리가 아닐 수 없어요. 중죄인으로서 18년간 귀양살이를 하는 동안 그는 후대에 자신의 진실을 남기기 위해 엄청난 양의 저작 활동에 몰두했습니다. 그 삶의 발자취를 더듬어 가노라면 숙연히 옷깃을 여미게 됩니다.

박석무 선생이 편역한 정약용의 『유배지에서 보낸 편지』는 정약용의 수많은 저작을 직접 읽고 일일이 분석하지 않아도 다산이 어떻게 글을 읽고 글을 썼는지, 이에 임하는 태도는 어떠했는지를 알게 해주는 책인

---

1 상하이(上海)에서 박은식, 신채호와 함께 동제사(同濟社)를 조직하여 동포 계몽에 힘썼으며, 〈동아일보〉 논설위원으로 일본 총독부의 정책을 비판했다. 저서에 『조선사 연구』, 『담원 시조』, 『담원 문록』 등이 있다.

데요. 그의 작업엔 분명 "귀양 가서 할 일이 없으니 책을 썼을 것"이라고 간단히 치부할 수 없는 다른 점이 존재합니다. 즉 뉴턴이나 패러데이 같은 위대한 지성의 노트 기록과 맥을 같이하는 방법론이 존재한다는 뜻입니다.

우선 다산 선생은 아들들에게 책 읽는 법에 대하여 주의사항을 주었습니다. 건성으로 읽으면서 허송세월을 하지 말 것을 당부하였을 뿐만 아니라, 세밀하게 연구하여 근본을 파헤치라고 충고했습니다. 이는 뉴턴의 〈질문들〉이라는 노트에 나타난 바처럼 주관을 갖고 '저자에게 던지는 질문'과 '스스로의 답을 찾는 연구의 과정'을 요청하는 것과 같습니다. 특히 격물치지格物致知를 강조한 대목은 인상적이에요. 연구에 연구를 더해서 뜻의 가장 밑까지 완전히 알아낼 것을 독서의 목적으로 삼으라고 요청한 것입니다.

> 무릇 독서할 때 도중에 의미를 모르는 글자를 만날 때마다 널리 고찰하고 세밀하게 연구하면서 그 근본 뿌리를 파헤쳐 글 전체를 이해할 수 있어야 한다. 날마다 이런 식으로 책을 읽는다면 수백 가지의 책을 함께 보는 것이 된다. (…) 이러할진대, 어찌 주자의 격물 공부를 즐기지 않겠느냐? 오늘 한 가지 물건에 대하여 이치를 캐는 사람들도 이렇게 착수를 했다. 격(格)이라는 뜻은 가장 밑까지 완전히 다 알아낸다는 것을 의미하는 것이다.[2]

---

2 「독서할 때 주의 사항」, 『유배지에서 보낸 편지』, 정약용, 박석무 옮김, 창비, 2009.

독서하는 법, 책을 만드는 법은 아마 뉴턴의 입장에서는 〈문제들〉이라는 노트에 해당하는 부분일 텐데요. 다산 선생은 먼저 저술해야 할 분야의 우선순위를 정해 일러줍니다. 당시 유교의 가치가 치국평천하治國平天下에 있다면 무엇보다 경륜經綸에 목적을 두어야 하는데, 다산 선생은 오히려 경전經典에 대한 저서를 첫 번째로 놓으셨습니다. 이는 인문사회학의 근본이 되는 부분에 대한 저서가 참으로 가치 있고 지속적인 것임을 강조하는 것이지요. 물론 실용적인 관점에서 이공계도 중요하다고 언급하셨으니 대 실학자로서의 면모 역시 함께 확인할 수 있습니다.

어떤 분야에 있든 저술의 가치에 대한 개인적 판단이 명확해야 합니다. 유배지에서 글을 쓰는 다산 정약용 선생의 목적은 오로지 참다운 가치 그것뿐이었습니다. 요즘처럼 출판이 경제적 가치를 가져다주는 시대도 아닌 터였으니 선생은 오롯이 지성의 참다운 길을 일깨워준 셈입니다.

> 무릇 저서하는 법은 경전에 대한 저서를 제일 우선시해야 한다. 그다음은 세상을 경륜하고 백성에게 혜택을 베풀어주는 학문이고 국방과 여러 기구에 관한 분야도 소홀히 할 문제가 아니다. 자질구레한 이야기들로 한때의 괴상한 웃음이나 자아내는 책이라든지, 진부하고 새롭지 못한 이야기나 지리멸렬하고 쓸모없는 의론 따위는 한갓 종이와 먹만 허비하는 것에 지나지 않으니 차라리 손수 맛있는 과일이나 영양가 높은 채소를 심어 살아 있는 동안의 생활이나 넉넉하게 하는 것만 못하다.[1]

---

1 「저서할 때 주의 사항」, 앞의 책.

더욱이 다산 선생은 삶의 태도에까지 교훈을 주고 있습니다. 글을 쓰는 사람은 자신의 글이 흥미를 위한 얕은 것이 아니라면 함부로 경거망동하여 사람들에게 글이나 써대는 얕은 사람으로 치부되지 말아야 할 것을 자녀들에게 주지시킵니다. 사실 이는 '닭이 먼저냐 달걀이 먼저냐' 하는 문제와 같아요. 정말 심혈을 기울여 얻어낸 진리를 설파하는 사람은 경거망동으로 그 가치를 낮추지 않습니다. 또한 깊은 가치를 지닌 책을 쓰려면 엄숙하고 단정하게 삶을 살아가야 합니다. 무엇이 우선인가를 따질 수 없는 문제이지요.

복잡한 현대를 살아가는 요즘 사람들은 스트레스를 푼다는 미명하에 가벼운 이야기를 좇으며 재미와 흥미를 우선시하지만, 다산은 엄숙한 가운데 진리를 상고하는 삶의 가치와 풍모를 누구보다 강조했습니다. 뉴턴과 같은 사람이 평생 연구에 몰두하여 식음을 잊고 살아간 모습, 혹은 패러데이 같은 이가 세속의 명예를 멀리하고 소박한 가운데 실험에 몰두하는 삶을 살았던 모습과 일맥상통합니다. 결국 자신의 삶의 형식과 태도를 결정하고, 이를 유지하는 과정에서 자신만의 노트도 성숙하는 것 아닐까요?

> 지식인이 책을 펴내 세상에 전하려고 하는 것은 단 한 사람만이라도 그 책의 진가를 알아주는 사람이 있기를 바라서다. (…) 일찍이 선배들의 저술을 보았더니 거칠고 빠진 게 많아 볼품없는 책들도 세상의 추앙을 받는 게 많고, 자세하고 요령 있으며, 광범위한 내용을 담은 책들이 오히려 배척을 받아 끝내 사라져버리고 전해지지 않는 책도 있었다. (…) 요즈음

> 에야 비로소 깨달았다. 군자는 의관을 바르게 하고 똑바로 바라보며 입을 다물고 단정히 앉아 진흙으로 만든 사람처럼 엄숙하게 지내는 생활 습관을 지녀야 그가 저술하는 글이나 이론이 독후하고 엄정하게 되며, 그러한 후에야 위엄으로 뭇사람을 승복시킬 수 있고 (…) 우선 천천히 연구하며 먼저 긍지를 지니는 마음가짐에 힘써 큰 산이 우뚝 솟은 듯 고요히 앉는 법을 습관들이고, 남과 사귀고 일을 처리함에 있어 먼저 기상을 점검하여 자기가 해야 할 본령이 확고하게 섰다는 것을 안 뒤에야 점차로 저술에 임하는 마음을 먹도록 하라. (…) 만약 자기 스스로를 지나치게 경시하여 땅에 버려진 흙처럼 한다면 이는 정말로 영영 끝장이다.

선생은 다음 글에서 나이가 들어가면서 자신의 관심과 열정이 변해갔음을 말씀하시는데요. 러셀이 젊어서 총기 있을 때는 수학을, 나이가 들어서는 철학을 했다는 것과 비슷한 맥락입니다. 나이가 들면 들수록 점점 더 근원적인 질문에 침잠하고 싶어 하는 다산의 모습에서 우리는 노트하는 학자의 열정을 읽을 수 있습니다.

> 내 나이 스무 살 때는 우주 사이의 모든 일을 다 깨닫고 완전히 그 이치를 정리해내려 하여 서른 살이나 마흔 살이 될 때에도 그러한 의지가 쇠약해지지 않았다. (…) 경전을 연구하는 데 있어서는 혼잡된 것들을 파헤쳐 가장 정통의 옛 유교 원리로 돌이키려는 생각이 있었는데, 이제는 몸에 중풍이 생겨 그런 마음이 점점 쇠잔해가지만 그러나 정신 상태가 조금이라도 나아지면 한가로운 생각이 떠올라 문득 옛날 욕심들이 다시 일

어나곤 한다.[1]

다산 선생은 귀양생활의 무료함을 달래려고 저술을 한 것이 아닙니다. 시간을 죽이려고 책을 읽은 것도 아닙니다. 선생은 아무도 알아주지 않는 상황에서 자신만의 글쓰기를 고집했습니다. 얼마나 부지런히 집필에 몰두했는지 왼쪽 팔이 마비되기도 했지요. 쉬지 않고 노트를 하던 뉴턴의 모습이 다산 선생의 편지에서 읽혀지는 것도 이상한 일은 아닙니다.

> 정밀하게 사고하고 꼼꼼히 살펴 그 오묘한 뜻을 알아주는 사람이 있다면 죽은 뼈에 새살을 나게 하는 일이고 죽을 목숨을 살려주는 일이다. 나에게 천금의 대가를 주지 않더라도 감지덕지하겠다. (…) 나는 임술년(1801) 봄부터 책을 저술하는 일에 마음을 기울이고 붓과 벼루를 옆에 두고 밤낮을 쉬지 않고 일해 왔다. 그래서 왼쪽 팔이 마비되어 마침내 폐인이 다 되어가고 시력이 아주 형편없이 나빠져 오직 안경에 의존하고 있는데 이렇게 하는 일이 무엇 때문이겠느냐?[2]

다산은 그의 『목민심서牧民心書』에서 백성을 위해 봉사하는 수령의 마음가짐과 태도에 대해서도 설파했습니다. 몇몇 사항을 살펴보면 다음과 같습니다.

---

1 「모든 진리를 알고픈 욕구」, 앞의 책.

2 「나의 저서를 후세에 전하거라」, 앞의 책.

"백성을 사랑하는 근본은 절약하여 쓰는 데 있고 절약하는 근본은 검소한 데 있다. 검소한 뒤에야 청렴하고, 청렴한 뒤에야 자애로울 것이니 검소야말로 목민하는 데 먼저 힘써야 할 것이다."

"못에 물이 괴고 또 괴면 장차 흘러 넘쳐 만물을 적셔준다. 그러므로 절약하는 자는 베풀 수 있지만 절약하지 못하는 자는 베풀지 못한다."

"천하의 만 가지 일이 모두 사람을 얻는 데 있으니 적합한 사람을 얻지 못하면 그 일을 잘할 수 없다."

다산 선생의 『유배지에서 보낸 편지』를 읽은 것은 제가 어떤 섬에서 몇 년간 살 때의 일인데요. 물론 저는 다산 선생처럼 유배를 당한 게 아니라 공무 때문이었습니다. 섬에 살게 된 처지를 스스로 미화하려고 친구들에게 '유배지' 운운하며 허풍을 떨었던 거죠. 그런데 놀랍게도 그 시절에 읽은 책은 유난히 오랫동안 제 머릿속에 남아 있습니다. 18년이라는 유배생활 동안 그토록 많은 저작을 할 수 있었던 선생의 글쓰기의 비밀은 과연 무엇이었을까요? 저는 그것이 붓과 벼루를 옆에 두고 팔이 마비될 정도로 쓰고 또 쓰고, 읽고 또 읽었던 지성의 갈무리, 즉 노트 메모에 있었다고 생각합니다.

나를 관리하는 노트

_벤저민 프랭클린

가난하여 많은 정규교육을 받지는 못했지만 끝없이 자신을 계발하여 커다란 업적을 이룬 사람 중 빼놓을 수 없는 인물이 벤저민 프랭클린Benjamin Franklin, 1706~1790입니다. 그는 18세기 미국에 커다란 영향력을 끼쳤는데요. 정규교육을 받은 기간은 겨우 2년 남짓이지만 그는 정치, 외교, 출판, 인쇄, 과학, 교육 등 각 분야에서 최고의 자리에 올랐습니다. 그 과정에서 그의 독특한 노트는 큰 힘을 발휘했지요. 그는 특히 자서전을 남겨 후세 사람들에게 교훈을 주고자 했습니다.

마침 시골에서 일주일 동안 쉴 수 있는 여유가 생겨 네게 이 글을 쓰고 있다. 물론 너를 위한 것만은 아니며 다른 이유도 좀 있다. 나는 가난하고 이름 없는 집안에서 태어나고 자랐다. 하지만 지금까지 큰 행복을 누려서 그런 대로 남부럽지 않게 살고 있고 세상 사람들에게 어느 정도 내 이름도 알렸다. 하나님의 축복과 함께 나를 성공으로 이끈 방법들을 내 후손들도 알고 싶어 하리라 생각한다. 내 이야기를 듣고 각자의 처지에 맞는 방법을 골라서 그대로 따랐으면 하는 마음이다.[1]

프랭클린이 입학한 곳은 라틴어 학교였어요. 처음에 그는 1등도 하고, 성적이 우수하여 월반할 기회도 얻었지만 많은 "식구를 부양하라"는 부친의 권고에 따라 학업을 그만두고 12세가 될 때까지 부친의 사업을 돕습니다. 그 와중에도 프랭클린은 아주 적은 돈이라도 생기면 책을 사 읽는 일에 열중했어요. 아버지의 서재에는 신학과 관련된 서적들이 많았는데 프랭클린은 그 책들을 모두 읽었다고 합니다. 아들에게 책벌레 기질이 있음을 간파한 아버지는 그에게 인쇄 일을 시켰어요. 패러데이가 책 제본소에서 인생 반전의 기회를 얻은 것처럼 프랭클린 역시 인쇄 일을 하면서 매튜 애덤스란 사업가의 눈에 띄게 됩니다. 프랭클린은 그가 소장한 많은 책을 읽으면서 정신세계를 살찌워갔습니다.

독서를 통한 지적 성장에 곁들여 그는 자신의 생각을 표현하기 위한 특수한 훈련을 시작했는데요. 정확히 말하면 1711년부터 12년간 런던에서 발행된 《스펙테이터*The Spectator*》라는 잡지에 매료된 이후였습니다. 그 잡지에 실린 뛰어난 기사 글과 명료한 문장에 매료된 프랭클린은 이를 흉내 내는 모방의 시기를 거칩니다. 일단 그는 감명

---

1 『프랭클린 자서전』, 벤저민 프랭클린 지음, 이계영 옮김, 김영사, 2001.

깊은 기사를 읽고 나면 그것의 요점만을 간략히 적어놓습니다. 그러고는 며칠 지나 그 문장이 잊힐 만할 때가 되면 그때 적어둔 요점만을 가지고 스스로 《스펙테이터》의 글을 쓰는 겁니다. 그다음 원래의 문장과 자신이 쓴 문장을 비교했지요. 이런 식으로 그는 멋지고 감명 깊은 글과 문장을 작성하는 방법을 깨우쳐간 것입니다. 즉 원문 정독과 내용 요약, 그리고 다시 쓰기를 통해 문장력과 표현력을 동시에 다듬으며 키워나갔고 이는 자기 성장의 중요한 도구가 됩니다.

당시 그는 채식주의의 유용성을 알게 되어 스스로 채식주의자가 됩니다. 그리고 좋은 토론가로서 성장하기 위해 실제적 실천에 돌입하지요. 그의 가장 큰 특징은 책을 읽고 감명을 받으면 그것을 자신에게 적합하게 바꾸어 바로 실생활에 적용한다는 점이었습니다. 매우 실천적인 자세 아닌가요?

장로교 교단에서 교육 받은 프랭클린은 성경의 가르침과 실제 교단에서 행해지는 설교가 다른 점, 즉 내용이 많이 약화되어 전파되는 상황을 직시하고서 스스로 도덕적으로 완벽해지고자 하는 거의 무모한 계획을 마음에 품게 됩니다. 그는 마음 깊은 곳으로부터 한 치의 잘못도 없는 완벽한 삶을 원했습니다. 하지만 쉬운 일이 아니었습니다. 잘잘못을 가릴 줄 알면 된다고, 잘못된 일을 피하기만 하면 될 것이라고 생각했는데, 이 역시 생각처럼 쉽고 간단하지 않았습니다. 그간 몸에 배었던 나쁜 습관이 금세 그를 잘못된 행동에 빠뜨렸거든요. 그는 나쁜 습관을 부수고 좋은 습관을 들이기 위해 먼저 지켜야 할 덕목을 정하고, 이를 실행에 옮기려면 또 어떤 것들을 지켜야 하는지 열거했습니다. 그리하여 다음과 같은 13가지 항목을 만듭니다.

절제(temperance) : 배부르도록 먹지 말라. 취하도록 마시지 말라.

침묵(silence) : 자신이나 남에게 유익하지 않은 말은 하지 말라. 쓸데없는 말을 피하라.

질서(order) : 모든 물건을 제자리에 정돈하라. 모든 일은 시간을 정해 놓고 하라.

결단(resolution) : 해야 할 일은 하기로 결심하라. 결심한 것은 꼭 실천하라.

검약(frugality) : 자신과 남에게 유익한 일 이외에는 돈을 쓰지 말라. 낭비하지 말라.

근면(industry) : 시간을 허비하지 말라. 유용한 일을 하라. 안 해도 될 행동은 끊어라.

진실(sincerity) : 남을 속이지 말라. 순수하고 정당하게 생각하라. 말과 행동을 일치시켜라.

정의(justice) : 남에게 피해를 주거나 돌아갈 이익을 주지 않거나 하지 말라.

온건(moderation) : 극단을 피하라. 상대방이 나쁘다고 생각되어도 충동적으로 상처를 주지 말라.

청결(cleanliness) : 몸과 의복 등 모든 것을 불결하게 하지 말라.

침착(tranquility) : 사소한 일이나 일상적인 불가피한 일로 흔들리지 말라.

순결(chastity) : 건강이나 자손의 이유가 아니면 성관계를 피하라.

겸손(humility) : 예수와 소크라테스를 본받아라.

그는 이 같은 덕목을 정하는 데서 그친 게 아니라 자신의 몸에 자연스럽게 밴 습관으로 만들기를 원했습니다. 하지만 아무리 애를 써도 열세 가지나 되는 항목을 한 번에 다 체질화하는 것은 어려운 일이었어요. 그래서 프랭클린은 한 번에 한 가지만 집중적으로 훈련했고, 훈련 기간이 지난 뒤에는 그 항목이 자신에게 얼마나 잘 체질화되었는지 점검했습니다.

이를 위해 그는 수첩을 만듭니다. 그러고는 각 페이지마다 한 가지씩 덕목을 적고 일주일 동안 이것을 체화하기 위해 얼마나 노력했는지 적었어요. 한 주에 정해진 한 가지 덕목을 진실한 마음으로 실천하되, 매일 저녁 다른 항목도 돌아보면서 잘못이 있으면 표시하는 식이었습니다. 이런 방식으로 13주를 보내면 한 사이클이 도는 건데요. 1년 동안 그는 총 4번 이 훈련을 할 수 있었습니다. 프랭클린은 그 수첩의 한 줄 한 줄이 깨끗해지는 데서 희열을 느꼈어요. 마침내 완전히 깨끗한 빈 공란만이 남은 수첩을 보게 될 날을 고대하면서 말입니다.

또한 그는 규칙들을 실행함에 있어 질서를 고수하기 위해 24시간을 보낼 표도 만들었습니다. 지키지 못할 때엔 까만 점으로 표시했는데요. 수첩에 구멍이 나서 못 쓰게 될 만큼 열심히 수행했습니다. 그는 나중에 "일생 동안 지켜나가기 참 어려웠던 것이 '질서'였다"고 고백했습니다. 하지만 동시에 "나이 들어가면서 기억력이 감퇴함에 따라 가장 고마운 습관 역시 '질서'였다"고 고백하기도 했습니다.

절제

• 배부르도록 먹지 말라 • 취하도록 마시지 말라

구분	일	월	화	수	목	금	토
절제							
침묵	◎			◎		◎	
질서		◎			◎	◎	◎
결단		◎				◎	
검약		◎				◎	
근면		◎	◎				
진실							
정의							
온건							
청결							
침착							
순결							
겸손							

위의 표를 보면 프랭클린이 주일이나 수요일은 교회에 가서 사람들을 많이 만나 이말 저말을 많이 했다고 스스로 느꼈을 가능성이 높습니다. 그리고 월요일이나 금요일에는 사업과 관련하여 많은 사람을 만나고 결정할 일이 많았음을 알 수 있지요.

벤저민 프랭클린은 이러한 자기계발을 위한 끊임없는 노트를 통해 누구에게도 뒤지지 않는 뛰어난 지성과 인성, 그리고 리더십을 갖추었습니다. 학교 교육은 2년밖에 못 받았지만 고등교육을 이수한 어느 누구보다 멋진 성취였어요. 마침내 영국의 하원의원으로 뽑힐 만큼 국가에 영향력을 발휘하는 인물이 된 겁니다.

우리가 또 한 가지 프랭클린의 삶에서 배울 수 있는 게 있습니다. 그가 직업의 쳇바퀴에서 비교적 일찍 빠져나왔다는 점이에요. 이는 분명 행운이기도 합니다. 프랭클린은 젊은 날에 인쇄업으로 큰 성공을 거둔 후 자신이 하고 싶은 일을 딱 한 가지씩 집중하면서 이를 실천해나가는 방식으로 자기 인생의 완성도를 높여나갔는데요. 매일매일 격무에 시달리는 현대의 샐러리맨에게는 매우 어려운 일임에 분명합니다. 그러나 다른 한편으로 집중적으로 처리하는 이러한 일 습관은 그의 인격 완성 노트에서 나타난 바와 같이, 한 가지에 집중하면서도 다른 항목을 체크하는 균형 감각과 동시에 완성도를 향한 높은 열망이 어우러져 빚어낸 작품이 아닐까요?

예술이 된 정치적 노트

_조지 오웰

정치적 역동성 면에선 타의 추종을 불허하는 나라가 대한민국입니다. 덕분에 많은 작가들이 탄생했는데요. 그들에게 "어떻게 하면 그렇게 열정적으로 글을 쓰실 수 있습니까?" 하고 물었더니 "화가 나서 쓰면 잘 써집니다"라고 대답하는 사람들을 여럿 보았습니다. 정치적 입장은 어떤 종류의 의식을 불러일으키고, 의식은 분노를 촉발하기 때문입니다. 그래서 의식화한다는 말은 어떤 사람에게 어떤 사안에 분노하게 만들어주는 과정을 말합니다.

2016년 촛불시위는 많은 사람들의 가슴에 분노의 불꽃이 타올랐던 사건입니다. 이 촛불이 일어나기 전까지 많은 의식화의 글들이 쏟아져 나왔습니다. 이 글의 작가들은 믿을 수 없는 열정과 분량으로 자신의 생각을 토로했습니다. 풍자와 분노로 가득 찬 글들입니다. 그리고 정권이 바뀌었습니다. 많은 글을 토해냈던 어떤 작가는 갑자기 자신이 원하는 세상이 오고

나니 글쓰기가 싫어졌다고 합니다. 그의 가슴속의 불꽃, 바로 화가 사라진 까닭입니다.

조지 오웰George Orwell(본명 Eric Arthur Blair), 1903~1950은 그런 면에서 화난 글쓰기의 정상에 선 사람입니다. 그는 자신의 글쓰기를 정치적인 글쓰기로 규정합니다. 다만 그는 정치 논평을 하는 원색적인 글쓰기가 아니라 이것이 예술로 승화되어 세대를 넘어서는 글이 되기를 소망했습니다. 우리는 그가 쓴 소설 『동물농장*Animal Farm*』이나 『1984*Nineteen Eighty-Four*』를 잘 알고 있습니다. 종종 "빅브라더가 누구냐?" 하는 말을 해서 현재 상황이 '동물농장적' 상황이란 것을 의미하곤 하죠. 스티브 잡스는 자신이 세운 애플에서 쫓겨난 뒤 절치부심하다가 다시 복귀한 후에 만든 컴퓨터 광고에 조지 오웰의 『1984』를 등장시켰습니다. 그만큼 오웰의 작품은 시대를 넘어서서 지금에 현재합니다.

조지 오웰은 이렇게 말합니다. "1936년부터 내가 쓴 심각한 작품들은 어느 한 줄이든 직간접적으로 '전제주의'와 맞서고 내가 아는 '민주주의적 사회'를 지지하는 것들"이라고요. 그가 이 같은 글쓰기에 몰두하게 된 배경에는 1936년에 발발한 스페인 내전이 있습니다. 그 전쟁을 경험하면서 그의 사고체계는 한쪽으로 기울게 됩니다. 그가 만일 다른 관점을 가졌다면 어쩌면 전제주의를 지지하고 민주주의를 반대하는 입장의 글을 썼을 수도 있겠지요. 그러나 그에게 가장 중요한 것은 모든 사람들이 어떤 주의를 지지하고 그것의 반대 지점에 서는 게 아니라 그것을 표현하는 방식에서 문학성을 잃지 않는 것이었습니다. 요즘 SNS에서 자주 등장하는 노골적 글쓰기나 언행과는 매우 다른 부분이에요.

조지 오웰은 자신의 정치적 편향성을 의식하면 의식할수록—즉 화가 나면 날수록— 더욱 자신의 미학적 진정성, 지적 진정성을 희생하지 않으면서 정치적 의견을 토로하는 것에 집중했는데요. 오웰은 자신의 글쓰기의 원천을 어떤 본능이라고 합니다. 즉 "거역할 수도 이해할 수도 없는 어떤 귀신에게 끌려 다니지 않는 한 절대 할 수 없는 작업"이라고요. 또한 글을 쓰는 동기를 이리저리 살펴보면서 그것의 맨 밑바닥은 미스터리로 남아 있다고도 고백합니다. "모든 작가는 허영심이 많고 이기적이고 게으르며, 글쓰기 동기의 맨 밑바닥은 미스터리로 남아 있다"라고 말이에요. 하지만 작가 중의 작가는 자기 자신이란 생각을 한 듯합니다.

그의 글쓰기의 단편을 들춰보기 위해 「물속의 달」이라는 짧은 에세이를 훑어보는 것도 좋겠습니다. 이 짧은 에세이에는 물속의 달이라는 조지오웰이 가장 좋아하는 펍에 대해 이야기합니다. 그 펍은 버스 정류장에서 겨우 2분 거리에 있지만 샛골목에 있어 아무나 찾아올 수 없습니다. 오웰은 그 분위기를 특히 좋아했는데요. 그곳이 빅토리아 양식으로 지어졌고 플라스틱을 사용하지 않았기 때문입니다. 그는 19세기 식의 여유로운 분위기를 좋아했던 거예요. 그곳은 또한 조용합니다. 언제나 조용하고 라디오도 피아노도 없고, 심지어 크리스마스이브 같은 특별한 날에도 점잖게 노래를 부를 수 있을 정도입니다. 여기에 그가 좋아하는 것이 더 있습니다. "대부분의 펍과 달리 '물속의 달'은 궐련뿐만 아니라 잎담배도 팔고, 아스피린과 우표도 팔며, 전화를 그냥 써도 된다고 자꾸 챙겨준다." 이렇게 슬쩍 자기의 필요품들을 나열하기도 합니다. 음식과 맥주, 특히 맥주잔을 설명하고 시선을 옮겨 살롱 밖에 있는 뜰의 미덕을 칭송합니다. 좁은 영국 골목에 뜰이라니 정말 호사스럽지 않습니까? 이렇게 한참을 이야기하고는 다음과 같이 독자에게 한 방 먹입니다.

> "그런데 이제는 명민하고 냉정한 독자라면 이미 간파했을 무언가를 밝힐 때가 되었다. '물속의 달' 같은 곳은 실제로 존재하지 않는다."[1]

이 간단한 글의 형식만으로도 그는 충분히 자신이 바라는 모든 생각을 말할 수 있고, 그것이 실재하지 않는 상상이라고 말함으로써 모든 책임을 없애버리는 것입니다. 그는 아마 이런 종류의 수많은 글쓰기 수법을 서랍에 잔뜩 숨겨놓았을 것입니다.

조지 오웰은 3남매의 둘째였고, 아버지는 여덟 살이 될 때까지 본 적이 없다고 합니다. 형과 동생은 5살씩 차이가 나니 서로 노는 물이 달랐을 것입니다. 그는 항상 외톨이였습니다. 학교에서도 인기가 없어 약간 왕따였던 것 같습니다. 그는 자기가 외로운 아이라고 규정합니다. 그러고는 슬쩍 외로운 아이들은 다 이렇다는 식으로 일반화하죠.

---

1 『나는 왜 쓰는가 : 조지 오웰 에세이』, 조지 오웰 지음, 이한중 옮김, 한겨레출판, 2010.

"외로운 아이들이 다 그렇듯이 나는 이야기를 지어내고 상상속의 인물들과 대화를 나누는 습관을 갖게 되었다."[1]

조지 오웰은 외로운 아이임과 동시에 매우 까다로운 아이였습니다. 그렇기에 친구들과 흉허물 없이 놀 수는 없었어요. 그는 까다로운 성격을 "불쾌한 사실을 직시할 줄 아는 능력"이라고 표현하면서 "나날이 겪는 실패를 앙갚음할 수 있게 해주는 자신만의 세계"를 만드는 놀이를 즐겼습니다. 그런 오웰의 글쓰기가 잠복하며 성장해가는 기간은 학창시절의 15년 동안입니다. 그는 자기 자신에 대해 줄기차게 이야기했습니다. 마음속에만 존재하는 일기 같은 것을 계속 꾸며가는 상상의 나날을 스물다섯 살까지 이어갑니다. 하지만 이때까지는 뭔가 심각하게 남에게 내놓을 만한 글이 없었어요. 어쩌면 무라카미 하루키가 재즈 카페에서 장사하고 음악을 틀어주면서 소일을 하다가 야구 경기를 보던 중 소설을 쓰기로 결심했다고 하여 '어느 날 갑자기 글을 쓰기로 마음먹은' 것처럼 여기는 것과 같이 오웰의 글쓰기 역시 갑자기 인생에 등장한 것처럼 보일지 모릅니다. 그러나 조지 오웰은 이미 충분한 문학적 글쓰기 수련을 15년간이나 지속했습니다.

오웰은 6권의 소설을 낸 것 말고도 수백 편의 에세이를 썼습니다. 그의 에세이에는 그만의 특유한 유머와 독설이 넘쳐나고, 이를 통한

---

1 앞의 책.

그만의 통찰을 독자들에게 던져줍니다. 그것은 그가 작가이면서 동시에 저널리스트로서 살아가는 과정에서 생겨난 것입니다. 오웰의 전제주의에 대한 고발과 혐오, 그리고 민주주의에 대한 지지는 시대가 지나면서 더욱 강력한 물줄기로 변했습니다. 베트남전쟁을 겪으면서 일어난 전 세계적인 반전운동은 히피문화로 등장하고 사람들의 지탄을 받았지만 그 히피들은 퍼스널 컴퓨터를 만들고 오늘날의 지식정보화 시대를 열었습니다. 중요한 기관들의 전유물이던 컴퓨터를 모든 개인의 책상에 올려놓자는 애플의 비전 선언문은 실현되었고, 이제는 모든 개인의 손바닥 위에 올라앉아 있습니다. 기관institution에서 개인person으로 옮긴 이 거대한 움직임은 조지 오웰이 꿈꾸던 '물속의 달'과 같은 역사의 펍일 것입니다. 그러나 이제 우리는 이것을 실현하고 있습니다. 1948년에 쓴 『1984』를 무라카미 하루키는 『IQ84』로 패러디하여 기렸고, 스티브 잡스는 제품광고에서 이를 다시 기억합니다.

조지 오웰의 에세이를 읽는 즐거움은 '글 쓰고 싶은 충동'이 일어난다는 점을 인식하는 데서 옵니다. 속마음에 '이런 말을 하고 싶었는데 바로 이렇게 말하면 되겠군' 하고 무릎을 팍 치게 만드는 것입니다. 글이 써지지 않나요? 조지 오웰의 에세이를 읽어보세요.

거북선 보다 『난중일기』

_이순신

위기 상황이 되면 저마다 다른 행동을 하게 됩니다. 패닉 상태에서 곤충은 대부분 죽은 척합니다. 풍뎅이를 잡으면 갑자기 모든 행동을 멈추고 어떤 풍뎅이는 고약한 냄새를 풍겨 썩은 척합니다. 도마뱀은 자기 꼬리를 톡 잘라내고는 부리나케 도망갑니다. "이거나 먹고 떨어져라" 하는 식이지요. 패닉에 빠지면 더욱 맹렬히 움직이는 생물이 있습니다. 바로 인간입니다.

저도 그런 경험이 있습니다. 친구들과 설악산 등산을 갔다가 길을 잃었습니다. 일단 가만히 앉아 생각해야 했지만 모두가 당황한 나머지 미친 듯이 길을 찾아 나섰습니다. 점점 시간은 지나가고 우리는 식량을 다 먹어치우고 마지막으로 남은 양파를 날로 먹을 때는 눈물이 났습니다. 마지막으로 하늘에서 비행기라도 우리를 발견해주기를 바라면서 연기를 피웠습니다. 한참을 그러고 있는데 어디선가 사람 소리가 들렸습니다. 숲

바로 뒤편에 길이 있었던 겁니다. 우리는 가까스로 길을 찾았고, 살았습니다. 만일 우리가 지나치게 에너지를 쏟았다면 아마 저녁 무렵 저체온 증으로 모두 사망했을지 모릅니다.

위기 상황에서 평정심을 유지하기란 쉬운 일이 아닙니다. 이때 가장 좋은 방법은 기록하는 것입니다. 2017년 11월 15일, 포항의 흥해 벌판에 규모 5.4의 강력한 지진이 발생했습니다. 더 큰 것이 올 거라는 공포로 모두가 어쩔 줄 모르는 상황이었지요. 여진은 쉴 새 없이 몰아쳤습니다. 저는 조그만 수첩을 꺼내 여진이 온 시간과 위치, 지진의 규모를 기록하기 시작했습니다. 계속 기록하다 보니 여진의 발생 위치에 일정한 패턴이 있는 게 보였어요. 잘 파악하면 단층의 형상이 드러날 것 같았습니다. 데이터를 모으면서 저는 흥해 벌판 밑에 6킬로미터 정도 길이의 단층이 숨어 있다고 확신하게 되었습니다. 지진 관련 논문을 조사해보니 단층의 길이와 최대 지진 규모 사이에 상관식이 있었습니다. 그것으로 추정하니 5.5 이상은 생기지 않는 것입니다. 이미 5.4가 왔는데 더 큰 것이 올 리는 없다고 진단했습니다. 이런 이야기를 주변 사람들에게 말해주었더니 혹자는 믿고, 혹자는 믿지 않더군요. 하지만 적어도 저는 이후로 여진 때문에 놀란 적은 없습니다. 기록은 이처럼 마음을 편안하게 해줍니다.

위기 상황의 최고는 전쟁일 것입니다. 적의 침략을 예측하는 것도 어렵지만 적에 대한 공포심은 모든 판단을 마비시킵니다. 이런 전쟁을 무수히 치룬 이순신李舜臣, 1545~1598 장군은 우리에게 멋진 시로 잘 알려져 있습니다. "한산 섬 맑은 달에 수루에 홀로 앉아 긴 칼 옆에 차고 깊은 시름하는 차에 어디서 일성호가는 남의 애를 끊나니." 장군의 깊은 시름의 실체는 무엇이었을까요? 전쟁의 공포라면 "긴 칼 옆에 차고 덜덜 떨던 차에"라고 했어야 옳을 터인데요. 아마도 장군의 시름은 다른 것이었나 봅니다. 장군의 시름을 이해하려면 아무래도 『난중일기亂中日記』를 읽어야 할 것입니다.

『난중일기』는 별로 재미가 없습니다. 우선 형식이 똑같습니다. 마치 감사 일기처럼 형식이 단조로워 조금 읽다 보면 지칩니다. 일기는 날짜와 날씨를 정확히 쓰고 있습니다. 장군에게 날씨는 정말 중요한 것입니다. 바람의 방향이나 우천에 따라 작전이 달라야 하니까요. 필요하면 진영을 옮겨야 할 수도 있습니다. 그래서 『난중일기』에는 날씨에 대한 과학적 기록이 빠짐없이 담겨 있나 봅니다.

다음은 하루도 빼지 않은 기록입니다. 오늘날과 같은 디지털 기기도 아니고 물에 젖으면 확 풀어져 없어질 창호지에 쓰는 일기가 그렇게 잘 보존된 것을 보면 이순신 장군만의 특별한 문서 보관법이 있었던 것 같습니다. 그날 있었던 일들을 보면 대개 어디에서 무엇을 했고, 누구를 만났다는 식입니다. 하지만 만나서 무슨 얘기를 했는지 꼼꼼하게 기록하지 않습니다. 이것도 잘 살펴보면 날씨와 같이 사람들의 내왕도 사람만 기록하는 식이지요. 어쩌면 이순신 장군은 기억력이 뛰어나 '어느 날 누가 왔다'는 사소한 단서만 보고서도 그날을 돌이키며 그날 누군가와 나눈 대화와 표정까지 다 떠올랐을지도 모릅니다. 제 생각에 장군은 오가는 사람들을 기록함으로써 물길이 드나드는 것처럼 사람들의 동향을 파악하고자 했던 것 같습니다.

한 가지 재미난 기록의 특징은 꿈에 대한 것입니다. 이순신 장군의 『난중일기』는 일종의 꿈 일기 같은 성격도 있습니다. 꿈을 기록하고 해몽하는 식입니다. 전쟁의 불확실성을 초자연적 예지력에 의존하고자 하는 것은 당연한 일인지도 모르겠습니다. 아마 이순신 장군은 꿈을 통해 앞날을 예지한 경험이 많은 예지몽의 소유자가 아니었나 하는 생각도 듭니다.

이순신 장군은 점도 많이 쳤습니다. 아내가 아플 때도 이것이 죽을병인지 나을 병인지 점을 쳤고, 산 괘가 좋게 나와서 다행이라는 글을 쓰기도 했습니다. 전투에 나가기 전에도 점을 쳤습니다. 당시 『주역周易』은 이런 용도로 많이 활용되던 터라 그도 불확실성을 극복하느라 이런 일을 했던 것 같습니다.

장군은 시름이 많은 사람이었습니다. 노모를 제대로 모시지 못하는 불효의 시름, 가족을 못 돌보는 바쁜 가장의 시름, 의심 많은 왕과 시기하는 조정의 힘 있는 자들의 모함과 위협의 시름… 끝이 없었을 겁니다. 그는 이런 시름들을 일기에 적었습니다. 특히 원균과의 적대 관계는 이순신 장군의 평정심을 잃어버리게 했을 만큼 큰 요인 중 하나였습니다. 일기 여기저기에 원균의 잘못과 패악을 기록하고 한탄한 장면이 나오거든요. 누구에게도 차마 말할 수 없는 속의 화를 일기에 토로한 것입니다.

어쩌면 장군은 일기 중독자였을지도 모릅니다. 그에게 일기가 없었다면 그는 결코 그 수많은 전투에서 승리할 수 없었을 것입니다. 매일 적는 그의 일기는 마음을 다스려 평정심을 세우고, 나라를 구하기 위한 위대한 항전에 마음을 모아주었습니다.

우리는 이순신 장군과 거북선을 함께 생각합니다. 전쟁 승리의 필승전략. 그러나 저는 이순신과 『난중일기』를 필승전략으로 생각합니다. 이순신을 지원한 류성룡의 『징비록』 역시 그 전란 속에서 마음을 다잡고 정신을 세우게 한 노트의 힘이었고요.

노트는 전란을 극복하게 한 정신의 아스피린이었습니다. 장군은 무수히 일기를 쓰고 또 읽었을 것입니다. 그러면서 부하들의 마음의 흐름을 읽었을 것이고, 자신이 내린 결정이 어떻게 흘러갔는지 보았을 것입니다. 전술을 어떻게 변화시켜야 할지 알았을 것입니다. 철마다 이맘때 하늘이 어떻게 바람을 내고 비를 내는지 예측했을 것입니다. 『난중일기』는 장군을 세우고 나라를 구한 힘이었습니다.

chapter 4

탁월함으로의 초대

나를 바꾸는 노트 쓰기

살다보면 바닥을 칠 때가 있습니다. 한 줄기 희망조차 보이지 않는 어두운 터널을 통과하는 순간에 절망하기 쉽습니다. 그러나 고통의 순간이 지나면 고통은 오히려 아름다운 무늬로 인생을 장식합니다. 노트와 관련해서 저에게도 이런 저만의 무늬가 생겼습니다.

뇌의 어느 한 부분이 완전히 마비된 것처럼 단 한 줄의 글조차 쓰기 힘든 상태를 블록 현상이라 합니다. 지금으로부터 20년 전, 제게도 이러한 블록 현상이 찾아왔습니다. 당시 저는 공적인 잡무—연구나 강의가 아닌 행정적인 일—로 분주하여 책이나 논문을 5분도 읽지 못하는 나날을 보내던 중이었습니다. 시간이 흘러 안정되면 본격적으로 연구를 해야지 하고 마음만 먹을 뿐 사태의 심각성을 깨닫지 못하던 중 1998년 가을, 드디어 공적인 일로부터 해방되었습니다. 책상을 정리하면서 저는 "자, 이제부터 연구다" 하고 마음속으로 기쁨의 함성을 내질렀습니다. 책상 위에 흰색 A4 용지를 펼쳐놓고 연필을 들었습니다. 그런데 웬일이죠? 흰 종이와 눈이 딱 마주친 순간 공포 영화를 보는 것처럼 머릿속이 하얘진 겁니다. "어, 뭐지? 뭘 쓰지?" 하면서 허둥대다가 슬그머니 연필을 놓고 자리에서 일어서고 말았습니다.

그나마 다행인 것은 제게 연구노트가 있다는 사실이었습니다. 다음 날, 저는 연구노트를 펼쳤어요. '예전에 하던 연구를 계속하면 될 거야' 하는 생각으로요. 그런데 수식으로 가득 찬 제 연구노트가 "너 뭐 하러 이걸 집어 들었어?" 하며 비웃는 것 같았습니다. 매일 끼고 다니며 쓰던 노트인데 어쩌면 그렇게 낯설게 느껴지던지…. 용기를 내서 연구노트에 적혀 있는 마지막 방정식을 종이에 다시 썼습니다. 슬슬 시작해보자. 하지만 금세 용기가 사라졌어요. '누군가 이미 발표했으면 어떻게 하지?' 하고 걱정하느라고요. 얼른 논문 사이트를 뒤져보았더니, 아니나 다를까, 제가 국제학술대회에서 발표했던 논문을 참조로 약간 수정하여 결과를 달리한 논문이 나와 있더군요. 제 이론을 대부분 참조한 그 논문을 보고 화가 났습니다. 하지만 원인은 사실 제게 있었어요. 몇 년간 아무런 연락도 없이 연구에서 손을 뗐으니까요. 활활 타오르는 분노와 자신에 대한 저주를 억누르며 계속 논문을 뒤지니 이번에는 또 다른 형태의 논문이 눈에 띄었습니다. 역시 제 이론에 근거한 것이었어요. 더욱 화가 났던 점은 제 논문을 참고문헌에조차 언급하지 않은 것입니다. 마음이 무너지더군요. 기껏 좋은 이론을 제시했는데 열매를 모두 빼앗긴 꼴이었으니까요.

자책감과 자괴감에 정신을 차릴 수가 없었습니다. '언제 다시 저

정도 이론을 구축할 수 있을까?' 하는 염려가 마음을 짓누르면서 단 한 줄도 글을 쓸 수 없게 되었지요. '학자로서의 생명은 끝났구나' 하는 자책감에 강의도 제대로 할 수 없었습니다. '논문 하나 쓸 수 없는 놈이 무슨 강의람?' 하는 생각이 들었던 거죠. 그러던 어느 날 강의 후 한 학생이 다가와 이렇게 말했습니다. "교수님, 오늘 강의 정말 마음에 와 닿았어요." 저는 그 말을 듣고 "고맙다. 열심히 공부해라" 하면서 웃었지만 솔직히 죽고 싶었습니다. 교수라는 껍데기만 남은 몸이 되었다는 생각 때문에요. 저는 자신을 학대하기 시작했어요. 이렇게 되려고 죽자고 공부했던가 하는 후회와 함께 살아야 할 이유를 고민하기 시작했습니다. 연구 없는 연구자의 삶이란 붓 없는 화가의 삶과 마찬가지니까요. 몇 달을 이런 상태로 흘려보냈습니다. 여전히 아무런 글도 쓰지 못했고, 하얀 종이와 잘 깎인 연필은 공포의 대상이었습니다. 급기야 저는 세상을 하직해야겠다는 막다른 생각을 품게 되었습니다.

1999년 5월, 학교에 축제가 시작되었습니다. 너무나 아름다운 5월이었어요. 저는 눈부신 젊음을 보면서 마지막으로 아빠 없이 고생하며 살아갈 딸의 모습을 그려보았습니다. 그런데 갑자기 '그 아이가 컸을 때 읽으면서 나를 이해할 수 있도록 나에 대한 글을 남겨야겠다'는 생각이 들더군요. 곧장 컴퓨터를 켜고, 제 인생의 희미한 첫 장면부터 쓰기 시작했습니다. 아장아장 걸어가 대문을 열었더니 문 밖에 뭔가 있어서 화들짝 놀랐던 그 기억부터 말입니다. 멈출 수가 없었어요. 천하제일의 수다쟁이가 된 것처럼 저는 가슴을 짓눌렀던 그 모든 것을 배설하듯, 쉬지 않고 쓰고 또 썼습니다.

축제 기간 3일 동안 쉬지 않고 쓴 글이 A4 용지로 80쪽이 넘었습니다. 마침내 녹초가 되어 더는 글 쓸 힘이 남지 않았을 때 저는 차를 몰고 학교 근처의 시골 장터로 갔습니다. 북적대는 인파 가운데 주름살이 가득한 할머니가 나물 몇 묶음을 팔고 계신 모습이 눈에 들어왔어요. 순간 저는 '이 할머니에게 내 인생을 드리면 어떨까?' 하는 엉뚱한 생각을 했습니다. 또 '내 짧은 인생도 그렇게 할 말이 많은데 이 할머니는 또 얼마나 많은 사연을 간직하고 있을까?' 하는 생각도 들더군요. 필시 더 험난하고 서럽고 슬프고 가슴 아픈 이야기가 주름마다 아롱져 있을 테지요. 그러면서 저는 그 누구도 남의 인생을 대신 살 수는 없다는 진리를 되새기게 되었습니다. 너무나 평범하고 간단한 진리였어요. 하지만 죽음의 문턱에서 깨달은 진리이기에 저는 가슴을 쓸어내리며 스스로 다독였습니다. "그래, 인생을 대신 살아줄 사람은 없어. 모두가 자기 인생을 살아가는 거야. 그 인생이 어떻게 전개되든 주어진 삶을 성실하게 살아가는 것이 길인 거야."

돌아오는 길에 들풀들을 보았습니다. 불평 한마디 없이 살아가는 저 숭고한 존재들. 저는 갑자기 자신이 부끄러워졌어요. '논문 한 편 못쓴다고 살 이유가 없다고 소리를 지른 나는 얼마나 사치스런 존재인가?' 하는 자각 때문이었죠. 삶이란 살아가는 그 자체만으로도 충분히 의미가 있는데 말입니다. 저는 자신에게 1년간 유예기간을 주기로 마음먹었습니다. "1년 동안 예전의 내 모습을 찾지 못한다면 그때 가서 깨끗이, 미련 없이, 교수직을 접자"고 말입니다. 다시 학생의 마음을 품었어요. "옛날의 나는 없다. 새로 시작한다!"라고 되뇌면서 다른 학자들의 논문을 정성껏 읽기 시작했습니다. 하루에 몇 시간씩 논문을 읽고 또 배우는 자세로 시간을 보냈어요. 그렇게 시간이 흐르자 차츰 고통도 적어지더군요. 문득문득 새로운 아이디어도 떠오르기 시작했고요. 마치 긴 겨울이 지나고 새봄이 와 싹이 트는 것 같았습니다. 그리고 어느 날, 저는 마침내 하고 싶은 일이 많아진 자신을 발견하게 되었습니다.

이런 현상을 겪고서 저는 다른 사람들도 저와 같은 좌절을 겪었는지 궁금해졌습니다. 대단한 업적을 남긴 사람들에겐 이런 일이 절대 일어나지 않았을 거라는 생각, 이런 일은 저처럼 평범하고 마음이 여린 사람들에게나 발생할 거라는 생각이 들었기 때문입니다. 그런데 제 짐작은 빗나갔습니다. 우리가 잘 아는 많은 유명인들도 비슷한 고통을 경험했고, 그 과정을 통해 더 성장했음을 알게 되었지요. 엄청난 상실감에서, 죽음의 고통에서, 손끝 하나 까딱하지 못할 무력감에서 그들을 구원한 것은 처절하게 자신과 마주했던 글쓰기를 통해서, 순전한 내면과 마주했던 노트 쓰기를 통해서였습니다. 작은 노트 한 권, 흔한 펜 한 자루가 삶을 바꿔준 것입니다.

논리를 이기는 즐거운 노트 쓰기

리처드 파인만도 블록 현상을 경험했습니다. 파인만은 MIT에서 학부를 마치고 프린스턴대학에서 학위를 했는데요. 노벨물리학상을 수상하였으니 그의 연구가 얼마나 대단했는지 짐작하고도 남습니다. 파인만은 프린스턴대학에서 박사과정을 공부하던 중 원자폭탄을 개발하는 '맨해튼 프로젝트'에 차출됩니다. 이 프로젝트는 미국의 뛰어난 과학자들을 다 모아서 가족과 떨어져 살게 하면서 비밀리에 운영했던 것인데요. 그 시절, 파인만은 아내를 잃는 아픔을 겪었습니다. 그는 코넬대학의 교수가 된 후 발생했던 블록 현상에 대해 이렇게 말합니다.

> 전쟁이 일어나기 전에 학위를 딸 동안에 내게는 적분법으로 양자역학을 푸는 새로운 방법을 찾아낼 것 같은 많은 아이디어들이 떠올랐고, 하고 싶은 일도 많았다. (…) 막상 어떤 연구를 해야 할 때가 되자, 나는 일을 할 수 없었다. 다소 피로했고, 흥미가 없어져 연구를 할 수가 없었던 것이

다. 몇 년 동안 계속된 것처럼 느껴졌지만, 돌이켜 보니 그 정도로 긴 기간은 아니었다. (…) 나는 단순히 어떤 문제에 대해서도 시작할 수가 없었는데, 감마선에서의 어떤 문제에 관하여 하나 혹은 두 개의 문장을 쓰고 난 다음에는 더 이상 쓸 수가 없었던 것을 기억하고 있다. 전쟁과 그 밖의 다른 모든 것(아내의 죽음을 포함한)으로부터 말 그대로 나 자신이 기진맥진해진 탓이었다. (…) 이 기간 동안에 나는 현재의 봉급보다 더 높은 봉급을 주겠다고 오라는 다른 대학이나 산업체의 제의를 받곤 했다. 그럴 때마다 나는 조금씩 더 우울해지기만 했다.[1]

파인만은 마침내 프린스턴대학의 고등과학원에서 아인슈타인보다 더 좋은 조건으로 제안을 받습니다. 그러나 그는 몹시 기분이 우울해져서 어쩔 줄을 몰랐어요. 그러던 차에 코넬대학의 학장이 파인만의 강의가 학생들에게 아주 좋은 반응을 얻고 있다고 칭찬하면서, 동시에 파인만이 연구가 원활하게 진행되지 않는다는 죄책감에서 벗어날 수 있도록 격려의 말도 아끼지 않았습니다. 하지만 파인만은 다른 생각을 했어요.

난 이제 물리학에 약간 싫증이 났다. 그렇지만 물리학을 공부하는 것을 즐기긴 한다. 내가 왜 그것을 즐겼을까? 나는 그것과 함께 놀았다. 난 물리학으로 하고 싶은 것은 무엇이나 했는데, 그것이 핵물리학의 발전과

---

1 『파인만 씨 농담도 잘하시네』, 리처드 파인만 지음, 강희봉 옮김, 사이언스북스, 2000.

> 아무런 상관이 없더라도 내가 놀기에 즐겁고 재미나면 그만이었다. 나는 물리학의 원리를 알아내는 것이 어렵지 않았다. 그것을 누가 이미 발견했다는 것도 중요하지 않았고 과학의 미래와 어떻게 연관되어 있는지도 중요하지 않았다.[1]

이렇게 해서 파인만은 새로운 태도를 취하게 됩니다. 즉 아무것도 연구하지 못하니 그저 즐겨하는 물리학을 가르치고, 시간이 나면 『아라비안나이트』를 읽고, 중요한 문제인지 아닌지 여부를 따지지 않은 채 그저 물리학하고만 놀았던 겁니다. 그러던 어느 날 파인만은 식당에서 어떤 재간꾼이 접시돌리기를 하는 것을 봅니다. 그는 접시 위에 코넬대학의 대형 메달 하나를 더 얹어서 빙글빙글 돌리고 있었어요. 파인만은 즉석에서 냅킨에다 이 역학을 계산합니다. 그러고는 그 자리에서 접시의 흔들림이 작을 때는 흔들리는 속도의 두 배만큼 대형 메달이 빠르게 돌아간다는 사실을 알아내요. 파인만은 동료 학자인 한스 베테Hans Bethe, 1906~2005에게 달려가 자신이 발견을 사실을 일러줍니다.

"보세요, 한스! 재미있는 것을 알아냈습니다. 저 접시가 돌아가는데 2:1이 되는 이유가 무엇인지를 밝혀냈어요."

파인만은 한스에게 계산을 보여주었습니다. 한스는 고개를 끄덕이다가 약간 나무라는 식으로 물었어요.

---

1 같은 책

"파인만, 그것은 재미있지만… 중요한 점이 무엇이지요? 왜 그걸 하고 있죠?"

"하! 중요한 점이라곤 하나도 없어요. 다만 재미로 하고 있는 중이랍니다."

파인만은 한스 베테의 반응에 실망하지 않았습니다. 다른 사람 같았으면 동료 학자의 비웃음에 실망하거나 분노를 느꼈을 테지요. 하지만 파인만은 실망하기는커녕 오히려 즐거워했습니다. 왜냐하면 그는 물리학을 '즐기고' 있었고, 자신이 좋아하는 일이라면 무엇이든 하겠다고 결심했기 때문입니다. 파인만은 연구실로 돌아와 이 방정식을 풀면서 양자역학의 다른 방정식들을 도출해냅니다. 그는 이렇게 말했습니다.

"내가 노벨상을 탈 수 있게 해준 도표들과 수식, 증명, 그 모든 작업이 그 흔들거리는 접시에서부터 비롯되었어. 그 시시한 일에서 위대한 업적이 시작된 거야."

탁월함에 대한 갈망

파인만이 절망에 빠졌다가 다시 일어서는 모습에서 우리는 '노벨상 수상'이라는 업적이 그를 상징하는 탁월함의 전부가 아님을 보았습니다. 모두가 천재라고 부르는 그에게도 스스로 한심하다고 여겼던 시간들이 있었는데요. 그의 탁월함은 어쩌면 그가 절망을 딛고 일어서는 과정에 있었는지도 모릅니다. 하지만 우리는 대개 경쟁의 관점으로 남을 평가합니다. 남을 이긴 사람을 탁월하다고 보는 이유지요. 그러면서 자신에 대해 절망합니다.

우리는 이미 자신이 천재가 아니라는 사실을 잘 알고 있습니다. 그러면서도 남과 구별되는 어느 무엇이 내게 있기를 바랍니다. 남보다 뭔가를 좀 더 잘할 때, 남보다 뛰어난 어떤 능력을 인정받을 때 우리는 기분이 좋아집니다. 즐겁습니다. 삶에서 누릴 수 있는 소중한 경험이죠. 사실 남에게서 받는 칭찬보다 스스로에 대한 신뢰와 보람이 주는 행복감이 더 큰데도 우리는 종종 이 사실을 망각합니다. 삶의 무게에 짓눌리지 않으려고, 조금이라도 고개를 높이 들고 숨을 쉬려고, 특별한 인생의 향기를 뿜어내려고 노력합니다. 다양한 분야에서 남보다 나아질 수 있는 노하우를 다루는 책들이 서점에서 사라지지 않는 배경이기도 합니다.

인간에게는 자기 진보에 대한 깊은 갈망이 있습니다. 그 갈망은 때로 자신이 타고난 그릇을 초월하고픈 욕망으로 이어집니다. 우리의 고전소설이나 전설에도 이런 갈망들이 녹아 있습니다. 조선 중기의 개혁사상가인 허균許筠, 1569~1618의 『홍길동전』에도 이런 모습이 나옵니다. 소설의 소재가 된 홍길동은 최근 실존 인물로 밝혀졌습니다.[1] 그는 조선사회의 체제상 벼슬을 할 수 없는 출신입니다. 아버지는 판서였지만 어머니가 노비잖아요. 이른바 정상적인 활동을 할 수 있는 존재가 아니에요. 그러나 홍길동은 자신의 운명을 극복하기 위해 수련을 시작합니다. 뜰에 작은 나무를 심어놓고 매일 심부름을 갈 때마다 뛰어 넘기를 수년, 마침내 나무가 높게 자라자 길동은 담장을 훌쩍 뛰어 넘게 됩니다. 천리를 볼 수 있는 신통력과 몸을 변화시키는 둔갑술에 이르는, 인간의 한계를 뛰어 넘는 초인의 경지에 도달한 후 그는 사회의 부조리를 타파하기 위해 활빈당의 두목이 됩니다. 하지만 탐관오리에 대한 징벌이 국가에 대한 도전으로

—

1 1500년(연산군 6)을 전후하여 서울 근처에서 활약하던 농민무장대의 지도자. 양반지주층을 중심으로 토지소유가 확대되면서, 토지를 잃고 지배층의 착취에 시달리던 농민들은 자기가 살던 곳에서 도망쳤다. 이들은 산속으로 피해 무장대의 기본성원이 되어 양반지주나 관청을 습격했는데, 지배층들은 이들을 '도적'이라 불렀다. 15세기 말에서 16세기 초 연산군 통치기간에는 전국 곳곳에서 이러한 농민무장대가 일어났고, 그 가운데 대표적인 것이 홍길동이 이끄는 무장대였다. 그에 대한 이야기가 후일 『홍길동전』으로 소설화되었다.(한국고중세사사전, 가람기획)

이어지는 모순 때문에 결국 홍길동은 국가에 대립하지 않고 이상향 인 율도국을 세우러 떠납니다.

허균은 조선시대 선조에서 광해군 시절의 사람이지만 이 소설의 개념을 세계사적으로 보면 매우 의미심장해요. 유럽은 이 시기에 르네상스를 이루었고, 1492년에서 1502년에 걸친 시기에는 콜럼버스가 아메리카대륙을 발견하잖아요. 소설 『홍길동전』에는 한 인간이 끊임없는 수련을 통해 자신을 개발하고, 자신을 초월하며, 그 능력을 선한 일에 사용하고 마침내 유토피아를 건설하기를 꿈꾸는 내용이 담겨 있는데요. 이는 전통적인 '수신제가 치국평천하修身齊家 治國 平天下'의 강령을 따르는 듯하나 실은 엄청 일탈한 작품입니다. 제아무리 수신하고 제가를 잘해도 치국을 할 수 없는 운명을 갖고 태어난 주인공이 수신을 하는 것부터 출발하는 모순이 소설 전체를 감싸면서 시종일관 긴장감을 자아냅니다.

이러한 소설이 책도 몇 권 없었던 과거 우리 조상의 삶에 끼친 영향은 매우 컸을 테지요. 현실을 초극하는 것의 유쾌함과 현실의 고통과 불의를 극복하는 것에 이르기까지 실로 많은 영향을 주었을 겁니다. 율도국의 유토피아나 민중봉기 같은 이야기를 빼고 단순히 생각해보면, 한 젊은이가 끝없는 수련을 통해 자기를 계발하고, 제대로 된 스승을 만나 마침내 자신을 초월하는 사람으로 재탄생한다는 스토리인데요. 요즘에야 뻔한 이야기라고 치부하겠지만 그 시대에는 불온한 사상을 지닌 한 탁월한 인물의 도전이었을 겁니다. '남보다 얼마나 큰가'가 아니라 '남과 얼마나 다른가'를 한 인간을

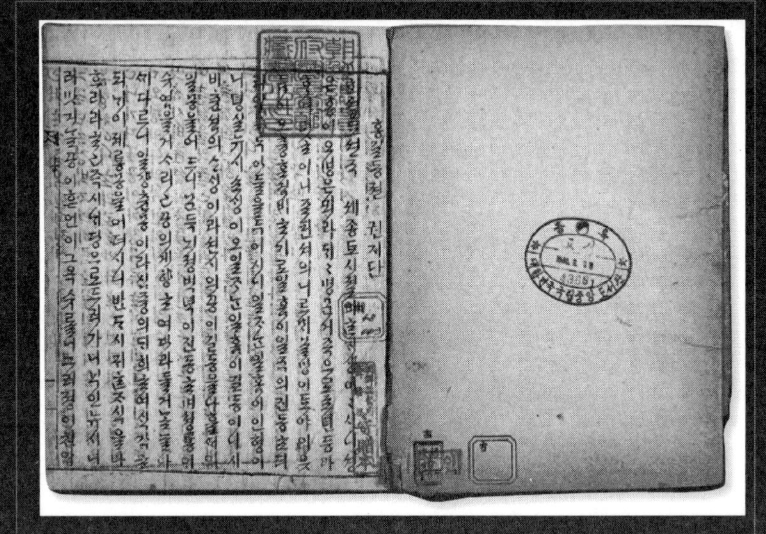

국립중앙도서관이 소장하고 있는 『홍길동전』 첫 쪽.

허균의 문집 성소부부고(惺所覆 藁) 가운데 「도문대작」 편. 1611년 허균이 우리나라 팔도의 명물 토산품과 별미음식을 소개한 책이다(규장각도서).

평가하는 잣대로 삼았을 때 허균은 분명 탁월한 인물입니다. 그렇습니다. 남과 다른 길을 선택할 때, 주저함과 두려움을 떨치고 자신이 선택한 그 길 위에 설 때, 우리 인생에도 비로소 탁월함의 씨앗이 뿌려질 것입니다.

나는 누구일까

이기는 삶이 아니라 달라지는 삶의 관점에서 보면 인생의 묘미는 남과 다른 나만의 모습을 갖추는 데 있습니다. 그럼, 남과 다르기만 하면 탁월한 것일까요? 꼭 그렇지는 않을 겁니다. 남과 다르면서도 뭔가 뛰어난 것이 필요해 보여요. 다름은 '방향'이고 뛰어남은 '높이'인 탓입니다. 말은 쉽지만 이것을 어떻게 특정해낼까요? 도대체 탁월하다는 것은 무엇일까요?

탁월함에 대한 고민은 요즘 사람들만 한 게 아닙니다. 아주 오래전 그리스 철학자들도 이 문제로 고민을 많이 했습니다. 알렉산더 대왕의 과외선생이었던 아리스토텔레스는 탁월함을 아레테arete라는 단어로 표현했습니다. 어떤 대상이 그 스스로의 덕성을 그대로 드러낼 때를 말합니다. 연필이 있는데 아무리 멋진 모습을 해도 연필심이 없다면 그 연필로는 어떤 글자도 쓰지 못합니다. 비록 몽당연필이라 해도 심이 진하고 단단한 연필이라면 그것은 탁월한 연필입니다. 이런 것을 우리는 덕성이라고 불렀습니다.

당시의 사람들은 덕성으로 남성성을 강조했던 것 같습니다. 비루투스virtus는 바로 용감하고 대의를 위해 목숨을 바칠 줄 알며 약한 사람들을 지켜내는 사람에 대한 덕성을 일컫는 표현인데요. 여기서 오늘날의 버튜virtue라는 말이 나왔습니다. 덕성은 문화와 시대에 따라 변하지만 덕성이 있는 사람, 즉 그 시대의 사람들이 정말 사람답다고 생각하는 사람이 갖추어야 할 항목은 분명 존재했고, 그 덕성의 항목을 갖춘 사람을 탁월한 사람이라 칭송했습니다.

오늘날에도 탁월한 사람이 갖추어야 할 덕성은 존재합니다. 그러나 그 덕성을 다 내려놓고 아리스토텔레스의 아레테를 다시 생각해보면 결국 탁월한 인간은 인간다운 인간일 것입니다. 그렇다면 탁월한 나는 누구일까요? '엄친아를 능가하는 나'가 아니라 바로 '나다운 나'일 것입니다. '나답다'는 말은 참 쉽고도 어렵습니다. "내 속엔 내가 너무도 많아 당신이 쉴 곳이 없네"라는 〈가시나무새〉의 가사가 사람들의 심금을 울린 것도 마찬가지 맥락이겠지요. 내가 누구인지 정말 알 수가 없습니다. 비전을 세우고 그것을 향해 달려가면 그것이 나일까요? 마음 한 구석에는 가지 않은 길을 헤매는 나의 뒷그림자가 늘 남아 있잖아요?

자기 자신에 대한 진지한 탐험은 자기 밖에서 자기를 들여다보는 데서 출발합니다. 안에서는 전체를 볼 수 없어요. 우리는 자신을 들여다보는 메타인지meta cognition적 활동을 많이 합니다. 가장 대표적인 것이 '혼잣말하기'인데요. 하루 종일 아무도 만나지 않아도 우리는 끝없이 말을 합니다. 적어도 자신과 말을 합니다. 그러나 그 말들은 순간순간 허공으로 날아갑니다. 만일 우리가 그 혼잣말을 다시 들여다볼 수만 있다면 우리는 아마 자기 자신에 대해 어느 정도 알 수 있을 것입니다.

여기서 노트의 힘이 발휘됩니다. 떠오르는 생각들을 기록해놓은 노트를 다시 찬찬히 읽다 보면, 우리는 지난 생각 속에 일관되게 서 있는 자신을 발견하게 됩니다. 그 사람을 찬찬히 살펴보세요. 자신이 추구하는 사람과 실제의 차이를 적나라하게 보아야 합니다. 바로 그 자리에서 진정한 자기다움의 길이 열리기 때문입니다. 역사에 이름이 남든 남지 않든 그런 것은 하나도 중요하지 않습니다. 바로 '나'라는 보석, 이 세상 어디에도 없는 고유한 존재, 역사를 통틀어도 다시는 이 지구상에 오지 않을 그 유일한 존재로서의 나를 확실히 만들어내는 것이 가장 위대한 일입니다. 철학자들은 이것을 '실존'이라고 부릅니다.

'나다워지기'는 힘이 셉니다. 모든 장애를 넘어서게 하지요. 모든 결핍을 넘어서게 합니다. 모든 헛된 영광을 넘어서게 합니다. 나다워지기는 나의 진정성을 찾는 일입니다. "껍데기는 가라"고 힘차게 외치는 것입니다. 불필요한 것을 잘라내는 일입니다. 오직 진정한 나로 다시 서는 일입니다. 이 위대한 개인의 탄생은 바로 탁월한 나의 창조입니다.

철학자 들뢰즈Gilles Deleuze, 1925~1995는 이 시대의 사회를 '초연결된 탁월한 개인의 사회'로 인식했습니다. 거대한 나무의 한 부속으로서의 개인이 아닌, 마치 대나무나 생강과 같이 뿌리에서 뿌리로 연결된 리좀rhizome적[1] 연결로 말입니다. 이것은 수직적인 구조가 아닌 수평적 구조입니다. 현대 사회는 점점 이러한 구조로 나가고 있습니다. 이런 구조는 모든 것이 자족되는 위대한 개인에겐 한없는 자유와 품격이 더해지는 사회가 되겠지만 그렇지 못한 종속적 개인에겐 불안함을 증폭시키는 사회가 될 것입니다. 우리가 탁월함의 관점을 탈영토화에 두어야 하는 배경입니다.

탈영토화 사회의 탁월함은 위대한 개인이 되는 것과 자신의 품격을 지켜내는 능력에 달려 있습니다. 우리는 이미 그러한 선인들을 잘 알고 있습니다. 하버드 졸업장을 팽개치고 숲으로 들어간 소로Henry David Thoreau, 1817~1862나 스콧 니어링Scott Nearing, 1883~1983 같[2]은 사람들입니다. 당시에 그들은 이상한 사람들이었지만 아직도 그들의 삶이 사람들의 마음을 흔드는 것은 그들이 결코 잃지 않았던 인간의 품격, 그 위대한 개인의 힘에 이유가 있지 않을까요?

---

1 줄기가 마치 뿌리처럼 땅 속으로 파고들어 난맥(亂脈)을 이룬 것으로, 뿌리와 줄기의 구별이 사실상 모호해진 상태를 의미한다. 수목이 계통화하고 위계화하는 방식임에 비하여, 리좀을 제기하는 것은 욕망의 흐름이 지닌 통일되거나 위계화되지 않은 복수성과 이질발생, 그리고 새로운 접속과 창조의 무한한 가능성을 보여준다.(철학사전, 2009., 중원문화)

2 미국 출신의 경제학자이자 평화주의자. 산업자본주의가 인간을 삶을 허망하게 만드는 원인으로 파악했고 자연으로 돌아가 단순한 삶을 살면서 타락한 인간성을 회복하고자 했다. 그는 사회제도를 개선하는 일뿐만 아니라 가치관의 변화를 가져와야 사회경제가 발전한다고 생각했으며, 생산과 소비보다 분배에 비중을 두었다. 사회주의의 공동체적인 장점을 인정하면서도 국가가 자본을 통제하는 한계를 극복하기 위해서는 보다 폭넓은 수용이 필요하다고 생각했다. 산업자본주의가 삶을 공허하게 만든다고 본 니어링은 단순한 삶을 위해 도시를 떠나 버몬트 주(州)의 한적한 시골마을에 정착했다. 그 후 헬렌과 결혼하여 함께 자급자족 생활을 해나갔다. 부부의 일상을 소개한 책 『조화로운 삶*Living the Good Life*』이 유명하다.

몰입을 이끌어내는 노트 쓰기

우리는 종종 자신의 능력을 훌쩍 뛰어넘는 결과를 내기도 합니다. 불후의 명작 〈벤허Ben Hur〉를 감독한 윌리엄 와일러가 "신이시여, 이 영화를 정녕 제가 만들었단 말입니까?" 하고 스스로 감탄했다는 일화는 유명하지요. 자신의 한계를 뛰어넘었다는 것은 곧 그가 탁월하다는 뜻입니다. 우리는 매일 매 순간 자기 자신과 다투며 살아갑니다. "너는 안 돼"라고 혹독하게 비판하는 사람도, "넌 할 수 있어"라고 독려해주는 사람도 가만 보면 모두 자기 자신입니다. 그러므로 한계를 정하는 자기를 뛰어넘는다는 것 자체가 탁월하다는 증거이겠지요.

구도자들은 수행을 많이 합니다. 오랜 수행 끝에 홀연히 깨달음 얻기도 하지요. 이것을 돈오頓悟라고 부릅니다. 수행이 끝없는 자기 개선이라면 돈오는 자신의 한계를 일시에 뛰어넘는 탁월卓越입니다. 구도자뿐만 아니라 많은 사람들이 자신의 한계를 뛰어넘는 경험을 하는데요. 그런 상태를 '플로flow'라고 부릅니다. 우리말로 '몰입'이라고 번역하는 이 심리 상태는 많은 사람들의 관심을 끌었습니다. 이것이 바로 자신을 뛰어넘는 하나의 기술이기 때문입니다.

칙센트미하이Mihaly Csikszentmihalyi, 1934~가 쓴 『몰입의 즐거움*Flow*』이란 책을 읽으면 몰입이야말로 평범한 사람이 위대한 일을 하게 해주는 원동력임을 알 수 있습니다. 그는 우리의 삶에서 일(노동)이 던져주는 스트레스와 일의 성취를 통한 만족감의 팽팽한 경쟁을 논했는데요. 일에서 느끼는 다양한 감정들로 무관심, 권태, 느긋한 자신감, 몰입, 각성, 불안, 걱정 등이 있다고 합니다. 이런 다양한 감정들은 대개 일을 하는 중간에 발생하는데, 그중 몰입의 단계가 가장 큰 결과를 만들어내고, 일하는 사람을 행복하게 해준다고 주장하지요. 그런데 이 같은 감정의 발현은 단순히 마음먹기에 따르는 것이 아니라 일의 난이도와 자신의 실력, 이 두 개의 변수가 상관관계를 이루는 가운데 이루어집니다. 주어진 과제와 실력의 균형이 매우 중요하다는 뜻이지요. 반면 일의 난이도는 각성, 즉 실력을 향상할 동기를 부여하고, 실력이 향상되면 몰입의 즐거움을 누리게 됩니다.

몰입은 쉽지 않은 반면 그렇다고 아주 버겁지도 않은 과제를 극복하는 데 필요하며, 한 사람이 온통 그의 실력을 쏟아 부을 때 나타나는 현상입니다. 목표가 명확하고 활동 결과가 바로 나타나며, 과제와 실력이 균형을 이루면 사람은 체계적으로 집중할 수 있는데요. 몰입은 정신력을 모조리 요구하므로 몰입 상태에 빠진 사람은 어떤 일에 완전히 몰두하게 마련입니다. 잡념이나 불필요한 감정이 끼어들 여지는 티끌만큼도 없어요. 자의식이 사라지는 대신 자신감

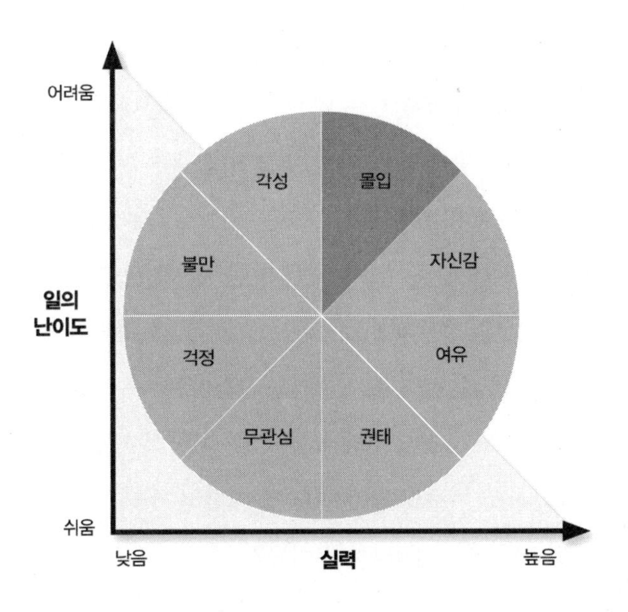

은 평소보다 커집니다. 몰입 상태가 되면 시간 감각에도 변화가 와요. 1시간이 1분처럼 금방 흘러가니까요.

자신의 몸과 마음을 여한 없이 쓸 때 사람은 어떤 일을 하고 있든 일 자체에서 가치를 발견하게 마련입니다. 삶은 스스로 정당화하는 특성을 가지고 있어요. 따라서 체력과 정신력이 조화를 이룰 때 마침내 삶은 제 스스로 힘을 얻습니다. 몰입 경험은 또한 배움의 갈망을 일으킵니다. 일이 어려워지면 대다수 사람들은 이를 극복하고자 각성하는데요. 이는 곧 실력을 높일 필요를 스스로에게 명령하는 셈입니다. 사실 우리는 평범한 일상에서, 사소한 일에서, 종종 몰입을 경험합니다. 보드 카페에 가서 새로운 보드 게임을 접하게 되면 게임을 멋지게 수행하고자 집중하고 금세 익숙해지잖아요. 이러한 찰나적인 일에의 몰입은 스트레스를 잊어버리게 해줍니다.

그러나 매우 어려운 문제에 부딪쳤을 때는 상황이 다릅니다. 순간적으로 각성의 단계에 돌입할 수는 있지만 실력이 금세 늘지는 않아요. 불안해하고 초조해하다가 마침내 포기하는 단계로 접어드는 심리적 구조를 갖습니다. 어쩌면 높은 성취 욕망이 필연적으로 깊은 좌절을 던져주는 것인지도 모릅니다. 그러나 "태산이 높다하되 하늘 아래 뫼이로다. 오르고 또 오르면 못 오를 리 없건마는…" 하는 시조처럼 오르고 또 오르기 위해서는 계단과 같이 작은 목표들을 무수히 갖고 있어야 합니다. 아무리 높은 태산일지언정 우리 눈앞에 길이 있고 지도가 있다면 못 오를 리 없잖아요?

여기에서 중요한 것이 기록, 즉 자기 노트를 써나가는 것입니다. 물론 목표를 달성하는 데엔 수없이 많은 방법과 비결이 있을 겁니다. 저는 그중 '자기 노트 쓰기'를 강력하게 추천하고 싶어요. 자기 노트를 작성해간다는 것은 길도 없어 보이는 이상을 향한 작은 계단을 만드는 것과 같습니다. 작은 목표 하나를 완성하면 그다음 목표를 세우고 또 완성하고…. 그러기 위해서는 노트 쓰기를 체계화하고 체질화해야 해요. 우리는 누구랄 것도 없이 일상의 분주함에 사로잡혀 며칠이고 아무 생각도 하지 못한 채 지낼 때가 많습니다. 이런 상황에서 갑자기 계단을 오르려면 그 계단 앞으로 인도할 무엇인가가 필요한데요. 그것이 바로 노트입니다.

며칠이 지났어도, 생생하게 생각하고 고민했던 흔적이 그대로 남아 있는 기억의 메신저가 노트입니다. 노트를 펴는 순간 우리는 며칠 전의 그 순간으로 되돌아가서 다시 생각을 이어나갈 수 있습니다. 이러한 연속성을 만드는 데 노트처럼 유용한 물건은 없어요. 더욱이 바쁜 와중에도 짬짬이 노트를 뒤적거리면 과거의 단상들에 대한 새로운 각성이 일어납니다. 그리고 이 순간 새로운 내적 융합을 통한 무의식적 창조의 세계를 경험하게 됩니다.

우리는 종종 어떤 순간에, 예컨대 지하철을 타려고 문 안으로 들어서는 순간, 갑자기 한동안 고민했던 문제가 떠오르면서 그 해답이 머릿속에 번쩍 나타나는 경험을 합니다. 이때 번개처럼 떠오르는 그 생각을 무언가에 메모해놓지 않으면 얼마 안 가 곧 잊어버리게 되는데요. 이런 불상사를 방지하려면 아무 쪽지에나 떠오르는 생각을 휘갈겨 쓴 후 자신만의 노트에 다시 옮겨 적으면 됩니다. 노트가 없으면 멋진 생각, 기막힌 생각, 아름다운 아이디어도 망각의 늪으로 빠져버릴지 모릅니다.

데카르트의 이야기를 들어볼까요? 그는 아주 유명한 잠꾸러기였습니다. 보통 아침 11시까지 침대에서 빈둥거렸어요. 하지만 그냥 뒹구는 게 아니었습니다. 대개는 반半 수면 상태에서 이것저것 궁리했고, 그러다 뭔가 좋은 생각이 떠오르면 침대 옆에 놓아둔 노트에 끼적거리고는 다시 코를 골곤 했습니다. 데카르트가 아니더라도 우리 역시 비몽사몽 중에 좋은 아이디어가 잘 떠오르는 경험을 합니다. 아침에 일어나면 그 아이디어를 꼭 써먹으리라 다짐하지만 정작 다음날이면 아무것도 기억나지 않습니다. 제가 데카르트처럼 머리맡에 메모지와 필기구를 항상 놓아두는 이유입니다.

자기목적성autotelic을 갖는다는 것은 "일 자체가 좋아서 일 자체가 목적이 되는 상태"를 말합니다. "죽지 못해 일합니다"라는 말이나 "먹고살기 위해 일합니다"라는 말과 천지 차이지요. 우리는 종종 신명나게 일하는 사람들을 만나곤 합니다. 고급한 일이든 아니든, 코미디든 음악이든, 일에 푹 빠진 사람들을 보고 있노라면 무슨 걱정이 있을까 싶은데요. 신나게 북을 두드리는 사물놀이패를 보아도 그런 느낌이 듭니다. 좋아서 하고, 거기서 어떠한 대가도 기대하지 않는 상태라니, 얼마나 멋진 경지입니까? 반면 어떤 사람은 문제 해결을 좋아합니다. 오래전에 유명세를 탔던 〈맥가이버〉라는 미국 드라마에는 주인공 맥가이버가 어떤 종류의 문제를 만나든 자신이 갖고 있는 과학적 지식과 맥가이버칼로 다 해결해내는 모습이 나오는데요. 정말 감탄스럽습니다. 우리 모두가 사물놀이패의 주인공이 될 수는 없습니다. 멀티 기능인인 맥가이버가 될 수도 없어요. 하지만 우리 모두 노트를 기록하는 사람은 될 수 있습니다.

나만의 노트를 내 글씨로 가득 채우는 것을 즐기는 사람이 되면 어떨까요? 아마 이런 사람은 제가 말하고자 하는 그런 사람이 곧 될 것입니다. 글쓰기를 두려워하지 마세요. 글은 소설가나 시인들만 쓰는 게 아닙니다. 신문기자나 박사, 학자만 글을 쓰는 것도 아니에요. 어떤 종류의 사명에 대하여 그것을 감당하기 위해 성실하게 기록하는 글은 누구나 쓸 수 있습니다. 가장 겸손하면서 가장 강력한 도구로서의 글쓰기, 지금 바로 노트를 꺼내들고 시작해보면 어떨까요?

행복을 관리해주는 노트

몰입은 분명 우리 인생에 있어 가장 큰 고난의 상징인 일(노동)에 대한 적극적 반전입니다. 일에 치여 사는 것이 아니라 일에 빠져 사는 것, 그래서 모든 걱정 근심을 잊어버리는 상태는 분명 가치가 있어요. 그러나 일에 몰입하는 것이 꼭 행복을 의미하지는 않습니다. 참된 행복은 몰입을 떠나 그 몰입에 대한 내적 성찰이 이루어질 때 느껴지는 것입니다. 사실 진정한 몰입이란 모든 것을 잊은 상태이기에 행복감을 느낄 수가 없어요. 정신을 차리고 나면 그저 시간이 훌쩍 지나가버린 상태임을 자각할 뿐입니다.

우리는 모두 행복한 시간을 보내고 싶어 합니다. 의미 있는 일을 하고 싶고, 좋은 사람을 만나고 싶고, 진정한 기쁨을 누리면서 행복감을 느끼길 원합니다. 하지만 행복이란 것은 너무나 주관적이고 또 추상적이기도 하여 지금 이 순간이 행복한 상태인지 아닌지 확신하기 어렵습니다. 누구나 참고할 만한 지표도 없고, 설령 그런 게 있다 한들 '내 상황'에 맞지는 않으니까요. 여러 나라를 대상으로, 다양한 조건과 기준을 잣대로 행복도를 조사하고 그 결과를 숫자로 환산하여 발표하는 '행복지수'도 마찬가지입니다. 우리는 그저 상대화된 결과들을 바라보면서 약간의 자기위안을 일삼을 뿐이지요. 그래서 저는 '나에게 맞는 행복 노트'를 만들기 시작했습니다. 나의 행복, 가족의 행복, 이웃의 행복 등등으로 영역을 구분하고, 각 영역에 들어갈 행복의 조건이나 상태 등을 기록하고, 이를 이루기 위해 할 수 있는 일과 계획을 적고, 실천하는 방법을 구상하고, 결과와 만족도를 평가하고 그 기억들을 갈무리하는 법을 정리했습니다. 놀라운 것은 그 노트를 준비하는 동안 마음이 매우 좋더라는 점입니다. 다람쥐 쳇바퀴 같다고 생각하던 일상이, 누구에게나 같다고 여겨지던 하루 24시간이 전혀 다른 모습으로 보이기 시작했지요.

앞에서 소개했던 곤충학자 류비세프를 잠시 떠올려볼까요? 그는 실로 신비로운 삶을 살았습니다. 평생 자신이 일하는 시간을 마치 금전출납부처럼 기록했지요. 어떤 일을 하든지 자신만의 단위로 시간을 환산해서 말입니다. 그는 벌레의 유충을 구분하는 법을 연구했는데요, '위상수학Topology'을 비롯한 온갖 수학 공식을 동원하여 그 일을 해냈습니다. 그런 노력 끝에 세 종류의 유충을 구분하는 법을 개발했지요. 정년이 된 그에게 소감을 묻자 기자에게 그는 이렇게 대답합니다. "유충의 삶도 이렇게 긴데, 인생은 이렇게 짧군요." 정말 인상적인 말입니다. 아마도 '연구에 몰두하다 보니 내 삶이 짧게 느껴진다'는 뜻이었겠지요. 그러고는 사진을 찍자고 하는 기자에게 그는 엉덩이를 내밀며 대답합니다. "내 얼굴 말고 엉덩이를 찍으

시오. 이것이 오늘의 내가 있게 한 것이니까요."

기록의 화신 류비세프는 연구노트만 쓴 게 아닙니다. 그의 또 다른 대차대조표에는 그가 행복을 목표로 행했던 여러 일에 대한 기록도 존재합니다. 그중 '1년 동안의 취미생활'이란 제목으로 65회의 내용을 소상히 적어놓은 게 있는데요. 자신이 보고 들은 영화나 음악, 참여했던 전람회나 음악회 등을 적은 것입니다. 일에 몰두했던 시간을 고려한다면 결코 적지 않은 투자였지요. 1주일에 1회 이상의 취미생활을 즐긴 셈이니까요. 류비세프의 시간기록표는 단순한 일정 관리 노트처럼 보이지만 실은 적극적으로 행복을 관리해간 흔적의 총체입니다.

누구나 시간 관리를 말하고, 효율을 강조합니다. 하지만 저는 일에서든 인생에서든 효율보다 중요한 것이 있다고 생각해요. 바로 깊이와 너비입니다. 행복에 있어서도 마찬가지입니다. 조그만 행복의 그릇을 만들어놓고 그것을 효율적으로 얻기 위해 발버둥치는 것보다 큰 행복의 그릇을 만들어두고 적극적으로 찾아가는 것이 중요하지 않을까요?

행복은 섬세한 녀석입니다. 관심을 많이 받고 싶어 하는 응석받이이기도 해요. 어디에나 있는 동시에 아무데서도 그 모습을 확실하게 찾아보기 힘든 까다로운 존재이기도 합니다. 그래서일까요? 행복은 관리하고 발굴하지 않으면 모른 채 지나치기 십상이고, 마침내 찾았나 싶다가도 이내 너무도 쉽게 소멸되어 허무해지곤 합니다. 소가 되새김질하듯 우리도 행복을 생각하고 또 생각해보면 어떨까요? 푹

꽂힌 음악을 무한 반복하여 듣는 것처럼 행복을 재생 반복하여 생각해보는 건 어떤가요? 이때 행복 노트는 여러분의 든든한 플레이어가 되어줄 것입니다.

생의 아름다움을 열어주는 노트

누군가의 일생을 정리한 평전을 읽으면 내 인생에 대한 숭고한 자각이 일곤 합니다. 하지만, 역사에 이름을 남긴 사람들의 일생이라고 해서 화려한 성공과 명성만 존재하는 건 아닙니다. 그런 부분은 오히려 일부에 지나지 않습니다. 우리와 같거나 더 비루한 시간들을 견뎌냈다는 걸 알 수 있지요. 그러나 혼란 속에서도 영롱한 아름다움을 추출해낸 그들의 기록을 보면 숙연해집니다. 그들은 자신이 추구했던 진리, 사랑, 아름다움… 이런 것들을 붙잡아 기록하고 조각해서 남겨놓았습니다. 자신의 감동을 같이 나누고자 하는 거룩한 헌신이자 노고인데요. 이것이 바로 인간인 우리가 다른 생물과의 차이를 만들어내는 지점입니다.

그렇습니다. 인간은 본능에 충실한 여타 동물과 달리 진리를 추구합니다. 사고思考의 활약 덕분이지요. 이때 노트 쓰기가 한 몫 톡톡히 합니다. 노트가 곧 사고의 마당 역할을 하니까요. 생각하는 활동 중에는 목적의 수단으로 하는 사고도 있고, 사고 과정 자체를 즐기는 순수한 사고도 있는데, 과학자들의 사고나 헌신적인 연구들은 대개 후자의 경우에 속합니다. 명성이나 경제적인 부가 아닌 자신이 탐구하는 대상의 신비로움과 아름다움에 빠져 사고하는 경우가 대부분인 탓입니다.

우리가 주목해야 할 것은 '대상의 신비로움과 아름다움'이라는 표현입니다. 만일 자연이 아름답지 않다면 그것을 연구한답시고 먹지도 않고 열심히 연구하고 기록했던 뉴턴 같은 사람이 존재할 리 없습니다. 노트는 이처럼 실제적인 발명품을 만들어내는 밑바탕이 되어주기도 하고, 세상 곳곳에 숨겨진 진리의 파편을 건져내주는 역할도 합니다. 예를 들어 레오나르도 다 빈치의 노트를 읽다 보면 그가 아름다움을 추구한 흔적도 볼 수 있지만 동시에 그 과정에서 느낀 희열도 곳곳에서 확인할 수 있습니다. 그는 화가로서의 정체성에 대해 다음과 같이 기록했습니다.

> "화가는 자연과 투쟁하고 자연과 경쟁한다. 화가는 고독해야 하고 그가 보는 것을 숙고하면서 자신과 함께 토론하고, 그가 보는 것의 정수를 뽑아내야 한다. 화가는 앞에 놓인 물체의 색으로 변해버리는 거울처럼 행동해야 한다. 화가는 제2의 자연처럼 행동해야 한다."

노트에서 레오나르도는 자연과 경쟁해야 한다는 명제를 풀어 "보는 것의 정수를 뽑아내야 한다"고 주장합니다. 그야말로 끝없는 사고를 요청하는 일인데요. 레오나르도에게 이 일은 그림을 그리거나 글로 기록하는 것이었습니다. 작업실에 대한 기록도 있습니다.

> "작은 방은 정신을 훈련시키고, 넓은 방은 정신을 산란케 한다."

작은 방과 고독은 사고의 몰입 상태를 고양해줍니다. 생각해보세요. 작은 방에 놓인 작은 책상, 그 위를 밝혀주는 집중 조명, 그 아래 반짝이는 노트…. 정신적인 모든 활동을 집약해놓은 노트 한 권이야말로 레오나르도가 들고 다니던 가장 작은 방이 아니었을까요? 레오나르도는 또한 사색의 시간에 대해서도 기록을 남겼습니다.

> "나는 경험에 의해, 연구하고 있던 것의 윤곽이나 기타 다른 주목할 것들을 저녁 늦게 침대에 누워 곰곰이 생각하는 것이 대단히 이롭다는 것을 알게 되었다. 그리고 이것은 기억해내는 것에 대단히 유용한 방법이다."

침대에 누워 생각하기의 유용성을 보여준 사람으로 데카르트 역시 빠질 수 없는데요. 다만 그는 아침에 일찍 일어나지 않고 늦잠을 자는 척하면서 생각에 잠기곤 했습니다. 사람은 누구나 매번 집중적인 사고를 할 수 없습니다. 이따금 이완된 사고를 통해 생각을 정리하고 완성해가는 것도 필요해요. 경우에 따라서는 노트에 메모하는 것조차 사고를 방해할 수 있습니다. 그래서 머릿속에 모든 것을 완성된 상태로 그려본 다음에야 종이에 펜을 대는 사람도 있습니다.

이러한 몽상적 사고자들의 특징은 노트가 매우 깔끔하다는 것입니다. 레오나르도의 노트는 거울에 비추어 보도록 되어 있을 뿐만 아니라 한 폭의 그림처럼 수정 사항 없이 메모가 되어 있습니다. 수학자 푸앵카레의 경우에도 수정한 흔적이 거의 없는 메모를 남겼는데, 이는 그가 머릿속에서 거의 모든 계산과 논리를 완성한 후 종이에 펜을 댔다는 것을 보여줍니다.

제 멘토인 이시 선생의 노트에도 수정의 흔적이 거의 없습니다. 모든 것이 명확해지면 그때서야 사고 과정과 결과를 노트에 적었기 때문입니다. 그는 또한 요즈음 학자들 세계에 존재하는 물량주의를 경계했습니다. 저마다 논문을 많이 발표하기 위해 애를 쓰지만 실은 그게 그것인 내용을 이리저리 자르고 붙이고 하여 다른 것처럼 탈바꿈시켜 숫자를 늘리는 재주를 부리는 게 대세라는 지적이었습니다. 정말이지 뼈아픈 지적이 아닐 수 없습니다.

좋은 논문이나 좋은 시, 좋은 문학작품은 일생에 한 편이면 충분하다는 정신으로 노력한다면 역설적으로 더 많은 결과를 낼 수 있을 겁니다. 완성도가 떨어지는 결과물들을 여기저기 흘릴 게 아니라 언제고 다시 보고 싶은 그런 작업을 해내는 것이 중요합니다. 그러려면 수없이 많은 메모와 노트가 전제되어야 해요. 이시 선생의 논문에는 가끔 "간단한 계산을 하면 다음과 같은 식이 나온다"라는 표현이 나오는데요. 그의 연구노트를 보면 그 '간단한' 식이 무려 10여 페이지가 넘습니다. 말로는 '간단하다'고 하지만 절대 간단하지 않아요. 가장 단순한 것은 가장 복잡한 과정을 거쳐야만 탄생하는 법이니까요.

이시 선생의 예에서 알 수 있듯이 수정 없이 노트를 작성한다는 것은 머릿속에서 수없는 반추에 반추를 끝내고, 마침내 시인이 시를 읊듯 종이에 생각을 옮겨 적는 것과 다르지 않습니다. 이는 고도의 집중이 이루어질 때, 그리고 매우 높은 단계의 지적 훈련이 이루어질 때 가능한데요. 이때 가장 중요한 것은 오직 한 가지만 생각해야 한다는 점입니다.

레오나르도 다 빈치가 "무엇을 연구할 때 한 가지를 완전히 익혀서 어느 곳에나 적용할 수 있기 전에는 다른 것을 하지 말라"고 경계한 것은 의미 있는 지적입니다. 물론 단 하나의 주제에 집중하려고 하루 종일 한 가지만 생각할 수 있는 사람은 많지 않습니다. 시대가 그런 환경을 허용하지 않아요. 멀티태스킹 능력이 각광을 받는 시대니까요. 또 일부 사람들은 멀티태스킹 능력이 두뇌 진화의 결과인 듯 떠듭니다. 우리가 종종 컴퓨터 모니터에 서너 가지 작업 화면을 한꺼번에 띄워놓고 일하면서 희열을 느끼는 것도 같은 맥락일 테죠. 하지만 짐작하다시피 이러한 일의 한계는 분명합니다.

아름다움이나 진리를 추구하는 깊이 있는 내면의 숙성을 위해서는 고대의 선배들이 사용했던 방법이 유효합니다. 황홀한 디지털 시대에 아날로그 노트 쓰기를 강조하는 배경인데요. 우리는 한 권의 노트를 펴는 순간, 그리고 자신의 사상을 육필로 나열하는 순간, 비로소 내면의 여행을 떠날 수 있습니다. 그리고 마지막 목적지에서 자신의 생을 다 바쳐도 좋을 인생의 주제를 만날 수 있습니다.

지속력을 키워주는 노트 쓰기

작심삼일作心三日은 무서운 말입니다. 만일 우리의 결심이 '생각대로' 오래간다면 이 세상엔 당장 없어질 것들이 많을 겁니다. 대학교도 없어질 것입니다. 공부하기로 마음먹고 끝없이 공부하는 사람에게 잠시 가르치는 대학교의 수업은 불필요합니다. 누군가 그런 말을 했습니다. 인구절벽 시대에도 대학이 살아남는 이유는 '작심삼일' 때문이라고요. 반면 만일 우리가 작심삼일을 이기고 결심한 바를 실천한다면 성공은 반짝이며 우리가 걸어가는 인생길에서 꽃처럼 환하게 웃어줄 겁니다.

세상에는 재주꾼도 많고 천재도 많습니다. 많이 배운 사람들도 넘쳐납니다. 그러나 이 모든 장점보다 더 뛰어난 장점이 있습니다. 바로 지속력입니다.

캘빈 쿨리지의 명언을 들어볼까요?

"이 세상에서 지속력을 이길 것은 아무것도 없다. 타고난 재주도 못 이긴다. 재능이 넘치지만 성공하지 못한 사람보다 흔한 것은 없다. 천재도 안 된다. 비운의 천재 이야기는 속담이 되었다. 교육으로도 못 이긴다. 세상에는 많이 배운 실직자들이 넘쳐난다. 오직 지속력과 결정이 무한한 힘을 발휘한다."

지속하는 힘, 버티는 힘은 우리의 인생을 원하는 목적지로 데려다 줍니다. 문제는 작심삼일을 이길 방법을 찾는 것입니다. 멘토를 두어 상담하기도 합니다. 매주 좋은 말씀을 듣기도 합니다. 책을 읽습니다. 이런저런 방식으로 작심삼일로 달려가는 마음을 다시 잡으려고 합니다. 그러나 지속력의 대가들은 모두 노트를 들고 있었습니다.

다윈을 보십시오. 그는 직업도 없이 한적한 교외에서 열 자녀를 두고 연구에 몰두합니다. 그가 연구를 그만두어야 할 이유는 손가락이 모자랍니다. 그가 하는 연구는 당시 사회의 분위기상 해서는 안 될 불온한 연구였습니다. 가정을 꾸리기 위해 이런 불온한 연구를 집어치우고, 직업을 구하는 것이 더 좋았을 것입니다. 그러나 그는 평생을 이 불온한 연구에 바쳤고, 그 결과를 세상에 펼쳐냈습니다. 그 놀라운 지속력 뒤에는 수많은 수첩과 폴리오 더미가 있었지요. 그는 쓰고 또 썼습니다.

아무도 알아주지 않는 무명의 세월을 견디어낸 많은 사람들이 한결같이 말하는 자신의 노트, 자신의 일기에는 끝없이 마음을 다시 잡는 지속력을 향한 자기 암시와 자기 격려가 들어 있습니다. 사냥으로 생계를 이어가던 원시인들조차 동굴에 벽화를 그리며 사냥 의

지를 불태웠습니다. 동굴 벽에 그려진 사냥감을 보는 순간 이들은 그들의 습성을 떠올리며 동시에 알맞은 사냥법을 구상했을 것입니다. 지난 번 사냥에서 만났던 위험한 순간과 가장 힘센 동물을 잡았던 히어로를 떠올렸을 것입니다. 기록은 지속력을 지속시켜줍니다.

전쟁의 와중에도 이순신 장군은 하루도 빠짐없이 일기를 썼습니다. 그것이 바로 『난중일기』지요. 여기엔 날짜와 날씨가 정확히 쓰여 있습니다. 특별한 일이 없는 날에는 그저 "관가에 나와 일을 보았다"라는 짧은 문장이 쓰여 있습니다. 목숨이 오락가락하는 전시에 그는 집요하게 일기를 기록하며 마음을 잡았습니다. 그에게 이 기록은 전투의 의지를 지속시키는 거룩한 예식과 같은 일이었을 것입니다. 기록은 언제 우리가 멈추었는지를 알려줍니다. 그리고 그 멈춤이 얼마나 아픈 것인지를 일깨웁니다. 우리는 기록을 다시 읽으며 멈춘 자리에서 다시 일어날 용기와 방법을 생각하게 됩니다. 기록은 지속에 의해 지속됩니다. 동시에 기록은 지속을 지속시킵니다.

좋은 감정을 위한 노트

오늘날 우리는 수많은 감정 노동에 시달립니다. 관계는 날로 복잡해지고, 직업상 말도 안 되는 상황을 참아내야만 하는 경우도 허다합니다. 선인들은 마음을 다스리는 것을 으뜸으로 삼고, 이를 일생 수련의 항목으로 여겼습니다. 무사는 전투에 앞서 평정심을 찾는 것을 최고로 생각했고, 화를 다스리고 온화한 표정과 말투를 사용하는 것을 어진 인격의 상징으로 간주했습니다. 불필요한 언쟁이나 마찰을 줄이기 위해 사람 사이의 예절을 중요하게 여겼지요. 그러나 오늘날 현대인들은 너무나 바쁘고, 치열한 경쟁 속에 살다 보니 남을 챙길 여유조차 없어진 듯합니다. 걸핏하면 화를 내고 언제 다시 볼 것이냐는 식으로 함부로 행동합니다. 온라인상에서는 더욱 심한 모욕적인 언사가 난무합니다. 악성 댓글로 상처를 받고 목숨을 끊은 유명인들이 생겨나기도 합니다.

우리는 김연아 선수처럼 초특급 멘탈을 갖고 싶지만 그렇게 쉽지 않습니다. 금세 불안해지고 금세 화가 납니다. 분노anger와 공포fear는 쌍둥이처럼 다가와 이렇게 저렇게 우리를 몰고 갑니다. 화가 날 때 말을 하지 말고 숨을 쉬며 호흡의 숫자를 세어보는 것을 권하기도 합니다. 뭔가 불안하고 집중이 안 될 때, 아무 잡지나 펴놓고 어느 부분을 노트에 그저 옮겨 적기만 해도 마음이 편해지고 집중이 되는 경험을 해보았을 겁니다. 감정이 우리 영혼을 뒤흔들 때, 조용히 종이를 펴고 노트를 하는 것은 매우 효과적인 마음 다스림이 됩니다. 할 일이 많고 되는 일이 없어 불안하여 상담을 신청해보면 대부분 불안한 내용을 종이에 적어보라고 합니다. 한 번 종이에 쓰다 보면 사실 A4 한 장을 다 채우기도 힘든 경우가 많습니다. 종이 한 장도 안 되는 불안을 놓고 이렇게 고생하였다니, 하는 생각이 들 정도인데요. 쓰는 가운데 해결책이 머릿속을 왱왱 돌아다니기도 합니다.

이런 효과를 놓고 많은 사람들이 노트의 비결을 알려줍니다. 어떤 사람은 노트를 3등분하여 먼저 언짢은 일을 적고, 그다음 항에는 그 언짢음에 대한 반대 해석을 적어보도록 권합니다. 그리고 마지막 항에는 새로운 대응 방법을 쓰라고 합니다. 이를 테면 세 칸짜리 변증법 노트를 만드는 것입니다. 정正에 대한 반反을 쓰고 이 둘을 바라보며 모순을 해결하는 합合의 제3의 길을 얻어내는 것이지요. 이렇게 하면 동시에 내가 어떤 일로 격분하고 어떤 일로 마음 아파하는지 알 수 있습니다. 그러나 그 어떤 일에 다른 사람들이 나와 똑같이 반응하는 것은 아니기에 스스로 자신만의 특성을 알아가게 됩니다.

뉴턴 같은 위대한 천재는 모든 일에 모범이 되었을 것이라 생각하기 쉽지만 그도 사람인 것이 그의 편지에 잘 드러납니다. 오랫동안 로크John Locke, 1632~1704와 언쟁을 벌여왔고 어떤 날에는 견디기 어려운 분노가 목을 감싸기도 했다는데요. 뉴턴이 로크에게 보낸 편지를 보면 그가 어떻게 글로 화를 표현했는지 알 수 있습니다.

> 선생님, 선생님께서 여자들 문제와 다른 문제로 저에게 번거롭게 하려고 애쓰신다는 생각이 들어, 저는 굉장히 방해를 받고 있습니다. 그래서 누군가가 선생님께서 병이 나서 사시지 못할 것이라고 말했을 때, 저는 선생님께서 돌아가시면 좋겠다고 대답했습니다. 이러한 잔인한 말에 대하여 선생님께서 저를 용서해주시기 바랍니다.

이런 편지를 보내고 뉴턴의 마음은 편해졌을까요? 더 불편해졌을 겁니다. 그러나 우리 역시 이런 편지를 쓰고 싶을 정도로 몹시 화가 날 수 있습니다. 이럴 때 노트에 자신의 솔직한 심정을 쓰면 마음속의 화를 방출하는 효과를 얻을 수 있어요. 그리고 시간이 지나 다시 그 글을 읽을 때는 어떤 오해가 풀려 있을 수도 있고, 어떤 경우엔 "그때 내가 왜 그렇게까지 흥분했을까?" 하면서 상황을 돌이켜보기도 합니다. 이처럼 자신을 들여다보는 과정은 어떤 일이 벌어진 그 순간 자신의 상태를 정확히 기록해두지 않으면 결코 완성할 수 없습니다.

최근 감사노트의 기적에 대한 책이 여러 권 나왔습니다. 하루에 한 가지라도 감사할 일을 찾아보는 것은 삶을 바라보는 관점을 끝없이 교정해주는 효과가 있다고 합니다. 우리는 나의 관점이 이탈되어 가는 것을 눈치 채지 못하는 경우가 많은데요. 관련된 에피소드를 한번 볼게요.

어떤 생리학자가 깊은 동굴로 들어가서 생활하는 실험을 자원했습니다. 그는 잠이 오면 불을 끄고 잠이 깨면 불을 켰으며, 배가 고프면 밥을 먹었습니다. 그가 하는 이런 기본적인 생활은 동굴 밖에 신호로 전달되었습니다. 사람들은 그의 생활 리듬을 기록하기 시작했습니다. 처음 몇 달 동안 그는 외부 사람과 별 차이 없이 생활했습니다. 그러나 시간이 지나면서 그의 하루는 우리의 24시간이 아니라 40시간, 급기야 60시간으로 늘어났습니다. 그의 생체 리듬이 점점 느려진 것입니다. 생리학자들은 우리의 생체 리듬을 튜닝해주는 제1요소로 태양을 꼽습니다. 아침마다 떠오르는 태양은 우리의 생체 리듬을 리셋reset해주고 규칙적인 하루를 살게 해줍니다.

마찬가지입니다. 우리 마음의 흐름과 태도에도 어떤 리듬이 있습니다. 그 리듬을 리셋해주는 것은 마음의 건강을 위해 꼭 필요한 일입니다. 감사노트는 그런 면에서 매우 의미가 큽니다. 마음을 감사로 향하게 바꿔주는 것이니까요. 종교인들이 규칙적으로 종교의식을 거행하는 것도 그들의 영성을 다시 리셋하는 목적이 큽니다. 우리는 이러한 예식과도 같은 행위를 리추얼ritual이라고 부릅니다.

노트는 리추얼이 될 수 있습니다. 작가들은 글쓰기의 시간과 장소를 특별히 정해놓고 글을 쓰는 사람이 많습니다. 이들은 이러한 리추얼이 그들의 글쓰기를 돕는 기본임을 고백합니다. 무라카미 하루키는 규칙적으로 글을 쓰고 규칙적으로 운동하면서 일상을 보내는 것으로 유명합니다. 예복을 입고 저녁마다 서재로 들어갔던 마키아벨리 역시 동일한 리추얼로 마음을 리셋했던 현자賢者입니다.

나의 품격을 지켜내는 노트

디지털 초 연결 시대에 살고 있습니다. 우리의 일상은 수없이 노출되고 교환됩니다. 그러면서 우리는 간혹 SNS에서 그토록 행복한 사람이 정말 행복할까 의문을 품기도 합니다. 실제로 SNS에 올리는 많은 내용들은 자신을 이런 사람이라고 말하고 싶은 콘셉트에 따르는 경우가 많습니다. 사실, 우리의 내면을 속속들이 공개한다는 건 사람마다 정도의 차이는 있겠지만 그리 쉬운 일이 아닙니다. 이 점을 염두에 두고 우리 삶의 공간을 구분해봅시다.

첫째, '광장廣場'입니다. 이곳은 공공의 장소입니다. 멋진 옷을 입고 남의 눈에 띄고자 하는 곳입니다. 여기서 멋진 퍼포먼스를 하거나 연설을 하면 금세 사람들의 주목을 받습니다. 광장은 오늘날에는 SNS이기도 하고, 방송이기도 하고, 강단이기도 합니다. 리더들은 저마다 큰 소리로 자신의 주장을 외칩니다.

두 번째 공간은 '거실居室'입니다. 우리는 여기서 휴식을 취하기도 하고 가까운 친구들과 담소를 나눕니다. 다소 사적인 이 공간에서는 흉허물을 좀 늘어놓아도 밖으로 새나가지 않습니다. 소규모의 모임에서는 다양한 창의적 아이디어가 오고갑니다. 요즘 방송에서도 이런 소규모 거실 분위기로 연출하는 토크쇼가 유행입니다. 포장마차에서 나누는 정담을 연출하기도 하고, 여행을 다니면서 다양한 체험을 교감합니다. 그러나 사실 이것은 광장에 세팅된 '공개된 거실'에 지나지 않아요.

세 번째 공간은 '내실內室'입니다. 우리는 침대에 드러누워 잠을 자기도 하고 혼잣말을 하기도 합니다. 남에게 보이지 않는 공간인 내실에서 우리는 모든 흉허물을 드러내고 지냅니다. 그리고 그 흉허물의 의미를 음미합니다. 우리의 관심은 어쩌면 온통 광장에 쏠려 있는지도 몰라요. 그러나 저녁이 되면 집으로 돌아가 우리와 친밀한 내실로 들어갑니다. 그래서 내실은 정기적으로 우리의 광장에서 벌였던 허풍을 잠재우고 다시 '나'로 돌아오게 해주는 신비로운 공간이지요.

광장에서만 사는 사람들이 있습니다. 이들은 거실도 내실도 없는 사람들입니다. 우리는 그들을 '노숙자' 혹은 '홈리스'라고 부릅니다. 안타깝게도 성공했다는 사람들 중에는 이런 홈리스가 많습니다. 홈리스 정치가, 홈리스 성직자, 홈리스 CEO, 홈리스 교수…. 왜 이들은 집이 없이 광장에서 노숙을 할까요? 자기만의 내밀한 내실도 없어지고 몇몇 지인과 나눌 정겨운 공간마저 잃어버린 채로 말입니다. 이들은 어떤 장소에서든 어떤 시간에든 광장에서 하는 연설처럼 말합니다. 지킬 수 없는 말을 선포합니다. 자신에게도 똑같은 잘못이 있음에도 불구하고 분노를 퍼부으며 남을 정죄합니다. 멋지게 보이고 유명세도 얻지만 품격은 좀 낮아 보이는 광장의 홈리스들이에요. 내실이 없기 때문입니다.

우리는 비교적 간단한 방법으로 내실을 다질 수 있습니다. 바로 노트 쓰기를 통해서죠. 어디에서든 언제든 우리가 노트를 펼치는 순간, 바로 나와 직면하게 됩니다. 나의 고민, 나의 문제, 나의 결점, 나의 불행… 이런 모든 것이 들어 있는 나만의 노트. 이것을 들고 있는 한 우리는 어느 광장에서든 금세 내실로 순간 이동할 수 있습니다. 차분하게 내 자신을 들여다보면서 '나에게 과연 이런 말을 할 자격이 있는지' 한 번이라도 더 생각하게 될 겁니다. 이 같은 성찰이 습관화된 사람이 광장에 설 때, 비로소 우리는 그 진정성에 감탄하게 될 것입니다.

노트는 들고 다니는 내실입니다. 우리는 언제나 스스로의 진정성을 잃지 않고 품격을 지켜낼 작은 방패를 가방에 넣어 다닐 수 있습니다. 노트는 진정성의 향기로 우리를 지켜주는 품격의 원천입니다.

나를 인생의 주인으로 만들어주는 노트 쓰기

진리나 아름다움에 대한 몰입적 추구만이 우리 인생을 탁월한 명품으로 이끄는 것일까요? 우리는 모차르트의 재능을 바라보며 자신에게 그보다 적은 재능을 준 신을, 천재의 재능을 알아볼 수 있는 눈만 준 신을 원망하는 살리에리의 고통을 알고 있습니다. 영화 〈아마데우스Amadeus〉는 그래서 처절하고 슬픕니다. 살리에리는 분명 아름다움을 추구했고, 음악의 정수를 탐구했습니다. 그러나 그는 음악의 주인공이 될 수 없었어요. 주인공은 늘 모차르트였고, 살리에리는 그런 모차르트를 바라보며 감탄하고 속상해할 뿐이었습니다.

한 번뿐인 내 인생에서 내가 주인공이 될 수 없다면 과연 우리의 인생은 무엇일까요? 물론 자기 스스로 보조역으로 인생을 정의했다면 그 역할은 적어도 본인에게만큼은 찬란한 주인공과 같겠지만요. 우리는 대개 그런 인생을 '희생적'이라고 표현합니다. 2018년 평창동계올림픽 스노보드 하프파이프에서 금메달을 딴 한국계 미국인 클로이 킴의 아름다운 비상은 감동을 자아냅니다. 그의 뒤에는 모든 것을 헌신한 아버지가 있습니다. 딸의 재능을 일찌감치 알아차린 아버지가 자신의 역할을 딸의 후원자로 정의한 거예요. 자발적이기에 더욱 아름다운 희생과 헌신입니다.

후회 없는 인생이란 자신이 결정한 역할을 살다 가는 것입니다. 그 순간 전체로 보면 조역일지라도 자기 인생에서는 주인공이 되는 거예요. 자기 앞에 주어진 생을 자기의 결단으로 당당히 살아나가는 길에서 노트가 큰 역할을 감당하기도 합니다. 특히 스마트폰으로 전 세계의 정보가 손 안에 들어온 오늘날, 노트는 우리 생각의 원천으로 작용합니다.

제 지인은 '노트광'입니다. 그는 글로벌 대기업에 입사한 뒤에 한 가지 결심을 했습니다. "한 달에 한 권씩 노트를 써보자." 그는 한 달에 한 권을 소모하기 위해 매우 열심히 노력했어요. 효과는 곧 나타났고, 얼마 지나지 않아 그는 스스로 잡사라고 부르지만 실제로 온갖 지식으로 가득 찬 현명한 사람이 되었습니다. 당연히 그의 머릿속엔 아이디어가 넘쳤고, 덕분에 많은 문제들을 현명하게 해결하기 시작했습니다. 그는 승승장구했고 드디어 임원중에도 높은 임원이 되었습니다. 어느 날 그의 집무실에 들렀더니 제게 과거 자신의 노트를 보여주더군요. 성공의 실체를 확인하면서 감개무량했답니다.

잠시 옛 생각이 났습니다. 퍼듀대학의 비행장 실험실의 2층에 있던 이시 교수는 저를 불렀습니다. 그곳에는 작은 연구실 하나가 늘 문에 잠겨 있었는데, 그곳을 보여준 거예요. 그는 또 자신의 연구노트로 꽉 찬 책장을 보여주었습니다. 오늘날의 그가 있게 해준 수많은 노력의 흔적이었습니다. 성공의 단서들을 노트만큼 이렇게 명확히 보여줄 수 있는 게 또 있을까요?

그러나 지금은 이런 아날로그의 시대가 아닙니다. 고성능 컴퓨터를 비롯하여 온갖 멀티미디어 기기가 난무하는 디지털 시대에 새삼 아날로그 노트를 이야기하는 것이 구태의연하게 들릴 겁니다. 태블릿도 아니고 노트북 컴퓨터도 아니고 종이 노트를 준비하라니요! 종이에 글자를 쓰는 것보다 컴퓨터 자판을 두드리는 것이 훨씬 빠른 현대인에게 다시 연필을 쥐고 글을 쓰라니요! 이는 어쩌면 최첨단 기기로 무장한 현대의 검투사에게 갑옷을 벗기고, 칼 대신 호미를 쥐어주는 격일지도 모릅니다.

도대체 왜 노트를 준비하라는 걸까요? 일단 노트 쓰기와 친했던 사람들이 매우 뛰어난 삶을 살았다는 사실을 기억해주시기 바랍니다. 우리가 앞서 살펴본 것처럼 그들은 컴퓨터 출현 이전의 사람들이 대부분이지만 자신의 생각을 지속적으로 관리해나간 탁월한 '지식 경영인'들이자 오늘날 우리가 소위 '천재'라고 부르는 사람들입니다. 물론 여러분이 "천재는 그냥 천재일 뿐으로 우리와 종족이 다른 사람"이라고 치부한다면 저도 더는 주장할 것이 없습니다. 하지만 그들도 원래는 우리와 같은 사람이었는데, 아주 크게 달라진 사람이라고 생각한다면, 적어도 그들이 어떻게 달라졌는가를 살펴볼 필요가 있을 겁니다.

20세기에는 과학 혁명의 스타가 많지만 그중에 단연 돋보이는 천재는 아인슈타인입니다. 그의 천재성에 의심을 품는 사람은 없어요.

오죽하면 그의 두뇌를 아직도 보관하면서 연구하고 있을까요? 그러니 제가 "아인슈타인도 실은 우리와 비슷한 사람이었다. 아니 우리보다 조금 모자란 사람이었다"라고 말한다면 화를 낼 분이 있을지도 모릅니다. 하지만 객관적인 경쟁 세계에서 아인슈타인이 성공한 흔적은 어디에서도 찾아볼 수 없습니다. 학교에서 쫓겨난 데다가 성적도 이루 말할 수 없었어요. 대학 입시 역시 엉망이었고, 졸업하고는 오갈 데 없는 백수의 나날을 보냈습니다. 이랬던 그가 세상을 놀라게 했기 때문에, 대단한 발견을 했기 때문에, 후대의 우리는 그의 실패조차 '천재라서 그런 것'이라는 프레임으로 미화하고 있는 건 아닐까요?

사실을 있는 그대로 받아들이면, 아인슈타인은 학업에 실패한 학생이었습니다. 그런 그가 위대한 인물이 된 데에는 분명 비밀이 있었습니다. 만일 그가 하늘이 낸 완벽한 천재였다면 더는 이야기를 진행할 이유가 없지만, 저는 그를 위대함에 이르게 한 어떤 방법이 존재했다고, 그것은 바로 노트 쓰기였다고 확신합니다.

노트는 자신의 지식과 삶을 경영하면서 그 과정 및 결과를 두루 기록하는 도구입니다. 다른 상황에 처하면 날아갈지도 모를 지금 이 순간의 아이디어를 기록하고, 갈피 없는 생각을 정리해주고, 일상의 시간을 관리하고, 넘쳐 나는 정보 중 꼭 필요한 것들만 담았다가 확인할 수 있도록 도와줍니다. 따라서 노트를 가지고 있는 사람과 그렇지 않은 사람의 정보 습득, 그리고 정보 활용 면에서의 차이는 분명하게 드러납니다. 현명하게 자산을 관리하는 사람과 아무 생각 없이 물 쓰듯 돈을 쓰는 사람의 차이처럼 말입니다.

물론 컴퓨터를 켜고 인터넷만 연결하면 모든 지식이 내 손 안에 들어오는데, 꼭 기억하고 싶으면 휴대폰 녹음 기능을 이용하면 되는데 굳이 아날로그 노트를 들고 다닐 필요가 있겠나 하고 되물을 수 있습니다. 하지만 인터넷을 검색하고 채팅하느라 소모하는 시간과 노력을 생각해보면, 금세 수지타산이 맞지 않음을 알 수 있습니다. 어쩌면 대부분의 현대인들은 목적 없이 유랑하는 무리처럼 인터넷을 항해하는 지식 유령선의 선원일지도 모릅니다. 그래서 남이 만든 정보를 내 것처럼 믿으며, 남의 사상에 기생하고 있는 건 아닌지 한 번쯤 고민해보아야 합니다.

앞서 말씀 드린 노트광 임원의 이야기로 돌아갑니다. 그분은 최근 아날로그 노트에서 디지털 노트로 바꾸셨다고 저에게 자랑하셨는데요. 손글씨로 가득 찬 노트는 사라지고 이제 그의 책상 위에는 매월 한 권의 제본된 출력물이 놓이게 되었습니다. 스마트폰으로 찍은 사진, 인터넷으로 얻은 자료 등이 넘쳐나는 문서를 바라보면서 제 마음이 흔들렸습니다. 이전에 보았던 노트—평범하고 투박하며, 손글씨로 어지럽기까지 한—와 달리 지금의 출력물은 더 많은 정보와 이미지로 가득하지만 그만의 독창적인 아이디어는 줄어든 듯한 느낌 때문입니다. 노트에서조차 주인공의 자리를 내려놓을 수밖에 없는 현실이 바로 편리함을 무기로 삼은 디지털의 맹점입니다. 노트에서조차 주인공이 되지 못한다면 우리는 과연 어디에서 인생의 주인공으로 설 수 있을까요?

아날로그 노트의 귀환

이제 우리는 현란한 현대 정보기기의 화면에서 잠시나마 탈출해야 합니다. 그리고 텅 빈 노트를 펼쳐 들어보세요. 스프링 노트도 좋고, 풀로 제본한 옛날 노트도 좋습니다. 줄이 있어도 좋고 없어도 됩니다. 노트를 사러 가기 귀찮다면 주변에 있는 종이를 모아 스테이플러로 간단하게 묶어도 좋아요.

이제 여러분의 책상 위에는 노트와 필기구가 있고 이것들을 바라보는 가장 중요한 '여러분 자신'이 존재합니다. 모든 준비가 갖춰졌어요. 이제 여러분은 1600년대의 천재들과 하나도 다를 것이 없습니다. 오히려 그때보다 훨씬 고급스러운 양질의 노트와 필기구를 갖고 있지요. 만일 여러분이 뉴턴과 책상을 맞대고 같이 앉아 있는 상황이라면 그는 분명 여러분의 필기구와 노트에 관심을 표명하면서 엄청 부러워할 겁니다.

노트라는 아날로그 세계에 들어온 이상 무한경쟁 생각은 잊으세요. 한 장 한 장 물리적으로 묶인 그 답답함이 인터넷을 뒤지던 손

끝의 감각을 가로막더라도 조급해하지 마세요. 그러면 무엇을 해야 하냐고요? 상상하고 관찰하세요. 오징어 먹물로 만든 잉크를 깃털 펜에 묻혀 부지런히 글을 쓰는 뉴턴, 독특한 방법으로 스케치를 일삼는 레오나르도, 수정 하나 없이 노트를 써내려가는 이시 선생의 모습을 눈으로 따라가 보세요. 무엇을 쓰고 있을까, 이제까지 얼마나 썼을까 궁금할 겁니다. 책상과 서재를 가득 채운 종이 묶음을 보면서 여러분은 그것들이 바로 박물관에서 볼 수 있는 귀한 필사본이라는 것을 알게 되겠지요. 이런 생각도 들 겁니다. "대체 언제 휴식을 취했을까?", "저토록 느려빠진 속도와 열악한 작업 조건으로 그토록 위대한 일을 해냈다니!"

컴퓨터 없이도 정말 위대한 일을 해낸 그들을 바라보면서 우리는 반성할 수밖에 없습니다. 어쩌면 컴퓨터와 텔레비전이라는 정보 과잉 상자에서 우리는 정신적 포화 상태가 되어 역동성을 상실한 무척추동물처럼 흐느적거리고 있는 것인지도 모릅니다. 여러분도 이따금 여행지에서 편리함을 뒤로 하고 원시적인 환경에 들어가 도회지에서 달고 온 많은 생각들을 일시에 정리한 경험이 있을 겁니다. 원시로의 회귀는 문제를 단순화시키는 힘이 있습니다. 시골 밤하늘의 별이 명료하듯이 문제의 본질을 드러내주는 덕분인데요. 컴퓨터 시대에서 원시로 회귀하는 방법은 정말이지 간단합니다. 아날로그 노트로 회귀하면 끝이니까요.

노트를 펴면 정보의 원시적 마당이 펼쳐집니다. 익숙한 글씨로 기록된 이전의 생각들을 읽을 수 있는데요. 그 글씨들은 우리에게 다음에 해야 할 생각을 요청합니다. 기록은 불연속적인 우리의 사고를 연속적으로 이어주는 매개체이기 때문입니다. 우리의 사고는 끊임없는 수정과 보완을 요청하는데요. 사실 우리는—훈련된 상태가 아니라면— 생각만큼 오래 집중하기 힘듭니다. 〈메멘토Memento〉[1]라는 영화에 등장하는 주인공처럼 극단적이지는 않겠지만 우리의 생각도 대개 작은 간섭에 의해 연기처럼 사라지곤 합니다. 이러한 특징 때문에 많은 사람들이 하얗게 밤을 새우면서 연속적인 생각을 만들어내고자 노력하지요.

『적과 흑*Le Rouge et le Noir*』의 스탕달Stendhal, 1783~1842은 자신의 연약한 암기 능력을 보완하기 위해 끝없이 기록했습니다. 『천재와 광기』라는 책에 소개된 그의 일화를 보면 믿을 수 없는 기억력을 보완하기 위해 손에서 연필을 놓지 않았던 삶이 고스란히 담겨 있습니다. 그는 읽은 책의 가장자리, 빈 종이, 편지, 일기장에 끝없이 생각을 적곤 했습니다. 심지어 누가 편지를 보내면 거기에 그와의 만남이며 헤어진 경위 등등 시시콜콜한 사항까지 모두 적었다고 해요. 표현을 빌자면 "그는 연필을 쥐어야 비로소 생각을 시작하는 사람 같았다"고 합니다. 빈약한 기억력을 극복하고 무려 60~70권의 책을 저술한 바탕에는 이와 같은 기록의 힘이 있었습니다. 자칫 광적으로 보이는 스탕달의 메모는 불필요한 사고를 의도적으로 배제하고 꼭 필요한

—

1 크리스토퍼 놀런이 감독 및 각본을 맡은 저예산 독립 영화로 '단기 기억 상실증'이라는 소재와 충격적인 '반전'으로 유명한 작품이다. 비선형 및 역순 구성으로 되어 있는 복잡한 플롯과 그것을 뒷받침하는 작품성을 인정받아 2016년 BBC에서 선정한 「21세기의 위대한 영화 25」에 선정되었다.

것만을 기술하고자 하는 의도에서 비롯된 습관입니다. 꼭 스탕달이 아니더라도 사람은 누구나 연필을 쥐는 순간 무엇인가를 그리거나 쓰게 됩니다. 단어 하나가 되었든 동그라미가 되었든 뭔가를 끼적거리는데요. 신기하게도 우리의 의식은 거기서 영롱하게 깨어납니다.

노트는 요술램프다

어떤 주제가 떠오르면 우선 노트를 한 권 사세요. 그리고 그 노트에 방금 떠오른 주제에 대한 모든 것을 천천히 기록해보세요. 신문이나 잡지를 읽다가 관련 자료들이 보이면 스크랩도 하고, 남의 주장을 비판도 하면서 자신의 생각이 자라는 과정을 그곳에 기록하는 겁니다. 나중에 그 노트를 보면 절반 이상이 횡설수설일 수도 있고, 아무리 읽어도 무슨 뜻인지 알 수 없을 때도 있으며, 밤에 쓴 연애편지처럼 유치해 보일 때도 있을 겁니다. 그러나 이런 아쉬움과 부끄러움의 모습들을 견디다 보면 어느 순간 정연한 논리로 깔끔하게 정돈된 노트를 발견하게 될 것입니다. 노트 한 권에 하나의 주장을 만들어낼 수만 있다면 창조성을 끄집어내는 알라딘의 요술램프로서 손색이 없지요.

이 방법은 퍼듀대학의 히비키 교수가 즐겨 쓰는 방법입니다. 그는 항상 3공 스프링 노트를 들고 다니며 하나의 주제에 대해 한 권의 노트를 사용하는 것으로 유명한데요. 그곳에 그는 온갖 시시콜콜한 계산과 생각을 모두 적습니다. 생각이 정리되면 워드프로세서로 다시 타이핑하여 노트에 붙이고요. 그러고 나면 스프링 노트는 어느새 배불뚝이가 되어 있지요. 두툼한 배불뚝이 스프링 노트는 마치 생각이 자라는 것처럼 점점 두꺼워지고, 어느 날 새로운 생각을 주장하는 한 편의 논문으로 탄생합니다. 요즘 같은 디지털 시대에 이런 기록 방식은 매우 독특하게 보여요. 분명 중요한 생각 모두를 컴퓨터에 기록했는데도 그것을 다시 프린트해서 노트에 붙이고, 거기에 또 자신의 생각을 연필로 적어 넣잖아요. 이 방법을 사용한 결과 그는 많은 장점을 발견했습니다.

첫째, 노트가 두꺼워짐에 따라 생각이 자라는 것을 피부로 느낄 수 있다는 것입니다.

둘째, 언제 어디서나 노트를 펼치고 생각할 수 있고 남과 토론할 수 있다는 것이지요. 요즈음은 대다수 분들이 노트북 컴퓨터를 들고 다니지만, 전원 스위치를 넣고 운영체제가 부팅되기를 기다리고 파일을 열어 어떤 코멘트를 한다는 것은 번거롭기 그지없습니다. 물론 액정 모니터에 직접 기록하는 태블릿 컴퓨터도 활용되지만 이것은 결국 실제 노트에 프린트한 종이를 붙인 것과 다를 바 없습니다. 가장 손쉬운 방법은 손이 닿은 종이에 그림도 그리고 생각을 전개한 뒤 이를 노트에 직접 붙이는 것입니다. 글씨를 아주 못 쓴다거나 깔끔한 것을 좋아한다면 나중에 워드로 출력해서 노트에 붙여도 되고요. 가장 중요한 것은 생각이 나는 즉시 노트에 기록하는 일입니다.

셋째, 노트 쓰기는 한 가지 일에 몰두하게 해줍니다. 컴퓨터를 켜면 공연히 인터넷을 뒤지게 되고, 이메일을 살펴보고 답장을 쓰고, 뭔가 좋은 거 없나 하면서 쇼핑하고 싶어지는 멀티태스킹의 유혹에 빠져들게 됩니다. 그 사이 우리의 집중력은 분산되고, 생각도 끊깁니다. 노트는 어떤가요? 어떠한 멀티태스킹의 유혹도 없습니다. 너무나 원시적인, 아날로그적 존재일 뿐이니까요.

넷째, 노트는 우리의 다양한 시도를 다 받아줍니다. 어느 순간 떠오른 영감을 끼적거린 껌 종이나 포스트잇, 스티커 등을 마음껏 붙일 수 있습니다. 이러한 물리적 매체는 언제나 그 내용을 전체적으로 인식하게 해준다는 장점이 있는데요. 포스트잇 한 장을 붙일 때의 분위기, 배경, 마음, 함께했던 사람 등을 모두 떠오르게 해줍니다. 이것은 한 장 한 장 클릭해서 넘기는 디지털 문서가 절대 갖추지 못하는 매력이에요. 자신이 기록한 노트를 읽어나가는 과정에서 우리의 두뇌는 다양한 사고를 융합하는 작업을 수행할 수도 있습니다. 특히 손수 쓴 글씨와 그림, 컴퓨터로 출력한 문서를 붙인 노트는 묘한 매력을 자아내기 마련입니다. 이를 테면 새로운 종류의 하이브리드인 셈입니다. 일반적인 진짜 낙서장과는 사뭇 다른 모습이죠.

이러한 노트는 생각을 적극적으로 키워나가는 데 안성맞춤입니다. 모든 생각이 정리되어 활자화되는 순간까지 전 과정을 보여주거든요. 마치 바둑판같습니다. 처음에는 텅 빈 공간에 포석을 늘어놓고 집을 짓지요. 노트의 처음 부분엔 두서없는 끼적거림과 스케치가 난무합니다. 그러다 어느 순간 한두 페이지의 프린트된 출력물이 붙기 시작하고, 노트의 맨 뒷부분에 이르면 정연하게 프린트된 출력물이 붙게 됩니다. 즉 남에게 보여도 되는 상태, 자랑스러운 상태가 되는 것입니다.

이런 노트는 창조적 생각을 키워주는 인큐베이터입니다. 그것을 들고 다니며, 언제 어느 곳에서든 노트를 펴는 순간, 곧장 그 생각에 침잠할 수 있어요. 화살처럼 날아가는 시간과 복잡한 현대를 살아가는 우리에게도 이런 사색의 노트 한 권쯤 필요하지 않을까요? 그 노트는 분명 우리의 삶을 더욱 깊고 풍요롭게 만들어줄 것입니다.

chapter5

에필로그

노트 쓰기로 내 안의 보석을 캐낸다

슬기로운 노트 생활

'천재'라고 불리는 사람들의 노트 쓰기에 대해 쓰면서 저는 머리가 아팠습니다. 마음 깊은 곳에서 "그렇게 천재들의 삶을 뒤져서 얻은 게 무엇이냐?"는 질문이 계속 울렸기 때문입니다. 그들이 우리와 같은 인간으로서—물론 어떤 사람은 판이하게 다르겠지만— 인생의 비슷한 고통을 겪었다 한들, 그리고 그것과 관련이 있든 없든 위대한 업적을 이루었다는 게 과연 우리에게 어떤 의미를 가진단 말인가? 하는 의문 때문이었습니다. 하지만 그들은 도도한 역사의 흐름 속에 이름을 남겼고, 지금도 논의할 가치가 충분합니다. 우리는 어떨까요? 그들의 뛰어남을 칭송하면서도 흡사 유명 연예인 소식을 주고받을 때처럼 대중적인 잣대에 따라 천재들의 사생활 이야기를 나누는 것은 아닐는지요?

그들의 삶을 들여다보는 과정에서 힘들었던 점이 있습니다. 전기물 내용이 산만할 뿐 아니라 대부분 1차적 자료에 의존했다는 것, 따라서 전기 작가의 상상력으로 채색된 것이 많았다는 점이었습니다. 왜곡이나 오해가 발생할 가능성이 있다는 점에서 매우 조심스러웠습니다. 하지만 개인적으로 가장 힘들었던 것은 『천재와 광기』를 읽을 때였습니다. 문학적으로도 완성도가 높다고 하는 전기 작가 츠바이크의 화려한 언술은 제게 수도 없이 이 책 쓰기를 포기하라고 명령하는 것 같았어요. 츠바이크가 빙글빙글 웃으면서 "글을 쓰려면 나 정도는 써야지" 하는 것 같았습니다. 사실을 찾아 소개하고, 이를 해석하고, 그 결과물들을 유려한 문장으로 표현한 그의 글쓰기는 시종일관 저를 압도했습니다.

천재들의 삶을 살피면서 부딪쳤던 또 하나의 문제는 이들이 탁월함에 이를 수 있었던 길이 '노트 한 가지'였다고 강변하는 것은 아무리 봐도 지나친 것 같다는 점이었어요. 세상에 글 한 자 안 쓰고 사는 사람이 어디 있을까요? 내면의 소리가 저에게 이렇게 속삭였습니다. "그들 중 일부가 노트에 깊이 의존했던 건 사실이지만, 그건 부차적인 거였어. 그들은 그냥 타고난 천재였던 거라고. 그 사실을 받아들여. 그들은 우리랑 다르게 특수한 분야에 특별한 재능을 타고난 사람이라니까!" 이 같은 속삭임과 제법 심각하게 싸운 끝에 저는 마음을 잡았습니다. "그런 거창한 천재는 아닐지라도 우리가 관심을 둔 어떤 작은 영역에서는 탁월함을 보이거나 '달인' 소리 정도를 들을 수 있지 않을까?" 하고 말입니다. 그 길을 걷는 것, 그 열매를 즐기는 것이 인생의 즐거움일 겁니다. 메마른 땅에 내리는 단비처럼 말입니다.

이런 마음으로 조사하고 연구해보니 적어도 그 대단한 천재들에게는 천재성을 유지하고, 끊임없이 발전시킨 원천으로서 노트가 매우 유용했음을 확인할 수 있었습니다. 기억력이 박약한 천재이든 현실에 적응 못한 천재이든 이들은 모두 자신의 단점을 극복하거나 그 단점을 통해 자신의 탁월함을 끌어내고 이를 연마하는 데 노트를 활용했습니다.

함께 살펴보았던 사람들의 면면이 기억나지요? 시대를 전환할 만큼 '위대'했던 사람들, 인생의 변곡점에서 치고 올라가 성취를 누렸던 '비범'한 사람들을 우리는 두루 만나보았습니다. 그들은 모두 무엇인가를 '쓰는' 매우 단순해 보이는 일에 몰두했어요. 물론 그 쓰기의 과정이 녹록한 것은 절대 아니었습니다. 자신만의 특별한 방법이 있었고, 노트 쓰기 자체에 몰입했으며, 기록의 과정을 즐겼습니다. 아주 슬기롭게 말입니다.

가드너 씨, 천재만 탁월한 삶을 살 수 있나요?

심리학자 가드너Howard Gardner, 1943~는 인간의 두뇌를 분석하여 '다중지능'이론을 제시한 것으로 유명합니다. 『다중지능: 인간 지능의 새로운 이해』, 『비범성의 발견』, 『열정과 기질』 등을 집필한 교육이론의 대가로서 최근 우리나라에는 『창의성의 열쇠를 찾아서』가 소개되었습니다.

그는 두뇌의 각 영역이 대표하는 지능을 지능의 요소로 상징하고, 두뇌의 생리적 연구와 심리적 연구를 체계적으로 연결하는 시스템을 연구했습니다. 특히 연구를 통해 IQ 일변도로 개인의 지적 능력을 판정하는 데 반론을 제시하면서 지능이란 "어떤 문화권에서 가치 있게 인정되는 문제를 해결하거나 산물을 창조해내는 능력"이라고 정의했습니다. 바로 인간이 인지하는 대상과 인지하는 뇌의 부분을 연결함으로써 인간의 마음의 변화와 발달을 문화적 틀에서 이해하고자 한 것인데요. 특히, "• 그 지능에만 작용하는 특정 두뇌 영역이 있어야 한다, • 최고와 최저의 발달 수준이 있어야 한다, • 나름의 정보 처리 기제가 있어야 한다, • 그 능력만이 요구되는 특정한 과제가 있어야 한다, • 독립적인 하나의 지능으로서 다른 지능과 구별될 수 있어야 한다, • 누구나 겪는 발달 과정이 있어야 한다, • 진화적인 특성을 가지고 있어야 한다, • 관련 상징체계를 가지고 있어야 한다"와 같은 조건을 통해 인간에게는 종래 IQ테스트의 요소였던 논리수학 영역의 지능뿐 아니라 공간 지능, 신체 운동 지능, 대인 지능, 자성 지능, 자연 지능 등이 있음을 주장했습니다.

가드너는 이러한 지능이 독립적으로 작용하기도 하지만 한 인간의 삶의 여정에서 상호 관계하며 종합적인 결과를 낸다고 주장했는데요. 프로이트, 아인슈타인, 피카소, 스트라빈스키, T. S. 엘리엇, 간디 등의 삶을 분석하여 창조성의 근원을 파악했으며, 마가렛 미드, 허친스, 오펜하이머, 교황 요한 23세, 마틴 루터 킹, 대처 등을 분석하여 리더십을 연구하기도 했습니다. 이처럼 그는 각 분야에서 세계적으로 탁월한 수준에 도달한 인물들을 전기적으로 분석하여 각 분야의 지적 능력이 어떤 경로를 통해 높은 수준까지 발달했는지, 그 과정에서 개인적인 요인과 사회문화적 요인은 서로 어떠한 관련을 맺고 있는지 분석했습니다.

가드너의 이론은 비범함에 이르는 일반적인 패턴을 알아내는 데 중요한 도구로 쓰였습니다. 그리고 제아무리 뛰어난 사람도 하는 일이 맞아야 하고, 그 결과가 중요해질 사회적·문화적 시기와 여건이 맞아야 한다는 아주 평범한 결론이 도출되었는데요. 즉 어떤 개인이 비범함을 유지하려면 시대의 요청을 미리 간파하는 혜안을 갖거나, 운이 억세게 좋거나, 아니면 그런 혜안을 가진 훌륭한 선생을 만나야 한다는 결론입니다. 하지만 너무 평범한 결론 아닌가요? 사실 거의 모든 종류의 원칙적인 연구 결과나 사상은 평범한 진리에 귀결되어 결국 개인이 할 일이 거의 없어진다는 단점을 보여주지만요.

그러나 하루하루를 살아가는 생활인에게 필요한 것은 장황한 이론이 아니라 실천 가능하고 단순한 지침입니다. 데카르트가 다양한 진리에 대한 학설을 뒤로 하고 단순하게 네 가지의 원칙을 정하고 실천한 것처럼, 어쩌면 가장 간단하고 단순한 원칙을 정하고 실천하는 것이 필요할지도 몰라요. 제가 노트를 한 권 마련하고 그곳에 생각을 나열하는 끝없는 끼적거림을 권하는 배경입니다. 노트 쓰기는 머릿속의 다양한 지능을 형상화하고, 시간의 흐름을 포착하여 활자화해주고, 의식의 흐름을 잡아내고, 이것들을 서로 연결하여 지속하게 해주는 고차원적인 행위입니다. 어디 그 뿐인가요? 노트 쓰기는 문제를 더욱 또렷이 인식하게 해주고, 무의식이 이를 풀어갈 수 있도록 강화해주기도 합니다. 손가락을 통해 뇌에 확실하게 자극을 줌으로써 몸으로 마음에 들어가는 행위이기도 하지요. 수많은 탁월한 지성이 노트 쓰기를 실천한 이유도 여기 있습니다.

글쓰기의 연장통

종이, 연필, 노트, 펜… 아날로그 방식으로 글을 쓰는 데 필요한 것은 이 외에도 많습니다. 글을 쓸 공간과 시간이 있어야 하고, 책상이나 받침대도 필요하지요. 지우개나 수정 펜이 있어야만 안심하고 글을 쓰는 사람도 있고, 누군가는 잉크를 넣어 쓰는 아날로그 식 만년필만 고집하기도 합니다. 이처럼 사람마다 중요하게 여기는 도구는 다르지만 대개 이런 것들이 글을 쓰는 데 사용되는 '연장'이라 할 수 있어요.

사람에 따라 "특정한 장소에서만 글을 쓸 수 있다"고 말하기도 합니다. 하지만 '특정한 장소에서의 글쓰기'는 제약이 많습니다. 특정한 장소, 특정한 불빛, 특정한 음악이 흐르는 곳을 원할수록 우리의 글쓰기는 제한되고, 생각은 밑 빠진 독의 물처럼 새어나가게 마련입니다. 정작 글을 쓰러 찾아간 장소에서 방금 전까지 펄떡이던 아이디어가 어디론가 증발되는 경험을 아마 몇 번쯤 하셨을 겁니다. 설령 기억이 남아 있다 한들, 흥정이 오가는 시장 한복판에서, 고단함을 싣고 달리는 퇴근길 지하철 안에서, 경주마가 막 골인하는 순간 환호성과 탄식 사이에서 끼적인 몇 줄의 글처럼 생생할 수 있을까요? 아마도 힘들 겁니다.

물론 이렇게 만들어진 글을 갈무리하는 특정한 장소 하나쯤 갖고 있으면 참 좋습니다. 일종의 집필실이자 편집실 같은 곳인데요. 이런 곳에서는 생각을 정연하게 가다듬을 수 있습니다. 멋진 책상과 책꽂이가 있는 나만의 서재를 마련하는 것도 좋은 일이지만, 그냥 자신만의 공간을 만드는 것도 좋습니다. 최근에는 자신만의 도서관을 만드는 사람들도 많아졌습니다. 컨테이너 하우스를 개조하여 그곳에 책을 넣어두고 보는 사람도 있지요.

제가 추천하고 싶은 글쓰기의 또 다른 연장은 여행입니다. 버트런드 러셀의 서재를 찾았다가 알게 된 사실인데요. 그의 전기를 갈무리한 서류에 일생을 연도별로 자세하게 기록해놓았는데, 정말 여행을 많이 다녔더군요. 여행하는 중에 러셀은 글을 많이 썼습니다. 사실 여행만큼 우리의 생각을 집중하게 해주는 것은 없습니다. 일례로 KTX를 타면 고속으로 달리는 기차의 독특한 환경이 스스로 집중하게 만듭니다. 간이 책상 위에 노트를 펼치고 작은 실내등을 켜면 강력한 불빛이 지면으로 쏟아집니다. 그곳은 바로, 기차를 능가하는 속도로 달리는 생각의 갈피에서 찾아낸 실마리들이 안착할 장소입니다. 홀로 하는 여행은 설렙니다. 얼핏 고독해 보이지만 풍성합니다. 익숙한 것들을 새로운 각도에서 관찰하게 해주고, 생각 거리를 던져주고, 각성을 요구하고, 욕망을 끌어내주니까요.

여행의 고독은 내면과의 만남으로 이어집니다. 낮에 만난 수많은 사람도 결국은 여행이 가져다주는 본질과의 만남을 주선하는 부속물입니다. 도착한 곳의 풍광이 낯설면 낯설수록, 우리는 자신을 지키기 위해 더욱 자신의 내면에 다가가게 마련인데요. 이 절호의 기회를 이용하여 생각을 가다듬는 과정은 생각나는 단어를 몇 자 종이에 적는 사소한 행동으로 시작됩니다. 그러는 사이에 두뇌의 전 영역을 연필로 터치하는 효과가 나타날 테고, 우리의 지능은 다양한 방면으로 강화되며 성장하게 될 것입니다.

여행을 계획하셨다면 준비물 리스트에 노트를 추가하세요. 이미 여행 중이라면 아무 문방구에나 들러 노트를 사세요. 그런 다음 무엇이든 생각나는 대로 그리거나 끼적거려보세요. 당신의 노트가 펜과 만나는 순간, 생각의 날개도 인생의 나래도 펼쳐질 것입니다.

노트 쓰기 팁을 드립니다

서점에 가면 '노트의 힘'을 역설하는 책들이 제법 눈에 띕니다. 저는 즐거운 마음으로 새로 나온 노트 관련 책들을 사 봅니다. '이분은 이런 생각을 하셨구나, 이분은 이렇게 노트를 쓰는구나….' 세상에는 노트 쓰기의 달인들이 무궁무진합니다. 가끔 동료 교수의 방에 들러보면 "와, 정말 노트의 달인!"이라고 외치고 싶은 사람이 한둘이 아닙니다. 얼마 전 법률대학원의 제임스라는 친구 교수를 찾아갔습니다. 그는 앞에서 말씀드린 류비세프가 통곡을 하고 갈 정도로 시간관리가 대단한 사람입니다. 그의 수첩에는 모든 것이 기록되어 있습니다. 제임스는 웃으며 "나는 머리가 나빠서 이렇게 써야만 해" 하고 말했습니다. 저는 "맞아. 너는 머리가 너무 나빠"라고 웃으며 맞장구를 쳐주었지만 정말 대단한 노트입니다. 이제 글을 정리하면서 노트 쓰기의 팁을 드리는 것이 예의일 것 같습니다. 물론 노트의 달인들에겐 송구스런 일이기도 합니다.

정자체로 또박 또박 쓰세요

급하면 급할수록 쓸 수가 없습니다. 사실 세상 일이 그렇게 급할 것이 없습니다만, 마음이 급한 것이 문제입니다. 아이디어가 폭포처럼 쏟아질 때 이것을 노트에 쓴다는 것은 불가능합니다. 우리는 대신 종이에 점을 찍기도 하고 삼각형을 그리기도 하면서 생각을 따라가려 애를 씁니다. 그러나 얼마 후 생각해보면 이 점에서 저 점으로 가는 사이에 엄청난 비약이 있다는 것을 알게 됩니다.

폭발하는 생각은 정리가 안 되고 망각의 휴지통으로 들어갑니다. "천천히 또박 또박 쓰십시오." 저는 이시 교수와 대화하면서 그가 점 하나를 찍는 데 그토록 천천히 찍는 것을 보면서 신기해하기도 했습니다. 그러나 그 느림 속에서 폭주하는 생각도 한 줄기 실처럼 정렬됩니다. 그리고 연필이 종이를 스칠 때, 생각은 0차원의 점과 1차원의 선으로 변모합니다. 낮은 차원은 생각을 붙잡고 생각을 연결해줍니다. 천천히 쓰다 보면 어느 새 자신이 쓰는 속도를 잊어버립니다. 나중에 보면 제법 빠른 속도로 아주 단정한 글이 눈앞에 보일 것입니다.

다시 읽으십시오

노트를 쓰는 이유는 잊어버리기 위해서가 아닙니다. 다시 읽기 위해서입니다. 그래서 앞서 말씀드린 정자체로 쓰는 것이 필요합니다. 마구 흘려 써놓으면 다시 읽을 마음이 생기지 않습니다. 노트를 다시 읽는다는 것은 나의 이전 생각을 들여다보는 것입니다. '생각을 생각하는' 행위입니다. 이것을 우리는 메타인지meta cognition라고 합니다. 이러한 성찰은 자신의 한계를 뛰어넘어 탁월함으로 나가게 해주는 원동력입니다.

노트를 잘 쓸 뿐만 아니라 노트를 가슴에 품고 다니며 틈날 때마다 읽으십시오. 새로운 생각을 여백에 기록하세요. 여러분의 생각은 점점 자라나서 마침내 사람들의 마음을 파고드는 위대한 통찰을 던져줄 것입니다.

영감을 자아내는 땀 흘림으로 노트하십시오

디지털 시대에 버튼 하나면 수백 장의 보고서가 날아들고 사진이 찍히고 인쇄가 됩니다. 이런 시대에 종이에 글을 쓴다는 행위는 여간 괴로운 것이 아닙니다. 한 문장의 글을 쓰는 데 소용되는 행위만큼 마우스를 클릭하면 우리는 아마 수십 건의 자료를 보게 될 것입니다.

그러나 종이에 글을 써나가는 노동은 독특합니다. 이리저리 생각하다가 갑자기 떠오르는 황홀한 영감과 달리 고통스런 노동이고 땀 흘림입니다. 영감은 인스피레이션inspiration입니다. 영감spirit이 들어오는in 계시적인 일입니다. 그러나 땀 흘림은 퍼스피레이션perspiration입니다. 우리 안에 있는 신의 것을 꺼내는 것, 그것이 땀 흘림입니다. 노트를 하는 노동은 바로 우리 안의 천재를 꺼내는 노력입니다.

끝까지 쓰십시오

쓰다가 버린 노트들이 많을 것입니다. 그래서 노트 사기가 겁나는 분들도 있을 테지요. 돈이 문제가 아니라, 아직도 쓸 종이가 많이 남았는데 그래서 미안해서 책꽂이에 두었는데, 어느 날 "에라, 모르겠다" 하고 쓰레기통에 버리면서 드는 죄책감. 이때 80대 20의 법칙인 '파레토Pareto의 법칙'의 힘을 사용해보세요. 노트를 사기 전에 마음속에 쓰고 싶은 열정과 내용을 생각해 주세요. 그리고 그것이 어느 정도 가슴에 차오르면 노트를 사십시오. 그리고 쉬지 말고 20퍼센트를 써 내려가십시오. 이제 그 노트는 결코 버려지지 않습니다.

남은 80퍼센트의 20퍼센트를 쓰고 또 그렇게 하세요. 얼마 가지 않아 노트 한 권이 여러분의 생각으로 가득 찰 것입니다. 또 하나, 너무 두꺼운 노트를 사기보다 적당한 두께의 노트를 사는 것이 좋습니다. 두꺼운 한 권을 사서 다 못쓰는 것보다는 얇은 노트를 여러 권 쓰고 제본소에 가서 하나로 묶어달라고 하는 편이 보람 있습니다. 저는 개인적으로 여러 권의 노트를 한 권으로 묶는 제본기술을 익혀서 활용한답니다.

작은 노트 혹은 수첩도 좋습니다

수첩으로 고생하는 사람들이 많이 생겨서 역시 기록은 안 하는 게 좋겠군 하는 생각을 하는 사람들이 많을지도 모릅니다. 『조선왕조실록』을 기록한 기록의 민족이 일제강점기와 한국전쟁을 겪으면서 써서 좋을 것이 없다는 무기록의 민족으로 변했습니다. 그러나 이제 기록과 창조의 시대, 우리는 기록해야 합니다.

언제 어디서나 기록하는 가장 좋은 도구는 수첩입니다. 호주머니에 쏙 들어가는 수첩에 기록하고 기록합니다. 회의 중에도, 휴식 중에도, 이동 중에도 우리는 수첩을 놓고 기록할 수 있습니다. 수첩 한 권에 하나의 주제를 완결할 수도 있습니다. 다윈은 그런 면에서 수첩의 달인입니다. 그의 『종의 기원』은 작은 몰스킨 수첩 한 권에서 탄생했습니다. 작으면 집중됩니다. 더 좁고 더 깊게 들어갈 수 있습니다. 수첩이 주는 집중력을 활용하세요.

숨겨놓은 천재를 꺼내는 독학자가 되십시오

이제 긴 이야기를 마무리할 때가 되었습니다. 단초는 "천재는 정말 타고나는 것일까?"라는 의문이었어요. 저는 이 같은 세간의 통념을 부정한 다음 범인이 탁월함에 이를 수 있는 방법을 생각해보았습니다. 결국 데카르트적 실천이 요청되었고, 출발은 우리가 적어도 몇 개 분야의 지능이 뛰어나다는 사실을 인정해야 가능하다는 것을 알게 되었습니다. 우리 자신은 잘 모르지만, 신은 우리 안에 이미 '저마다의 천재성'을 심어놓은 것입니다. 결론은 단순합니다. "어떻게 나의 천재성을 피워낼 것인가?" 하는 거죠. 무엇을 할 것인가는 각자의 몫입니다. 그러나 어떻게 할 것인가에 대한 답은 확실하게 드릴 수 있습니다.

노트를 사십시오. 그리고 바로 지금부터 쓰기 시작하세요. 항상 노트를 들고 다니세요. 심심할 때마다 노트를 펼쳐보세요. 지난 기록을 훑어보거나 새로 떠오르는 아이디어를 기록하세요. 이렇게 하다 보면 한 권의 노트에서 아주 멋들어진 결론 하나 정도는 무난하게 나올 겁니다. 몇 년을 지속하면 여러분의 서가에는 자기만의 주장이 담긴 노트가 꽉 찰 겁니다. 그리고 마침내 여러분은 인류가 전승해온 자기 발전의 원칙에 따라 지성의 가족이 될 것입니다.

정보 홍수의 시대에 자기만의 노트를 만들라 하고, 여기에 한 줄 한 줄 글을 써나가라고 권한다는 것은 디지털 시대에 아날로그를 외치는 것처럼 보입니다. 시대착오적인 모습처럼 느껴지기도 하고 꼰대처럼 보일 수도 있습니다. 클릭 한 번, 터치 한 번이면 SNS상에 글과 사진을 올릴 수 있는 시대에 구식 노트에 글을 쓰라니! 그러나 "문을 잠그고 음악을 크게 틀어놓고 글을 쓰라"는 스티븐 킹의 말처럼 문을 열어놓고 길거리에서 쓰는 디지털 글쓰기와 달리 노트 쓰기엔 어떤 비밀스러움과 몰두의 향기가 있습니다. 우리 삶에 끼칠 영향도 다르겠지요.

과거에도 글 몇 줄 쉽게 써들고서 대중에게 즉흥 연설을 하던 사람들이 존재했습니다. 하지만 그중에는 그 '글 몇 줄' 쓰기 위해 밤잠을 설쳤던 사람도 분명 존재합니다. 그들의 글은 곧 긴 사색을 기록한 결과물이었고, 그것은 결국 인류 발전에 지대한 영향을 끼칩니다. 우리는 그들과 같은 업적을 남기지 못할지도 모릅니다. 그러나 적어도, 탁월함에 이르는 도구로서의 글쓰기에 도전할 수 있습니다.

오늘 우리의 교육은 자기만의 노트를 만들어 생각을 키워가는 교육보다 주입식 교육에 치중되어 있습니다. 겉모양은 다양해졌지만 속은 변하지 않았어요. 유전자변형 과일처럼 크기는 사과인데 맛과 모양은 수박인 교육이 여전히 대세입니다. 그래서 여전히 문제 하나에 등급 자릿수에 목숨을 걸고 올인합니다. 경쟁심만 충만해진 마음은 불안하기만 하지요.

우리 사회가 찰나적인 경쟁에 몸을 맡기지 않아도 되고, 심오한 궁금증 하나 떠오르면 유유자적 거기 매달려 생각해도 되며, 이것저것 궁리하면서 시행착오를 해도 나무람이 돌아오지 않는 그런 괜찮은 사회라면 얼마나 좋을까요? 이제 우리 노트를 들고 우리 안의 천재성을 꺼내는 그런 세상을 만들어봅시다.

노트 쓰기 활용 팁

종이, 연필, 풀, 칼

예로부터 종이는 정말 귀한 것이었다. 펄프 종이가 나오기 전에는 양의 가죽을 가공하여 만든 양피지를 종이로 사용했던 시절이 있었으니, 종이에 대한 귀함은 이루 말할 수 없을 것이다. 사실 돈도 동전보다는 종이로 만든 돈이 더 고가이니 우리의 유전자에 종이가 매우 귀한 것이란 생각이 각인된 것도 무리가 아니다. 귀한 종이는 종이를 만드는 과정에서도 잘 나타난다. 우리의 한지를 특히 '백지白紙=百紙'라고 부르는 것은, 한지 한 장을 만드는 데 백 번의 공정이 들어가기 때문이라고 한다.

흰 종이는 텅 빈 공간이면서 동시에 가장 완벽한 '가득 참'이다. 비움과 채움의 미학은 동양과 서양의 차이를 나타내지만 이제 비움과 채움은 더 큰 의미로 승화되었다. 흰 종이와 같은 젊은이들을 채워가는 것이 교육이라면, 잘못된 채움이 가져오는 불행은 우리의 가슴을 저민다. 흰 종이에 줄을 치면 종이가 메모장으로 변신하는 대 사건이 벌어진다. 이런 종이엔 그림보다는 글을 써넣어야 한다.

그림은 따로 그려 붙여 넣어야 제 맛이다. 그래야 그림 안에 줄이 드러나지 않을 테니까.

종이와 연필은 다시 풀과 칼을 부른다. 종이를 자르고 붙이는 도구들이다. 자르고 붙이는 것은 비단 종이만이 아니다. 우리의 생각도 자르고 붙여야 한다. 데카르트의 합리주의는 우리의 생각을 어떻게 잘라서 참인 명제를 만들 것인가와 참인 명제를 붙여서 전체도 참이 되도록 애쓰는 생각의 방법 아닌가? 연필로 쓴 글씨를 지우는 지우개가 작은 오류의 수정이라면 칼과 풀은 혁신의 상징이다.

종이 접기, 종이 찢기는 종이를 물리적으로 변형시키는 것이다. 이 변형은 종이를 매체로 우리에게 어떤 형상을 던져준다. 오늘도 천 마리 학을 접는 사춘기의 학생이나 종이로 인형을 만들고 예술작품을 만들어내는 종이 예술가들의 손놀림은 놀랍기만 하다. 종이는 그곳에 연필이 닿지 않아도 늘 우리 주변에 있으면서 우리로 하여금 생각하게 한다.

종이는 우리의 생각을 갈무리할 뿐만 아니라 우리로 하여금 그곳을 생각으로 채우도록 유혹한다. 이 달콤한 유혹은 생각과 생각의 충돌 속에 새로운 생각을 잉태하는 마당이다. 무의식 속에서 형성된 모호한 생각도 종이 위에 나타날 때 비로소 그 실체와 가치가 표현된다.

풀로 붙이는 정보관리

'풀로 붙이는 정보관리'라는 말은 어쩌면 요즘 시대에 전혀 맞지 않는 소리일지 모른다. 인터넷을 켜고, 도처에 존재하는 정보를 찾아

여행을 다니는 데 모두가 익숙해져 있기 때문이다. 그러나 다른 한편 넘치는 정보로 인해 고통 받고 있는 자신을 발견하게 된다. 많은 정보를 선별하여, 꼭 필요한 정보로 만드는 정보의 가공은 개인의 능력과 취향을 따른다.

인터넷 정보를 관리할 수 있는 좋은 도구 중 하나가 블로그이다. 필요한 신문도 스크랩할 수 있고, 음악과 미술과 사진 모두 갈무리가 가능하다. 블로그에 갈무리된 정보를 프린트해보라. 아마 그 방대한 분량에 놀랄 것이다. 부족한 정보 못지않게 넘치는 정보도 사람을 무능하게 만든다. 넘치는 정보를 차단하는 방식은 정보를 획득한 매순간 주의를 기울이는 것이다. 이 정보를 취할 것인지 버릴 것인지 고민해야 한다. 그런 관점에서 정보를 갈무리하는 체계가 불편할수록 정보의 양은 제한된다. 현대의 과학은 정보의 수집과 생산을 용이하게 도와준다. 그렇다면 현대 과학의 편리함을 던져버리고 원시로 회귀하는 방법이 필요하다. 그것이 바로 풀로 붙이는 정보 획득이다.

정보를 얻거든 가급적 프린트하라. 우리는 프린트를 하려고 할 때마다 프린트할 가치가 있는지 고민하게 된다. 사실 인터넷에서 얻은 정보를 노트에 책의 형태로 곧바로 부착하기란 쉽지 않다. 워드로 받아들이면 턱없이 페이지가 늘어나기도 하고, 불필요한 그림과 표가 들어가기 십상이다. 그래서 그냥 파일 상태로 저장하고 이름을 붙이는 정도다. 그러나 우리가 일단 프린트를 하고 나면, 그 정보는 인류가 오랫동안 익숙했던 매체인 종이로 변신하게 된다. 프린트된 정보는 몇 번이고 되풀이하여 읽을 수 있고, 아무 때나 아무 곳에서나 읽을 수 있고, 수시로 의미와 의문점들을 찾아내어 메모할 수 있다.

우리는 연필과 종이로 온갖 것을 표현한다. 이러한 원시로의 회귀는 우리에게 그 정보에 적극적으로 개입할 수 있는 여유를 부여한다. 비로소 우리의 뇌는 종이의 냄새를 맡으며 사고하기 시작한다. 공간이 부족하면 우리는 그 문서에 포스트잇이나 필요한 만큼의 종이를 풀로 덧붙이고, 우리의 생각을 기록할 수 있다.

이렇게 덕지덕지 메모가 붙은 프린트 물은 쓰레기통에 던지기에는 너무나 아까운 나만의 자료로 재탄생한다. 이제 이 자료를 다시 스캔해서 인터넷에 올리는 방법도 좋은 방법이 된다. 그러나 항상 들고 다닐 수 있는 노트에 붙이면 가장 좋은 갈무리가 된다. 노트마다 제목을 붙이고, 자료를 얻은 출처와 그때 당시의 간략한 상황을 메모한다면 더욱 친근한 자료가 될 것이다.

직접 만든 일정관리

문구점마다 고가의 시스템 다이어리가 눈에 띈다. 가죽으로 양장되어 있고, 속지도 매우 고가이다. 두툼한 시스템 다이어리를 바라보면 마치 CEO라도 된 듯한 느낌이다. 이러한 정형화된 다이어리를 사용하는 것도 바쁜 현대를 살아가기 위해서는 하나의 좋은 방편일 것이다. 그러나 다른 한편 정형화된 시스템에 나의 일상을 던져버리는 것 같은 생각도 지울 수 없다. 거창한 시스템 다이어리보다 간략한 나만의 다이어리를 만들어보자.

최근 메모 노트의 중요성을 강조한 책들이 쏟아져 나오고 있다. 자유로운 발상을 노트에 남기고 이를 통해 성공을 이룬 사람들의 이야기가 주를 이룬다. 이들 중에는 메모광도 있어 경우에 따라서는 흉내 내기가 다소 꺼려질 수 있다. 그중 눈길을 끈 한 예가 있는데, 바로 가수 윤형주 씨의 노트다. 그는 스프링 노트에 자신의 모든 일정을 메모한다. 한 권의 스프링 노트에 몇 년 치의 기록이 담겨 있어 지난 몇 십 년의 삶이 기록으로 고스란히 남아 있다. 윤형주 씨가 그런 독특한 기록 습관을 갖고 있다는 사실도 놀라웠고, 그의 창의적인 기록 방식도 놀라웠다.

이런 방법은 사실 우리 모두가 잘 배워서 활용해야 한다. 흔한 스프링 노트 한 권으로 삶을 변신시킬 수 있다니 얼마나 멋진 일인가? 나도 그를 흉내 내 사용하고 있는데, 사실 시스템 다이어리보다 훨씬 편리하고 나만의 개성을 담을 수 있어 자랑스럽기까지 하다. 윤형주 씨가 노트 겉장이 닳으면 노트집에 가서 다시 노트를 묶어 달라고 부탁한다는 것도 이해가 간다.

우선 들고 다니기 편리한 크기의 스프링 노트를 고르라. 스프링 노트가 아니어도 상관없지만, B5 크기의 노트 정도면 무난하다. 노트는 대부분 28칸으로 되어 있다. 이것을 네 칸씩 나누면 일주일이 구분된다. 칸마다 기능을 부여한다. 첫날은 일요일부터 시작하는 것이 좋다. 보통 달력들도 일요일에 시작하는데, 일요일의 첫 칸에 한 주일의 모토나 목표를 적을 수 있기 때문이다. 종교인이라면 가슴에 새길 말씀을 적는 것도 좋다.

일정 관리를 위해서는 당연히 달력이 필요하다. 매월이 시작되는 페이지에는 달력을 오려 붙인다. 달력에는 다양한 스케줄을 잡고 한눈에 체크하여 약속을 정할 수 있도록 해준다. 이처럼 스스로 만든 일정 관리 노트는 자신이 원하는 형태로 얼마든지 멋지게 만들 수 있다.

포스트잇의 활용

『CEO의 다이어리는 무엇인가 다르다』는 책에는 성공으로 이끄는 여러 가지 기법이 나온다. 그중 하나가 시스템 다이어리에 '할 일'과 '한 일'을 적어서 붙이는 방식으로 작업을 관리하는 CEO형이다. 이러한 방식은 자신이 만든 일정 관리 노트를 활용하면 더 쉽게 할 수 있다. 칸이 넓기 때문에 다양한 작업을 얼마든지 기획하고 완수할 수 있다.

여러 가지 크기와 색상의 포스트잇을 사서 일정 노트에 자신의 일을 구분하고 예정과 진행, 완료, 검토, 확인 등으로 표시하면 아주 분명하게 목표를 이끌어나갈 수 있다.

개발노트 만들기

가끔은 자신의 주장을 정연하게 펼칠 논문을 써야 할 경우가 생긴다. 학위 과정에서는 지도교수가 있어서 논문의 방향을 의논해주기도 하고 결과를 해석하는 과정에 참여하여 다양한 의견을 제시해주기도 한다. 경우에 따라 친절한 지도교수를 만나면 논문을 쓰는 문체까지 손을 보아주는 경우도 있다. 누구나 경험하는 일이지만 논문을 쓴다는 것은 여간 성가신 일이 아니다. 무엇을 연구할 것인지 결정하는 것부터 모든 과정이 만만치 않다. 다행히 좋은 주제를 잡았다고 해도 항상 연구 과정에 암초가 도사리고 있어 어느 순간 어려움이 발생할지 모른다.

요즈음은 대학의 학부 과정에도 논문을 작성할 것을 요구하는 경향이 생겼다. 취득 학점이 예전에 비해 많이 줄어든 반면에 학생에게 자율적인 학습의 시간이 많이 부여되었다. 그러다 보니 학생들은 졸업을 앞두고 자신이 배운 지식을 총정리하여 무엇인가를 만들어 보고 구현하는 과정을 갖게 된다. 마치 서구 대도시의 마천루마다 맨 꼭대기를 장식하는 돌, 즉 캡스톤을 얹으면 건물이 완성되는 것과 같다. 특히 공학교육에서 많이 시도된다.

요즈음은 학부생들도 논문을 많이 쓴다. 대학원도 그렇지만 학부 과정에서 논문을 쓰는 것은 쉬운 일이 아니다. 학부 과정 자체가 수업에 집중되어 있는 탓에 논문 쓸 시간을 배려하지 않기 때문이다. 툭 하면 퀴즈를 보아야 하고 끊임없이 요청되는 리포트들을 쓰다 보면 언제 일주일이 지났는지 모른다. 그러다가 어느 날 중간발표를 한다고 하면 그때서야 난리가 벌어진다. 아무것도 한 것이 없는데 무엇을 발표한단 말인가? 지도교수를 만나서 이러고저러고 한참을 의논한 뒤 발표할 소재를 찾는다. 가까스로 발표하고 나서는 또 일상에 묻히고, 한참 지난 후 다시 발표 공고가 나면 또 마음이 어두워진다. 지도교수를 찾아가 또 한참을 의논하고, 가까스로 과제보다는 약간 시간을 더 쓴 결과물을 만들어 발표한다. 논문의 형식이라도 갖출 요량으로 서론을 쓰고, 본론을 쓰고, 결론을 짓는다. 어떤 교수들은 이렇게라도 해서 발표를 시키고 논문이란 것도 써보게 하는 것이 중요하다고 말한다.

그러나 나는 생각이 좀 다르다. 어설프게 하려거든 차라리 안 하는 것이 낫다는 생각이다. 안 해봤으면, 어찌했던 자신이 그것을 잘하는지 못하는지 알지 못하니 나중에 부딪쳐볼 생각은 가질 수 있는 것이다. 문제는 어설프게 하면서 스스로 자신은 연구를 잘 못하는 사람이라고 단정을 짓게 될 가능성이 있다는 점이다. 연구라는 거창한 주제를 떠나서 무엇이든지 체계적인 방법으로 오랫동안 추진해야 결과가 나오는 일을 하게 된다면 바쁜 일상 가운데 이를 추진한다는 것 자체가 어렵지 않겠는가? 이때 노트가 위력을 발휘한다. 실제로 내 연구실의 학생들은 모두 연구노트를 쓴다. 무슨 거창한 연구노트를 쓰는 것이 아니라 내가 강조하는 단순한 스프링 노트다.

노트 활용 기술

노트는 A4나 letter 용지를 그대로 붙일 수 있는 것이 좋다. 노트의 표지에는 제목을 붙인다. 라벨지에 프린트를 해도 좋고, 그냥 프린트해서 풀로 붙이고, 투명 스카치테이프를 붙여도 좋다. 노트 표지는 질겨야 오래 사용해도 쉽게 손상되지 않는다. 내부의 종이는 두껍고 튼튼한 것이 아니라 얇고 질긴 것이 좋다. 노트에 여러 가지 정보나 계산 그림들을 마음껏 붙여야 하기 때문이다. 종이를 많이 붙일수록 종이는 더욱 튼튼해진다. 그런 이유에서 나는 스프링이 촘촘한 것을 권하곤 한다.

노트의 첫 부분은 일지로 활용한다. 노트 한 권을 다 사용한다고 해도 통상적으로 실제 일하는 일자는 60일을 넘기기 어렵다. 그러므로 한두 페이지 정도를 할애하면 그만이다. 이 부분에는 일할 때마다 일한 날짜를 기록하고 일한 내용을 제목으로 붙인다. 노트에 쪽수를 매겼다면 이를 기록할 수도 있다.

노트는 기본적으로 두 번 사용한다. 먼저 작업을 할 때 계산을 한다거나 스케치를 하는 일 등은 연습장에 한다. 대부분의 아이디어가 쓰레기통으로 향할 수밖에 없지만 이를 지속적으로 하면서 오류를 제거해나간다. 이와 같은 과정에서 어느 정도 정리가 되면 이를 노트에 기록한다. 기록은 연필로 하고, 필요하면 형광펜도 사용하여 연필의 단조로움을 피한다. 그러나 이것으로 끝내지 않는다. 이와 같은 연필 작업은 지속적으로 노트 위에 수정 보완을 반복한다. 지우고 고쳐 쓰는 일이 반복된다. 이 과정에 노트가 몇 장 찢겨 나갈 수도 있다.

일단 노트에 쓰는 일이 끝나면 이를 컴퓨터의 문서 생성을 위해 타이핑을 한다. 그림도 가급적 나중에 사용할 수 있을 만큼 정성껏 그린다. 이와 같이 하여 일종의 완성된 전자 문서를 작성한다. 전자 문서는 일단 프린트하고, 이를 다시 살피면서 수정 보완한다. 수정 보완이 완료되면 이것을 노트에 붙인다. 노트에 붙일 때, 앞서 연필로 쓰고 지운 곳에 덧붙여서 이를 없앤다. 물론 추후 필요할 경우 붙인 종이를 살짝 떼어내면 옛날 계산의 흔적을 다시 볼 수 있다. 그러나 전자 문서가 완벽하면 일단 풀로 전자 문서를 붙임으로써 생각의 전개를 봉인하는 효과를 갖는다.

이와 같은 작업은 하루 안에 끝나지 않는다. 며칠을 지속해야 몇 쪽의 전자 문서를 얻어낼 때도 있다. 그리고 그 사이에도 수없이 많은 인간사가 벌어진다. 각종 모임에 참석해야 하고, 밀린 숙제를 해야 하고, TV를 보기도 해야 한다. 먼 곳으로 여행을 가야 할 경우도 있다. 이러한 복잡한 상황에서도 이 노트는 신비한 마력을 갖는다. 노트를 펼치기만 하면 금세 그 주제로 생각을 집중해주기 때문이다. 이는 컴퓨터의 폴더를 열어 파일을 여는 것과 사뭇 다른 효과를 갖는다. 제 아무리 전자 파일이라도 일단 종이에 출력하고 나면 우리의 익숙한 아날로그 사고 체계로 전환되기 때문이다. 간단한 생각들과 할 일을 포스트잇으로 어지럽게 붙여대는 것은 흔들리는 차 안에서도 가능하다.

이러한 노트 방법은 중간 중간 끊임없는 중단이 발생하는 환경에서도 한 가지 주제에 집중할 수 있는 힘을 준다. 우리는 컴퓨터라는 편리한 지능 기계 속에서 멀티태스킹 기능을 칭송한다. 그리고 우리도 멀티태스킹을 하는 멀티 플레이어가 되어야 한다고 말한다. 멀티 플레이어와 멀티태스킹은 다른 말이다. 박지성이 멀티 플레이어로서 칭송을 받은 것은 그가 어떠한 포지션에서도 그 역할을 잘 감당했기 때문이다. 그렇다고 해서 이것이 박지성이 평상시 멀티태스킹을 했다는 뜻은 아니다. 그는 오히려 항상 정확하게 공을 차고, 게임의 흐름을 읽는 일에 집중했다.

마찬가지로 우리는 여러 가지 일로 끝없는 멀티태스킹의 유혹 속에서 한 가지 일에 집중하는 집중력을 발휘할 수 있고, 그럴 때마다 보통을 초월하는 결과를 낼 수 있다. 노트는 점점 두꺼워지고, 표지가 낡아가면서 우리를 격려한다. 얼마 지나지 않으면 결론에 도달할 것이라는 신호다. 그것은 손으로 느낄 수 있는 건강한 신호이고, 믿음직한 신호이다.

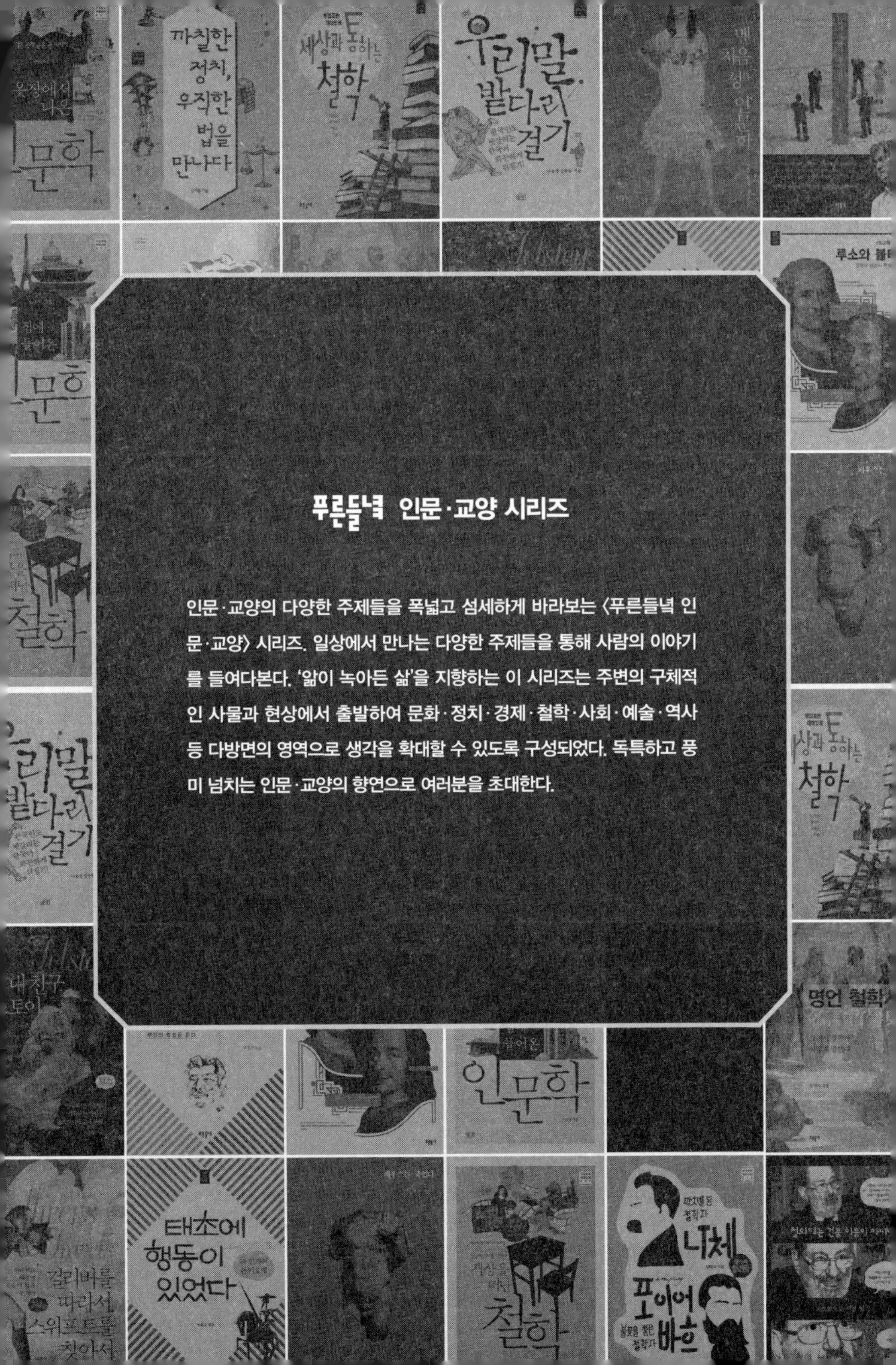
까칠한 정치, 우직한 법을 만나다
세상과 통하는 철학
우리말 밭다리 걸기
푸른들녘 인문·교양 시리즈
인문·교양의 다양한 주제들을 폭넓고 섬세하게 바라보는 〈푸른들녘 인문·교양〉 시리즈. 일상에서 만나는 다양한 주제들을 통해 사람의 이야기를 들여다본다. '앎이 녹아든 삶'을 지향하는 이 시리즈는 주변의 구체적인 사물과 현상에서 출발하여 문화·정치·경제·철학·사회·예술·역사 등 다방면의 영역으로 생각을 확대할 수 있도록 구성되었다. 독특하고 풍미 넘치는 인문·교양의 향연으로 여러분을 초대한다.
명언 철학
인문학
태초에 행동이 있었다
걸리버를 따라서 스위프트를 찾아서
니체
포이어바흐

2014 한국출판문화산업진흥원 청소년 권장도서 | 2014 대한출판문화협회 청소년 교양도서

001 옷장에서 나온 인문학

이민정 지음 | 240쪽

추운 지역에서 털가죽을 두르고 지내는 사람이든 더운 지역에서 식물로 만든 옷을 걸치고 지내는 사람이든 우리 몸을 보호하고 장식해주는 옷과 완전히 등을 진 사람은 없다. 우리가 옷을 알아야 하는 이유다. 옷이라는 친근한 소재를 통해 사람의 몸, 노동의 과거와 현재, 종교 갈등, 동물 보호 문제, 경제학과 철학, 역사까지 자유자재로 넘나드는 이 책은 옷이 어떻게 만들어지는지, 어떤 방식으로 사람들과 어우러지는지, 다 입고 난 뒤엔 어떻게 버려지는지, 그야말로 옷의 '삶' 전반을 저자의 친절하고 재미있는 안내와 함께 둘러본다. 옷 한 벌 한 벌에 얽힌 이야기를 읽으면서 다양한 정보는 물론 인문사회학적 지식까지 자연스럽게 흡수할 수 있다.

2014 한국출판문화산업진흥원 청소년 권장도서 | 2015 세종우수도서

002 집에 들어온 인문학

서윤영 지음 | 248쪽

거리를 채운 건축물들의 종류를 살펴보면서 그것들이 기능하는 원리를 생각해보자. 언뜻 서로 관련이 없어 보이는 병원과 학교, 백화점, 모델하우스 등등 다양한 건축물들이 비슷한 원리 아래 돌아가고 있다면? 이번에는 시선을 돌려 골목마다 즐비한 카페들을 보자. 대체 이 건물들은 어쩌다 주택가까지 진출하게 되었을까? 이렇게 집과 집, 건축물과 건축물을 잇는 이야기를 읽다 보면, 어느새 머릿속에 나만의 지도가 그려진다. 인문학적 시선에서 건축을 바라보면 우리가 어렵게 느끼게 마련인 '세상의 원리'를 좀 더 시각적으로 이해할 수 있게 된다. 『집에 들어온 인문학』은 그 이해를 쉽고 재미있게 도와줄 수 있는 가장 적확한 책이다.

2014 한국출판문화산업진흥원 청소년 권장도서

003 책상을 떠난 철학

이현영 · 장기혁 · 신아연 지음 | 256쪽

청소년들이 실제로 일상에서 겪는 여러 가지 삶의 문제를 끄집어내어 해석하고, 더 나아가 자신의 삶을 건강하고 아름답게 가꾸는 데 보탬이 될 수 있도록 엮은 실용적인 철학 입문서이다. 내 앞에 놓인 다양한 질문을 들고 인생의 선배와 만나 이야기를 나누는 등장인물들을 통해 독자들은 "맞아, 내 고민이 바로 그거야!" 하고 공감하는 동시에 스스로 답을 찾아갈 힘을 얻게 될 것이다. 인생길에서 종종 만나는 근원적인 질문의 답이 궁금한 청소년들, 자신의 삶에 깊이를 더하고 싶은 사람들, 자녀의 고민을 더 깊이 이해하고 싶은 부모님들, 그리고 토론과 글쓰기 수업에 활용할 자료를 찾고 있는 교사들에게 이 책을 권한다.

2015 세종우수도서

004 우리말 받다리걸기

나윤정 · 김주동 지음 | 240쪽

일상생활 속에서 소재를 잡아내어 우리말의 바른 쓰임과 연결해주고, 까다로운 맞춤법을 깨알 같은 재미로 분석해주는 책. 〈1부 받다리 후리기〉는 우리말을 똑똑하게 쓰는 법(맞춤법/띄어쓰기/발음)에 초점을 맞추었고, 〈2부 받다리 감아돌리기〉는 잘못 쓰고 있는 외래어나 관용어(한자어) 등을 바로잡는 데 초점을 맞추었다. 각 글의 말미에는 마무리 문제를 실어서 이해한 바를 체크하고 지나갈 수 있도록 구성했다. SNS에 글을 많이 노출하는 청소년들, 학창시절 국어시간 이외에는 우리말 공부에 관심을 갖지 않았던 일반인들, 정확한 글쓰기를 연습하기 위해 노력하는 직장인들에게 이 책은 유익한 우리말 길잡이가 되어줄 것이다.

2014 한국출판문화산업진흥원 청소년 권장도서

005 내 친구 톨스토이

박홍규 지음 | 344쪽

톨스토이는 어떤 사람이었을까, 그의 작품은 세계문학전집 중 한 권에 불과할 뿐 '지금, 여기'를 살아가는 우리에게 도무지 감흥을 불러일으킬 수 없는 것인가? 저자는 이 같은 궁금증을 한 꺼풀씩 벗겨내기 위해 톨스토이란 인물의 행보를 연대기적으로 좇으면서 그의 사상이 어떻게 변화하는지 보여준 다음 다양한 변화의 모습들이 어떻게 작품으로 형상화되는지, 작품의 인물 속에 어떤 방식으로 드러나는지 소개한다. 또한 러시아에서 톨스토이가 미움을 받는 이유, 한국을 비롯한 아시아에서 그를 오해하는 까닭도 파헤친다. 저자가 안내하는 대로 책을 읽다 보면 톨스토이의 진짜 모습을 만나고 그가 쓴 작품들의 의미도 이해하게 될 것이다.

006 걸리버를 따라서, 스위프트를 찾아서

박홍규 지음 | 348쪽

이 책은 어린이용 동화로 소개되거나 받아들여진 『걸리버 여행기』가 실은 현존하는 문학 작품 중 최고의 풍자문학이라는 점, 그 풍자의 칼끝이 정치를 비롯한 인간세상의 위선과 모순을 겨눈다는 점, 그럼에도 작가 스위프트가 인간에 대한 사랑을 거두지 않았기에 이 같은 위대한 작품이 탄생할 수 있었다는 점을 보여주는 한 편의 또 다른 멋진 여행기이자 『걸리버 여행기』를 가장 정확하게 이해하게 해주는 친절하고 정교한 안내서이다. 스위프트가 발표한 여러 작품에 대한 소개, '여행기'라는 같은 형식을 띤 『걸리버 여행기』와 『로빈스 크루소』가 왜, 어떻게 다른가에 대한 분석 등은 이 책만이 지니는 특장이다.

007 까칠한 정치, 우직한 법을 만나다

승지홍 지음 | 440쪽

"법과 정치를 쉽고 흥미롭게 공부할 수 있는 인문교양서를 만들어보자"는 취지에서 출발한 이 책은 가장 실용적인 학문인 법학과 정치학이 실제로 우리 주변에서 어떤 식으로 전개되는지, 우리의 일상과 어떤 관계를 맺는지, 그 쓰임은 어디까지인지를 알려주는 친절하고 정교한 교양서이다. 까다롭고 어렵게만 보이는 법과 정치 분야를 일상에서 자주 접할 수 있는 친근한 사례와 함께 조목조목 짚어주면서 학교 공부에 필요한 지식뿐 아니라 우리가 살아갈 때 꼭 해결해야 하거나 사건 사고가 발생했을 때 알아두어야 할 점, 민주주의의 근간을 이루는 법과 정치의 체계, 그리고 세계인으로서 갖추어야 할 덕목과 지식을 한눈에 살필 수 있도록 구성했다.

008/009 청년을 위한 세계사 강의1,2

모지현 지음 | 각 권 450쪽 내외

인류가 청동기와 문자를 기반으로 문명을 꽃피운 이래 역사가 어떻게 흘러갔는지 살피는 이 책은 시대별로 진행되었던 기존의 서양사 중심 서술을 지양한다. 1권에서는 서아시아 지방에서 시작된 인류 문명이 유럽을 넘는 과정을, 2권에서는 그 문명이 아메리카와 오세아니아를 돌며 동아시아 대륙을 거친 후 아프리카와 현대의 서아시아에서 다시 만나는 과정을 탐색하는 새로운 방식을 취한다. 세계사에서 흔히 다루는 유물과 유적이나 전투 중심의 서술 대신 우리와 같은 모습으로 살아간 '누군가의 있었던 삶'을 추적하면서 역사란 '그것들이 모여 이루어진 하나의 큰 흐름'임을 자연스레 이해하게 해주는 이 책은 완벽한 스토리텔링을 자랑하는 세계사 안내서이다.

010 망치를 든 철학자 니체 vs. 불꽃을 품은 철학자 포이어바흐

강대석 지음 | 184쪽

니체와 포이어바흐를 비롯, 세기의 철학자들이 모여 자신들의 생각을 나누는 철학 토론장으로 독자를 초대한다. 논쟁의 핵심은 철학과 종교의 관계다. 철학과 종교의 역할이 분명하게 구분되지 않을 때 어중간한 철학이 나타나 철학의 올바른 과제를 수행하지 못했다는 것이 니체와 포이어바흐의 신념인데, 이는 저자의 신념이기도 하다. 더불어 이 논쟁에서는 유물론과 관념론의 문제도 논의된다. 같은 무신론철학자이면서도 니체는 관념론적이었고 포이어바흐는 유물론적이었기 때문이다. 저자는 과학적인 현실을 중시하는 유물론과 인간에게 이상을 심어주는 관념론이 균형을 이루어야 철학은 물론 인간 사회 역시 올바르게 발전할 수 있다고 강조한다.

011 맨 처음 성性 인문학

박홍규 · 최재목 · 김경천 지음 | 328쪽

이 책은 성 문제를 '동서양 자위의 사상사'로 먼저 접근했다는 점에서 가히 전인미답의 분야라 할 만하다. 박홍규 교수는 서양의 사상사 내지 정신사 차원에서 자위 문제가 어떻게 다루어졌는지를 살피고(1부 〈서양의 자위 사상사〉), 동양철학 전공자인 최재목 교수가 동양 사상과 문화에서 드러나는 자위 문제를 고찰함으로써(2부 〈동아시아 사상 · 문화에서 보는 '자위'〉) 동서양 사상의 차원에서 자위 문제를 보다 심도 있고 종합적으로 바라볼 수 있도록 구성했다. 3부 〈자위와 법〉은 이 책의 핵심이자 가장 유용한 부분으로 저자의 진지한 고뇌와 사색, 연구와 상담, 치유법 등을 만날 수 있다. 쓸모 있는 성교육을 고민하는 모든 이에게 이 책은 유용한 지침서가 될 것이다.

012 가거라 용감하게, 아들아!

박홍규 지음 | 384쪽

루쉰의 시기별 활동과 주요 작품을 분석한 책. 루쉰은 몇 가지 틀 안에 가둘 수 없을 만큼 변화무쌍한 발자취를 남긴 인물이다. 따라서 저자는 그의 성격과 사상이 극명하게 드러나는 '잡문'을 바탕으로 루쉰의 참 모습을 조명한다. 바로 비판적 지식인이자, 권력과 권위를 부정한 자유인이며, 모순을 안고 살아간 평범한 인간, 그리고 인간성을 끊임없이 탐구한 작가로서의 루쉰이다. 하지만 이 책의 가장 큰 미덕은 반(反)권력과 반(反)노예를 향한 100여 년 전 루쉰의 외침이 오늘날 한국에서도 설득력 있게 울려 퍼지는 이유를 돌아보는 것이다. 올바른 삶의 방향을 설정하고자 애쓰는 청소년들, 인생의 길을 찾기 위해 고군분투하는 청년들에게 이 책을 권한다.

013 태초에 행동이 있었다

박홍규 지음 | 400쪽

고전 중의 고전 『돈키호테』를 '자유인의 정의감과 정신성, 인류애의 구현'이라는 관점에서 새롭게 조명한 책으로 '자유, 자치, 자연'을 현재 진행형으로 구현하는 저자 박홍규의 독특한 관점이 400년 전의 세르반테스와 그의 명저 『돈키호테』와 만나 인류의 보편적인 정서와 정신성이 과거에 어떤 식으로 조명되었는지, 현재 나의 삶에 어떤 영향을 미치고 있는지 보여주는 청소년을 위한 고전 읽기 해설서다. 각자가 스스로 인생의 주체가 되는 삶, 끊임없이 자기 운명을 개척해나가는 삶을 위한 아름답고 따뜻하며 가슴 찡한 헌사인 이 책은 장장 1500페이지가 넘는 원작을 읽기 전에 반드시 읽어야 할 가장 정확하고 알찬 내비게이션이기도 하다.

014 세상과 통하는 철학

이현영 · 장기혁 · 신아연 지음 | 256쪽

철학의 본령은 서재에 머물거나 삶과 동떨어진 뜬구름 잡기가 아니다. '지금 여기에서 살아가는 나와 세상'이 접점을 찾아가는 과정을 친절하게 때로는 엄중하게 안내하는 것이다. 저자들의 전작 『책상을 떠난 철학』 이 "사랑과 실존, 일과 놀이, 선과 악, 삶과 죽음, 가상과 현실, 남과 여, 행복과 불행"처럼 보다 근본적인 문제를 중심으로 다루었다면, 『세상과 통하는 철학』에서는 "역사, 과학기술, 예술, 생태, 교육, 정의"와 같은 삶 밀착형 문제들에 대한 의문을 함께 풀어나가는 데 방점을 찍었다. 앎과 행동의 괴리 때문에 고민하는 청소년들, 자녀(학생)들의 생각과 욕구, 좌절과 희망을 이해하고 싶어 하는 어른들에게 이 책은 큰 도움이 될 것이다.

015 명언 철학사

강대석 지음 | 400쪽

서양 사상사의 전통을 세운 철학자들이 남긴 주요 명언을 통해 그들의 사상과 철학의 흐름을 소개하는 책. 저자가 엄선한 총 62명의 철학자는 당대의 시대정신을 정립하거나 대표했던 사상가들로서 "변하지 않는 진리란 무엇인가?", "신(神)은 정말로 존재하는가?", "시간과 공간은 무엇인가?", "정의란 무엇인가?" 등등 굵직한 의문에 답을 찾기 위해 진지한 사색과 연구를 거친 인물들이다. 저자는 특히 우리나라에 관념론 위주의 철학과 철학자들이 편중되어 알려졌다는 현실에 이의를 제기하면서 "철학(자)의 현실 참여 의지"가 매우 중요하다는 신념 아래 유물론을 바탕으로 사상의 꽃을 피웠던 철학자들을 소개하는 데 지면을 할애했다.

016 청와대는 건물 이름이 아니다

정승원 지음 | 272쪽

단언컨대 기호학은 매우 쓸모 있는 학문이다. 기호학을 공부하면 세상과 제대로 의사소통을 할 수 있고, 사회문화 현상 뒤에 숨어 있는 의미를 분석할 수 있고, 정치인들의 애매모호하고 복잡한 언어를 해석할 수 있다. 난해한 시와 현대미술이 주는 충격에서 벗어나 각종 예술 작품의 진의를 파악하기도 쉬워진다. 타자에 대한 이해와 배려가 깊어지고, 뻔한 사고의 틀에서 벗어날 수 있게 해준다. 이 세상은 그야말로, 우리가 날마다 사용하는 언어는 물론 숫자, 상징, 약속, 대중매체 등에 이르기까지 '기호'로 가득 차 있기 때문이다. 기호학이라는 다소 낯선 분야를 소개하는 이 책은 세상과 사물을 다르게, 좀 더 넓고 깊게, 정확하고 풍부하게 이해하기를 원하는 독자들에게 새로운 인식의 지평을 열어줄 것이다.

017 내가 사랑한 수학자들

박형주 지음 | 208쪽

20세기에 활약했던 다양한 개성을 지닌 수학자들을 통해 '인간의 얼굴을 한 수학'을 그린 책으로 "내 눈에는 오직 수학만 보여"라고 외쳤던 이면에 숨어 있는 인류애를 통해 그들이 수학을 기반으로 어떻게 과학기술을 발전시켰는지, 삶의 질을 향상하는 데 어떤 방식으로 기여했는지, 인류사의 흐름을 어떻게 긍정적으로 변화시켰는지 보여주는 교양 필독서다. 입시 수학에 지친 독자들에게, 인류 지성사를 수놓은 위대한 천재들의 삶에 관심을 지닌 또 다른 독자들에게 이 책이 새로운 영감의 출발이자 위안이 되길 바란다. 과학자로서 드물게 인문학적 글쓰기가 돋보이는 저자의 '색다른 수학 칼럼' 세 편은 독자들을 위한 흥미로운 보너스다.

018 루소와 볼테르; 인류의 진보적 혁명을 논하다

강대석 지음 | 232쪽

볼테르와 루소는 1789년의 프랑스혁명을 이념적으로 준비한 철학자들이다. 1부에서는 두 철학자가 자신의 삶을 스토리텔링 기법으로 들려준다. 혁명 전야의 프랑스가 정치적으로나 사상적으로 어떤 분위기에 있었는지, 뭇 사람들처럼 사랑과 모험의 열병을 앓았던 소년기와 청년기의 삶은 어땠는지, 학문적 업적과 인생을 정리하는 후반기의 삶은 어떠했는지 솔직하게 털어놓는다. 2부에서는 볼테르와 루소가 자신들의 주요 저작을 토대로 "무엇이 인류의 행복을 증진할까?", "인간의 불평등은 어디서 기원하는가?", "참된 신앙이란 무엇인가?", "교육의 본질은 무엇인가?", "역사를 연구하는 데 철학이 꼭 필요한가?" 등의 문제에 대한 답을 찾기 위해 격렬한 논쟁을 벌인다.

019 제우스는 죽었다; 그리스로마 신화 파격적으로 읽기

박홍규 지음 | 416쪽

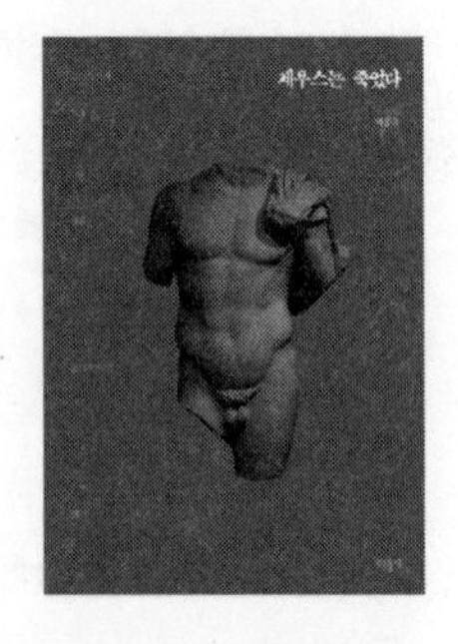

교양 있는 사람이라면 그리스 로마 신화를 반드시 읽어야 한다고 생각한다. 서양문화의 원류라는 인식 때문이다. 그런데 그리스 로마 신화를 읽으면서 불편함을 느끼는 사람은 없었을까? 인간적인 신을 보여준다는 명목 아래 시기와 질투, 폭력과 독재, 파괴와 침략, 지배와 피지배 구조, 이방의 존재들을 괴물로 치부하여 처단하는 행태에 반감을 느낀 독자는 혹시 없을까? 당시 그리스 사회에는 반 이상의 사람들이 노예로 살고 있었는데, 왜 그들은 신화에 등장하지 않는 걸까? 그리스 로마 신화에 나오는 수많은 괴물은 정말 괴물이었을까? 이 책은 이런 의문에서 출발하여 종래의 무분별한 수용을 비판하면서 신화에 담긴 3중 차별 구조를 들춰보는 새로운 시도이다.

020 존재의 제자리 찾기; 청춘을 위한 현상학 강의

박영규 지음 | 200쪽

하루하루 바쁘게 살아가다 보면 자신이 무엇을 하고 있는지 잊어버릴 때가 있다. 그러다 뒤를 돌아보면, 내가 잘 살아가고 있는 건지, 이렇게 사는 게 맞는지 불안에 빠지기도 한다. 어떤 삶의 태도를 갖춰야 더 좋은 삶을 살 수 있을까, 아니, 어떻게 해야 내 자리가 흔들리지 않는지 확인할 수 있을까? 이때, 철학을 펼쳐보자. 그리고 '현상학'이라는 철학을 가까이 들여다보자. 현상학은 세상의 존재에 대해 섬세히 들여다보는 학문이다. 어려운 용어로 가득한 것 같지만 실은 어떤 삶의 태도를 갖추고 어떻게 사유해야 할지를 알려주는 학문이다. 『존재의 제자리 찾기』는 존재에 가까이 다가서고자 했던 철학자들의 사유를 빌려 세상을 어떻게 대해야 할지 힌트를 준다.

021 코르셋과 고래뼈

이민정 지음 | 312쪽

한 시대를 특징 지어주는 패션 아이템과 그에 얽힌 다양한 이야기를 풀어낸다. 역사와 문화현상을 감칠맛 나는 글 솜씨와 더불어 풍부한 도판을 제공하는 이 책은 사소하게 보이는 단어 하나에서 시작하여 당대 인류가 살아낸 환경과 시대 분위기, 사회 지리적인 조건, 그리고 그 모든 것을 아우르는 역사적 장면에 이르기까지 숨 가쁘게 전개된다. 생태와 인간, 사회 시스템 혹은 구조의 변화, 신체 특정 부위의 노출, 미의 기준, 여성의 지위에 대한 인식, 인종 혹은 계급의 문제 등을 복식 아이템과 연결하여 흥미롭게 다루는 만큼 재미있게 읽고 문제점을 찾아내어 토론하는 데 활용될 자료로 손색이 없을 것이다.

022 불편한 인권

박홍규 지음 | 456쪽

이 책은 단순히 사상적 흐름만을 이야기하거나 과거의 논쟁을 다루지 않는다. 대한민국 20세기 후반의 격동기를 체험한 시민으로서 저자는 성인으로 성장하는 과정에서 겪어야 했던 인권탄압을 바탕으로 인류의 인권이 증진되어온 과정을 시대별로 살핀다. 중세에는 신체적 인권이, 15~17세기에는 정신적 인권이, 18세기에는 정치적 인권이, 19세기에는 경제적 인권이, 20세기에는 민족적 인권이 부상했다. 그렇다면 대한민국 헌법은 각 시대별로 부상하고 증진되어온 인권적 요소들을 두루 겸비하고 있을까? 대한민국 구성원이 딛고 서 있는 국가의 헌법을 세세하게 들여다보며, 우리가 과연 제대로 된 인권을 보장받고 살아가고 있는지 탐구해본다.